AF192114

Lanyi Iren

Regény

novum pro

Ez a könyv
e-könyvként
is elérhető

www.novumpublishing.hu

© 2024 novum publishing

ISBN 978-3-99146-234-7
Lektor: Sósné Karácsonyi Mária
Borítóképek: Seesea,
Rawpixelimages | Dreamstime.com
Borító, tördelés & nyomda:
novum publishing

www.novumpublishing.hu

Print product with financial
climate contribution
ClimatePartner.com/16547-2311-1001

2015 – Eszter a
migráns terroristák nyomában

Eszter azon vette észre magát, hogy egy idő óta depresszív búskomorságba, elégedetlenségbe torkollott eddig kiegyensúlyozottnak hitt, nyugodalmas élete. A színes bulvárlapokat lapozgatva, melyek a gazdag és sikeres emberekről színes, csábító képekben adtak híradást, megvilágosodni látszott előtte az a már régóta a lelkében bujkáló érzés, hogy az ő élete mindeddig nagyon is köznapi, „kisstílű" volt. Sőt, alapjában véve, ha őszintén elemezné, jelentéktelen életet élt mindeddig...

Hogy milyen is lenne egy „nagystílű, értelmes élet"? Ezen gondolkozott éjszakákon át. Értelmesnek nevezhető talán egy politikus élete, aki valamit „megmozgat" és sikeresen előrevisz például az emberiség vagy saját hazája történetében; vagy egy költő vagy drámaíró élete, aki műveivel, alkotásaival felrázza az emberiséget; vagy egy zeneszerző, aki „halhatatlan" melódiákkal ajándékozta meg az emberiséget... igen, talán ilyen lehet egy értelmes és „nagyszerű élet".

Neki talán Péterrel ilyen lehetett volna az élete. Ezt már akkor ösztönösen sejtette, megérezte, amikor először találkozott vele. A bölcsészeti karon az elsőéves évfolyamra 130 diákot vettek fel, Eszternek mégis csak egy arc maradt meg emlékezetében: egy feltűnően sápadt, feltűnően finom vonású arc, egy magas, sovány fiú arca, akinek szemében valami különös fény csillogott. Csak jóval később tudta meg, hogy Podmaniczky Péternek hívják, s hogy egy ősrégi magyar arisztokrata család utolsó férfisarja. Tehát megközelíthetetlen egy vidéki ügyvéd lánya számára, aki falusi környezetéből életében először került egy egyetemi nagyváros ismeretlen rengetegébe, s ebből kifolyólag nagyon félénken és bizonytalanul próbált valahogy hozzáigazodni a nagyvárosi élet számára ismeretlen szabályaihoz, rejtelmeihez. Podmaniczky Péter szabadosan, minden elfogódottság és gátlás nélkül mozgott ebben a nagyvárosi életben, sőt, mondhatni még kiváltságos helyzetét sem használta ki, pedig a nagybefolyású, országosan rettegett Kormorán elvtárs – aki kommunista klánjával Szeged egész városát a kezében tartotta – segítségével került be az egyetemre. Hogy milyen úton-módon, rejtély maradt, mert arisztokrata származású lévén, vagyis mint „osztályidegen", Rákosi Mátyás kommunista diktatúrája idején ez szinte elképzelhetetlen kivételnek számított. Természetesen volt az évfolyamnak a kommunista párt által kinevezett KISZ-titkára, voltak ifjúkommunista-rendezvények, felvonulások, szimpátiatüntetések, amelyeken részt venni az évfolyam minden diákjának szinte kötelező volt, egyedül Podmaniczky Pétert nem látta senki sem Lenin, Sztálin vagy Rákosi képeivel kezében felvonulni május elsején. Amúgy is ritkán látták őt évfolyamtársai még a kötelező előadásokon is, mert az egyetem pincéjének zegzugos laborjaiban tűnt el napokra, tudományos kísérleteinek szentelvén minden idejét. Azt sem tudta senki sem – még az évfolyam legkíváncsibb pletykafészkei sem –, mivel és milyen célból kísérletezik ez a zárkózott fiú. Külső megjelenése alapján a legcsinosabb fiúnak számított a városban, amolyan „don Juan" féle lehetett volna, mivel minden valamirevaló lány fantáziáját megmozgatta. Eszter is csak titokban csodálta, de messzire elkerülte, ha csak tehette, még a vele való közös délutáni szemináriumokat is gyakran kihagyta. Mígnem a véletlen úgy hozta, hogy a kiírt irodalmi pályázat győzteseinek kihirdetésekor egymás mellett álltak a rektor előtt. Péter az első díjat nyerte el, Eszter a második díjnak örülhetett. Meglepetésében és örömében először meg sem hallotta, amikor versenytársa, Péter, hozzá intézve a szót, meghívta a Hági Étterembe, hogy egy pohár sörrel ünnepeljék meg a sikerüket.

Már kifelé tartott az auditóriumból, már a nagy kijárati ajtónál érte csak utol Péter, aki nagy lihegve szaladt utána:

– Hova sietsz ennyire? Nem fogadod el a meghívásomat? Csak nem félsz tőlem? – fogta meg a karját.

– Ugyan miért félnék? – bugyant ki Eszterből akaratlanul is a gúnyos válasz. – Miért, te kinek képzeled magad? Csak mert az első díjat kaptad meg, azt hiszed, mindenki ugrik a szavadra?!

Amikor Péter elképedt, szomorú arcát észrevette, kijavította bántó, önkéntelen elszólását:

– De az igazság az, hogy nem is szeretem a sört.

– Ihatunk pezsgőt is. Na, gyere, nem szeretnék egyedül ünnepelni ezen a szép napsütéses nyári napon – karolt bele Péter, s Eszter beleborzadt ennyi sok örömbe, s ez a borzadásos öröm és boldogság végigkísérte további ismeretségük, barátságuk ideje alatt is. Eszter nem mert hinni ennyi szerencsében, boldogságban.

Az étteremben hosszasan vitatkoztak egymással, mert kiderül: Péternek József Attila volt a kedvenc költője, Eszternek meg Ady Endre.

– Csodálkozom, hiszen József Attila elsősorban proletár költőnek számít – jegyezte meg Eszter. – Valahogy nem illik hozzád.

– Miért gondolod? – szegezte Eszternek a kérdést Péter szinte kihívóan.

– Hát úgy gondolom, hogy nem éppen az arisztokraták köreiben forgolódott, nem azok problémáival foglalkozott. Hozzád jobban illene Ady Endre, ő mégiscsak nemesi származású volt, s azonkívül kozmopolita, s bejárta Párizst és egész Európát.

– Igaz, a gazdag Léda asszony elvitte Párizsba, s ott a haladó szellemű művészek köreiben sodródott, de magyarságának tudatában mindvégig hátrányos helyzetével küszködött, és mint költő, Franciaországban gyakorlatilag semmire sem vitte – jegyezte meg kissé gúnyos mosollyal Péter.

– József Attila még odáig sem jutott el – tromfolt vissza Eszter.

– Azt tudod, hogy Attila első szerelme egy pesti zsidó leányka volt, akibe halálosan szerelmes volt, akit el akart venni feleségül, s akihez gyönyörű verseket írt?

– Sosem hallottam erről – vallotta be szemét lesütve Eszter.

– Vágó Máriának hívtak, s az apja gazdag, magas rangú bankár volt, aki az 1919-es őszirózsás proletárforradalom idején Károlyi mellett állt ki mindvégig.

– Én csak a Flóra-verseket ismerem, de azok valóban szépek, csak az én ízlésemnek túlságosan nyers az őszinteségük, főleg

7

azok a versei, amelyekben szerelmének biológiai életfolyamatait boncolgatja. Azok egyáltalán nem mondhatók romantikusnak.

– Látod, pont a „nyers hús", az alvadt vér „és boldogan halad a salak a belek alagútjain", ez József Attila újszerű, modern romantikája.

– Már megbocsáss, de az ilyen verssorok, mint „boldogan halad a salak a belek alagútjain", ahogy szerelmének emésztését dicsőíti, az ilyen verseket hogyan értse meg egy romantikus lelkű kis gimnazista? Akkor már sokkal közelebb áll hozzá „a szívem egy nagy harangvirág s finom rezgések az erőim", Ady szürrealista képei.

Még sokáig vitatkoztak, s végül abban egyeztek meg, hogy mindkét költő a maga módján forradalmár és korának legnagyobbja volt.

Aztán hónapok teltek el, amíg Eszter ismét összefutott Péterrel. Ez akkor volt, amikor asztaliteniszversenyt rendeztek a bölcsészkaron, és mindenki benevezhetett. Az elsőévesektől egészen a negyedévesekig. Eszter kedvenc sportja volt az asztalitenisz, gimnazista korában a megyei bajnokságot is megnyerte egyszer. Ott, az egyetem nagy sportcsarnokában meglepetéssel vette észre, hogy az egyik asztalnál éppen Péter harcol nagy, magas, kövér ellenfelével a győzelemért. Péter nem volt az a sportos, izmos fiútípus, inkább mint sakkbajnokot tudta volna elképzelni, de meg kellett állapítania, hogy nem játszik rosszul. Tovább nem kísérhette figyelemmel a meccsét, mert őt szólították a következő asztalhoz.

Egész délután folytak – kieséses alapon – mind az öt felállított asztalnál a küzdelmek, míg végül a lányoknál Eszter, a fiúcsapatból is csak egy versenyző került ki vereség nélkül, mint győztes, a versenyből.

Késő volt, már besötétedett, s fel kellett gyújtani a hatalmas csillárokat is a teremben, amikor a díjakat kiosztották. Eszter az első díjat nyerte el, Karcag Mari, egy negyedéves, nyerte a második díjat.

A két győztes lánynak most párost kellett játszania a két első helyezett fiúval. Karcag Marinak Barta Béla lett a párja, s

Eszter mellé az első helyezett fiú került párnak, akit egyelőre azonban hiába keresett a rendezőség. Többször is bemondták a hangosbemondóban a nevét, hogy azonnal jelentkezzen, kezdődik a mindent eldöntő páros verseny. Eszter nem akart hinni a fülének: Podmaniczky Péterért tették tűvé az egész sportcsarnokot. Ha nehezen is, de előkerült valahonnan az öltözők felől, frissen mosott és vasalt teniszöltönyében.

Megindulhatott az izgalmas meccs. Eszter és Péter, mintha mindig is együtt játszottak, gyakoroltak volna, olyan öszszhangban ütögették a labdát, hogy kétségtelenné vált már a meccs kezdetén, hogy csak is ők ketten lehetnek a győztesek. Ezt a győzelmet meg kellett ünnepelni. Úgy beszélték meg, hogy a Kis Hungária nevű cukrászdában találkozik mind a négy győztes, és együtt ünneplik meg a sikeres szereplést.

De Eszter nagy meglepetésére csak a negyedéves Barta Béla jelent meg, nagy virágcsokorral a kezében, melyet mély tisztelettel és meghajlással nyújtott át Eszternek.

– Hát a többiek? – kérdezte Eszter nagyot csalódva, miután már félórát is várakoztak mindketten.

– Fogalmam sincs, miért késnek – mérgelődött látszólag felháborodva Béla is. – Mindegy, mi megrendeljük a jól megérdemelt nagy fagylaltunkat, természetesen a vendégem vagy.

A fagylalt kitűnő volt és jókedvre hangolta őket, már el is feledkeztek a még mindig késő sporttársakról. Béla magas termetű, izmos, jóképü fiú volt, fekete göndör hajú, merész tekintetű, hódító jelenség. Sok lány szaladgált utána, s úgy hírlett, nemigen utasította el egyetlen női rajongóját sem; már több lány dicsekedhetett azzal, hogy rövid udvarlás után Béci megkérte a kezét, de a hivatalos eljegyzések valami miatt mindig elmaradtak...

Az már csak természetes volt, hogy az alkalmat kihasználva, hogy így kettesben maradtak, Eszternek is csapni kezdte a szelet, s mivel a lányszédítésben nagy gyakorlatra tett szert az utóbbi évek során, Eszter is egyre szívesebben hallgatta kedves, hízelgő, leplezetlen bókjait.

– A legtehetségesebb asztalitenisz-bajnoknő vagy, akit valaha is láttam. Olyan kecsesen mozogsz, szinte libegsz az asztal körül, mégis olyan váratlanul erős lecsapásaid vannak, hogy az embernek eláll a lélegzete – hízelgett neki a jóképű atléta. – De ennél is szebb, ahogy mosolyogsz azzal a pici száddal – fokozta fel rohamát Béla, látva, hogy igyekezete nem kilátástalan. Mivel a másik két játékos órák múlva sem tűnt fel a megbeszélt találkozón, Eszter és Béci elindultak a holdvilágos Tisza-parti sétányon hazafelé, Eszter a leánykollégiumba, Béci a Jancsónak nevezett fiúkollégium felé.

Amikor elsétáltak a híres cigányprímás, Dankó Pista Hungária Szálloda előtt felállított szobra előtt, akit a szobrász hegedűjét az álla alá szorítva ábrázolt, mint aki éppen legszebb nótáját játssza, Béci hirtelen megállt, s váratlanul Eszternek szegezte a kérdést:

– Azt mondják, ha a szobor előtt egy szűz lány sétál el, akkor valóban megszólal a hegedűje. Hallottad?

– Nem, nem hallottam – vallotta be őszintén Eszter, Béci pedig hangos nevetésre fakadt. – Bevetted a cselt te is! – kacagott jóízűen Béci. Eszter csak utólag jött rá, hogy milyen csapdába esett, s mérgesen lökte el Béla, a magas langaléta kezét. – Igazán nem szép tőled!

Nem volt ideje tovább beszélni, mert Béla sem volt rest, s a karjába kapta Esztert, s minden áron csókot akart rabolni tőle. De a lány ügyesen kisiklott karjaiból, s előreszaladt a folyóparti sétányon.

– Úgysem érsz utol! – kiáltotta vissza csúfondárosan, s szaladt sebesen, mint a nyíl. Béla csak a leánykollégium kapujában érte utol nagy lihegve.

– Azért mégis nagyon szép volt együtt lenni! – kiáltott a lány után, amikor az eltűnt a kollégium vaskos tölgyfakapuja mögött.

Podmaniczky Péterről semmi hír sem érkezett, meg sem próbált mentegetőzni, megmagyarázni a közös ünneplésről való távolmaradását. Eszter csalódását enyhítette Béla figyelmessége, aki továbbra is bókjaival és apróbb ajándékokkal halmozta el.

Csak amikor Karcag Marival összefutott a menzán, s kérdőre vonta, miért is nem jött el a megbeszélt találkozóra a Kis

Hungária cukrászdába, akkor józanodott ki bódulatából. Elképedt Mari válaszán:

– Hát te mondtad le, s még nekem teszel szemrehányást? Béla mondta le a találkozót a te nevedben, mert állítólag neked jött valami közbe.

– Nekem?

– Igen, neked! Azt is mondta, hogy nem akarsz Péterrel találkozni, mert az egy beképzelt alak, aki már többször szemtelenkedett veled – hányta Eszter szemére Mari. – Szórakozz másokkal, de engem hagyjál békén! – fogta mérgesen az étellel megrakott tálcáját, és elrohant az étkező legtávolabbi sarkába.

Szóval Béla, aki állítólag a legjobban tiszteli, sőt szereti őt... Ő volt képes ilyen hamis játékra. De vajon miért tette? – töprengett Eszter sokáig, míg végül hosszú megfontolás után világos lett előtte, mi adhatott okot erre a hamis játékra: Pétertől akarta távol tartani őt. Oh, milyen nevetségesen gyermekes és átlátszó volt Béla taktikája! – mosolyodott el bosszúsan Eszter. Péterrel ezt a félreértést mindenképpen és mielőbb tisztáznia kell – határozta el.

Péter negyedikes volt, s befejezte tanulmányait a bölcsészeti karon. Szokás volt ilyenkor a „ballagás", az öregdiákok ünnepélyes búcsúztatása.

Eszter egy szép, cserepes hortenziacsokrot küldetett Péter címére a Jancsó kollégiumba. Melléje kis kártyára írta: „A szívem egy nagy harangvirág, s gratulál neked ezúton is a sikeres vizsgákhoz. Sok szeretettel: Eszter."

Nem számított arra, ami ezek után következett: Péter meghívta a búcsúbálra, melyre a Hungária Szálloda összes termeiben került sor: ilyenkor a város legelőkelőbbnek számító szórakozóhelyén táncolhatott a város jeles ifjúsága.

Eszter nagyon megörült a meghívásnak, a kezdeti örömmámort azonban hamarosan felváltotta a kétségbeesés, a fiatal lányok örökös problémája: „Mit vegyek fel? Hiszen nincsen oda illő, szép estélyi ruhám."

Eszter az egyetem leánykollégiumában öt társával lakott egy szobában. Két emeletes ágy volt a kis szobában, és egy pótágy, amely Eszter alvóhelye volt. Most mind az öt lány előszedte legszebbnek tartott ruháit, táskáit és cipőit, hogy méltóképpen felöltöztessék szobatársukat, Esztert a nagy báli eseményre. S mondhatni, a legnagyobb sikerrel. Eszter a kölcsönzött türkizzöld szatén kisestélyiben mindenki figyelmét felkeltette.

Sikere még nagyobb arányokat öltött, amikor Podmaniczky Péter párjaként lejtett végig a táncparketten. Csodálatos éjszaka volt, akárcsak Hamupipőke egyetlen boldog éjszakája, mert Eszter nagyon is tisztában volt azzal, hogy másnap Péter végleg eltűnik az életéből. Miközben szédült iramban forogtak a Strauss-keringő ütemére, Péter eldicsekedett vele, hogy a budapesti bölcsészeti karon kapott tanársegédi állást.

Másnap Eszter kialvatlanul, fáradtan és elkeseredetten kiszédelgett a pályaudvarra, elbújt a váróteremben, s csak akkor ugrott elő, amikor Péter vonata nagy sípolással elindult Budapest felé. Integetett szomorú, vörös, könnyes szemekkel, még szerencse, hogy Péter ezt nem látta... nem is láthatta. A fiú megígérte ugyan, hogy írni fog, de levél hónapokig sem jött tőle.

Mindeközben Barta Béla változatlan igyekezettel hívogatta hol moziba, hol diákbálra, hol múzeumi képbemutatókra, de Eszter csak Péter levelét várta, a postást leste.

Születésnapján érte el Péter első levele; nagyobb, szebb ajándékot nem is kaphatott volna. Kedves sorait természetesen azonnal megköszönte, s a válasz nem váratott sokáig magára. Levelezésük egyre intenzívebb formát öltött, s Eszternek sokszor az az érzése támadt, hogy Péternek is hiányozhat talán, de ennél többről nem is mert álmodozni, holott igen gyakran álmodott vele. Olyankor boldogan ébredt fel, és sajnálta, hogy az álombeli, nagyon is szoros együttlét – csókok, ölelések – csak a fantázia szüleményei voltak. Akárhogyan is próbálta elnyomni érzéseit, végül őszintén be kellett vallania magának, hogy fülig szerelmes a távol levő Péterbe. Igaznak bizonyultak volna az akkor divatos sláger elcsépelt sorai? „A nagy szerelmi tüzeket a távollét nem oltja el, hanem csak fokozza..."

Péter kezdett egyre gyakrabban visszajárni az Alma Materba. Állítólag a Somogyi könyvtárban végzett kutatómunka mi att tűnt fel egyre sűrűben az egyetemi városban, de idejének legnagyobb részét mégsem a neves könyvtárban, hanem Eszter társaságában töltötte el.

Egy rangos tudományos előadásra is kissé megkésve próbáltak besurranni, oly halkan, ahogy csak lehetett, mégis, a hírneves pszichológus professzor, megszakítva előadását, mindenki meglepetésére így köszöntötte a későn jövő párt: „Miután Eurydice és Orfeusz is előkerültek az alvilágból, remélem, most már zavartalanul folytathatom előadásomat".

Ekkor döbbent rá Eszter, hogy kapcsolata Péterrel már nyílt titok és közbeszéd tárgya a városban.

Eszter az államvizsga előtt visszavonult a kollégium tanulótermébe, teljesen elszigetelte magát a város és az egyetem eseményeitől abban a reményben, hogy sikeres vizsgája után végre „szabad lesz", s akárhová pályázhat majd állásért, még talán Budapestre is, ha szerencséje lesz. Azonban a biztos tudat, hogy Péter majd eljön a „ballagására", szárnyakat adott neki a tanulásban és boldog jövőjébe vetett hitében, reményeiben.

Nem telt bele egy hét, az államvizsga napja vészesen közeledett, amikor azt vette észre, hogy amikor este kibújt barlangjából, a tanulóteremből, szobatársai olyan furcsán, sajnálkozóan néznek rá, de nem szólnak semmit, kerülik a vele való beszélgetést.

A harmadik estén Eszter, érezve a feszélyezett hangulatot, megkérdezte:

– Nektek meg mi bajotok van? Miért hallgattok el hirtelen, ha belépek a szobába?

Keszei Anna, aki szabadidejének legnagyobb részét az ágyában fekve töltötte, elmerülve Rejtő Jenő valamelyik kalandos regényébe, miközben izgalmában hangos ropogással egyik almát a másik után kebelezte be, végül is kibökte:

– Ne tegyél úgy, mintha nem jelentene neked semmit Podmaniczky Péter szerencsétlen balesete! Mintha hidegen hagyna, hogy a sebészeti klinika intenzív osztályán küzdenek az életéért, s te, mintha mi sem történt volna, egyszerűen beveszed magad a tanulóba s úgy teszel, mintha semmi közöd sem lenne

Péterhez! Még meg sem látogattad a klinikán, fogadom – vetette szemére Keszei Anna.

Eszterrel megfordult a világ, s forogni kezdett vele szélsebesen a szoba, a bútorok, a lámpa s a benne levő, komor, megrovó arcú szobatársak. Eszméletét vesztette, s amikor magához tért, csak akkor tudta meg, mi történt Péterrel.

Budapestről még éjfél után autóval száguldott nagy sebességgel az országúton, hogy mielőbb ideérjen Eszter ballagására, s útközben a volán mögött elaludt. Csak pár másodpercre, de ez elég volt ahhoz, hogy nekirohanjon egy fának, s autójával együtt felboruljon. Csak órákkal később találta meg egy teherkocsi sofőrje, eszméletlen állapotban.

Eszter legszívesebben azonnal berohant volna az I. Sebészeti Klinikára, ahol a traumatológiai osztály intenzív osztályán feküdt Péter, de éjszaka nem volt semmi értelme, hogy kísérletet tegyen a látogatásra. Másnap délelőtt 10 óra tájban lépett be félősen, zavartan a klinikára, s csak hosszas keresgélés után találta meg a traumatológiai osztályt. Az intenzív osztály folyosója előtt többen is várakoztak már. Amikor végre megjelent egy ápolónő, Eszter elébe ugrott s kérte, szeretné meglátogatni Podmaniczky Pétert minél előbb.

– Rokona a betegnek? – kérdezte a fehérköpenyes nővérke, miközben sietve folytatta útját a labor felé.

– Nem, rokona nem vagyok, csak jó barátja, ismerőse – felelte remegő hangon Eszter.

– Akkor sajnos nem engedhetem be, csak a legközelebbi rokonait engedhetem hozzá – felelte a nővér, miközben továbbsietett a folyosón.

– De legalább valami kis felvilágosítást kaphatnék a beteg állapotáról? – szaladt utána Eszter.

– Felvilágosítást a beteg állapotáról is csak legközelebbi hozzátartozóinak adhatunk – mondta elutasító hangon a nővér, és eltűnt a labor ajtaja mögött.

Eszter tehetetlenségében és kétségbeesésében hangosan sírva fakadt.

Ekkor mellé lépett egy idősebb hölgy, és átkarolta.

– Nyugodjon meg, mindent megtesznek érte, ami csak lehetséges – mondta az előkelő hölgy.

Eszter csak ekkor nézett rá; olyan 60 év körüli, szőke kontyos, nagy barna szemű nő volt. Régimódi, de nagyon jól szabott barna kosztümöt viselt, s barna, lapos kis kalapot a kontya tetején. Szomorú arcát a felrakott púder ugyan rózsás színűre festette, de szemében végtelen bánat és aggodalom tükröződött.

– Kedves kisasszony, talán megnyugtatja, ha elmondom, hogy jóelőbb magával Petri professzor úrral volt szerencsém beszélni, aki megnyugtatott, hogy minden jóra fog fordulni.

Így ismerte meg véletlenül Péter édesanyját, egy nagyon előkelő, jóságos arcú úri dámát.

Vele együtt beengedték Esztert is Péter ágyához. Eszter csalódására a betegből szinte semmi sem volt látható: feje búbjától kezdve szinte az egész teste be volt gipszelve, be volt pólyálva, s csak a lélegeztetőgép és a monitorok egyhangú zümmögése, ketyegése szakította meg a tehetetlen csendet a beteg ágya körül.

– Fogja meg a másik kezét! – kérte az idős dáma Esztert. – Ha mesterséges kómában is tartják a fiamat, biztosan megérzi, hogy itt van a barátnője. Mert ugye, ha nem tévedek, csak maga lehet Péter nagy szerelme, akiről annyit mesélt nekem.

Eszter válasz helyett csak csendesen zokogni kezdett.

Naponta látogatta meg Pétert, órákig ült kezét fogva az ágya mellett. Bár tisztában volt a diagnózis szörnyűségével, mégis valami csodában reménykedett még mindig.

Koponya- és nyaki csigolytörést szenvedett Péter, s nyaktól lefelé megbénult az egész teste.

Pár nap múlva Péter állapota láthatólag romlani kezdett: félrebeszélt, láz gyötörte, érverése gyengült, teste az infúziók ellenére lassan kiszáradni látszott. Lázálmaiban érthetetlen szavakat suttogott, tikkadtan lihegett, szemének fénye lassan megtört. Orsolya asszony – az édesanyja – éjjel-nappal az ágya mellett virrasztott, s bizony, ha nem is vallotta be még saját magának sem, fájt neki, hogy úgy tűnt, Péter néha mintha Eszter nevét suttogta volna, utána sóvárgott. Megkérte a lányt, jöjjön minél többször, mert abban reménykedett, jelenléte talán elősegítheti féltve szeretett fiának javulását, gyógyulását.

Eszter minden délután fel is váltotta Orsolya asszonyt a betegágy mellett, az államvizsgáját is elhalasztotta, úgyis képtelen lett volna ebben a helyzetben a tanulásra is koncentrálni. Pedig megpróbálta, de megdöbbenve vette tudomásul, hogy ha el is olvasott egy mondatot a tankönyvi anyagból, a szavakat ugyan egyenként megértette, de a mondat értelmét már nem volt képes felfogni. Hát sarokba vágta könyveit, mert képtelen volt másra, mint Péter betegségére és szenvedésére gondolni.

A második héten Orsolya asszony azzal fogadta Esztert, hogy Péter már egész nap látszólag mélyen, békésen, minden fájdalom nélkül alszik. Arca kisimult, szinte valamiféle elégedettség, megbékélés ült ki sárga, meggyötört vonásaira.

Estefelé Péter hirtelen felnézett, mintha megismerte volna Esztert, s halkan azt suttogta:

– Hát megjöttél! – ennyit mondott csak, s megint mélyen elaludni látszott. A diszkrét lámpafény szinte beragyogta arcát, s erőteljesen kirajzolta nemes arcának finom vonásait, melyen mélységes békesség és megnyugvás ömlött el. Ilyen szépnek még sosem látta őt Eszter! Szívében sajgott a mélységes szeretettel páros aggodalom és fájdalom.

Nem sejtette, hogy utoljára látta őt életben. Éjfélkor hívták a kollégium portáján lévő telefonhoz. Orsolya asszony hangja hallatszott a recsegő készülékből:

– Péter ma éjjel éjfélkor meghalt! – közölte szinte kemény hangon, majd sírva tette hozzá:

– Talán jobb így neki, mint teljesen lebénulva, nyomorékként élni tovább.

A boldogságra várás nagy álma így tűnt el mindörökre Eszter életéből. Sokszor a boldogságot a bánattól, szenvedéstől, fájdalomtól csak egy gondolat választja el.

Van úgy, hogy ha az embert valami nagy megrázkódtatás éri, úgy tűnik fel, hogy vége mindennek, hogy megállt az idő... hogy nincs tovább.

Pedig az élet tovább halad megállíthatatlanul, mint ha mi sem történt volna. Egyik hét követi a másikat, az emberek élnek tovább életük megszokott ütemében. Az üzletekben ugyanolyan nagy a nyüzsgés, a villamosok feltartóztathatatlanul siklanak át a városon, s vidáman csilingelnek a fontosabb megállóhelyeken. A piacon hangosan kínálgatják portékájukat az árusok, s az emberek továbbra is nevetgélnek, tréfálkoznak a kapualjban és az utcasarkon.

Eszter úgy járt-kelt közöttük, mint egy holdkóros, de hamarosan őt is utolérte a hétköznapok kérlelhetetlen valósága: az elhalasztott államvizsga időpontja vészesen közeledett. Tanulnia kellett volna, egész nyáron gyötörte magát, de úgy érezte, semmit sem halad előre az anyaggal.

Szeptember elején megjelent ugyan a vizsgabizottság elött, de meg volt róla győződve, hogy úgyis megbuktatják; az volt az érzése, hogy semmit sem sikerült megjegyeznie, megtartania az előírt tananyagból.

Maga lepődött meg legjobban, amikor – igaz, csak hármas jeggyel – átengedték a nehéz, mindent eldöntő államvizsgán.

A diplomakiosztó ünnepségen hallotta a szenzációs hírt: Barta Béla disszidált nyugatra, Németországba. Állítólag élt ott egy nagybátyja, aki felkarolta és bejuttatta egy neves német bankba, jól megfizetett tisztviselőnek. Hogyan és miért keveredett egy bölcsészdoktor a bankszektorba, senki sem értette, de volt évfolyamtársai irigyelték, és nagy szerencsének tartották a pályamódosítást.

Mi lehet egy bölcsészből? Legyünk őszinték, gyerekek. Vagy ír egy-két jó regényt, vagy színdarabot – feltéve, ha van tehetsége, de még inkább jó összeköttetései –, vagy valami vidéki lapnál irkálhat cikkeket madarakról, az őszi vetésről, vagy szerelmi pletykákról, s beleposhad a semmittevésbe. Vagy ami még ennél is rosszabb, elmegy irodalomtanárnak valami eldugott, vidéki gimnáziumba. Akkor már inkább egy neves banknál karriert csinálni! Ez volt az általános vélemény Barta Béla pályamódosításáról évfolyamtársai körében.

Esztert ez csak annyiban érintette, hogy legmakacsabb udvarlójától is megszabadult, s magára maradt.

Kollégiumi szobatársa, Cseke Margit véleménye szerint ez nagyon aggasztó helyzetbe hozta Esztert.

– Hidd el, hogy amelyik lány itt az egyetemi évek alatt nem találja meg élete párját és nem megy férjhez idejekorán, ha kikerül vidékre, ott semmi esélye sem lesz megfelelő nívójú, értelmiségi társat találni, ezt vedd tudomásul! – figyelmeztette Margit jószándékúan.

Eszter azonban nem foglalkozott ezekkel a gondolatokkal, sokkal nagyobb bánat rágta lelkét Péter korai halála miatt, semhogy akármilyen férfira is gondolhatott volna.

Egy budapesti kiadóhoz került végül is lektornak, hiszen valamiből élnie is kellett. Munkáját nagyon komolyan vette, csak az zavarta, hogy olyan regényeket kellett lektorálnia, amelyek – véleménye szerint – nem ütötték meg még csak a közepesnek sem nevezhető mértéket. A szocialista realizmus termékei pedig úgy elözönlötték a magyar könyvpiacot, hogy értékesebb irodalmi alkotások számára már nem maradt hely.

Eszter úgy érezte, hogy fiatal élete teljesen vakvágányra tévedt. Az sem tudta megvigasztalni, hogy a Nők Lapja című folyóiratban több rövid elbeszélése is megjelent, sőt valami díjat is megnyert egyszer, s ez, mint egy papírhajó a hullámzó tengerben, arra bátorította fel, hogy nekifogjon egy nagyobb volumenű regény megírásának. Lektori elkötelezettsége mellett persze nem maradt sok ideje, hogy komolyan nekiveselkedjen az írásnak, de a téma, amelyről írni akart, nagyon is alkalmasnak tűnt a szocialista béklyóba kényszerített kortárs irodalmi alkotások egyhangúságából való kitörésre.

Sem oroszul, sem magyarul ugyan még nem jelenhetett meg Szolzsenyicin Gulagról leírt, szenzációs, leleplező regénye, Eszter mégis ezt a megrázó riportregényt állította példaképül maga elé. A Szolzsenyicin-regény akkor még indexen volt.

Honnan szerzett mégis tudomást róla? – kérdezhetnénk joggal. Furcsa és meglepő módon egy kis, postai csomag hozta Eszter életébe a döntő fordulatot. A kis kartondobozt valahol

Ausztriában adták fel, s benne Szolzsenyicin *Ivan Gyeniszovics egy napja* című elbeszélése rejtőzött vastag újságpapírba csavarva. A csomag feladójának neve egy osztrák könyvkiadó volt, s a kisregény utolsó oldalán egy B. B. nevű személy írta kézzel a következő sorokat: „Nem elég a jóra vágyni, a jóért tenni és írni kell!".

Mivel Eszternek nem volt ismerőse Ausztriában, nem volt nehéz kitalálnia, hogy a küldemény csakis volt hódolójától, Barta Bécitől származhatott.

Éjszakákon át törte a fejét, vajon miért küldte el neki Béci ezt a kisregényt, amelyet az akkori, kádári Magyarországon szigorúan index alatt tartottak. Amikor elolvasta – német fordításban, szótár segítségével – az elbeszélést, rájött, hogy Béci milyen szándékkal küldte. Üzenet volt ez a szabad nyugati világból a bezárt, hermetikusan izolált, szocialista diktatúra alatt nyögő értelmiségnek.

Akkor érett meg benne az elhatározás, hogy leleplező regényt fog írni a „malenkij robot" magyar áldozatairól. Nem volt egyszerű feladat. Először a könyvtárakat bújta, majd sorban ellátogatott a helyszínekre, felkereste azoknak a fiatal magyar férfiaknak a hozzátartozóit, rokonait, akiket „malenkij robotra", vagyis kis munkára fogdostak össze és hurcoltak el az orosz munkatáborokba, s akiknek többsége örökre eltűnt, nyomuk veszett, akik sosem tértek vissza az orosz gulágról.

Nehéz volt az embereket, a hátramaradt rokonokat szóra bírni; mindenki félt, ha elmondja, ha elmeséli a szörnyű eseményeket, lefogják, börtönbe vethetik őket, mert jól tudták, milyen precízen működik a kommunista besúgórendszer. Nehéz volt, és sokáig tartott, amíg az emberek bizalmát – úgy, ahogy – meg tudta nyerni, s könnyözönök között rebesgették el a szörnyű eseményeket, fájdalmukat, bánatukat. Még tovább tartott, amíg a megrendüléstől szinte lebénulva el tudott kezdeni írni, s bizony nagyon nehezen haladt, sokszor már-már feladta... s aztán újra nekilendült, mert érezte: a valóságot napvilágra kell hozni, az ártatlan áldozatok szenvedései nem merülhetnek el örökre a feledés homályában.

Háromévi keserves munka után elkészült a regény, de kiadót nem lehetett rá találni, sőt megfenyegették Esztert, hogy jobb lenne a kéziratot azonnal eltüntetni, megsemmisíteni, mert még börtönbe is kerülhet „felforgató" tevékenység és „néplázítás" címén.

Így bekerült a frissen befejezett mű Eszter íróasztalának legalsóbb fiókjába.

1989-ben, az ún. rendszerváltás után váratlanul megjelent Budapesten Barta Béci.

Eszter hallotta ugyan, hogy az Astoria Szállóban vett ki szobát, hogy BMW kocsival furikázik a budapesti utcákon; hogy gyakran látni őt a híres éjszakai mulatóban, a Pipacsban, ahol gáláns módon vendégeli meg volt barátait, ismerőseit. Eszter amúgy sem törődött sokat a pesti pletykákkal, Barta Béla, régi hódolója, váratlan feltűnése ugyan kellemesen lepte meg, mivel úgy érezte, hogy neki köszönheti tulajdonképpen, hogy megírta regényét a malenkij robotról, ha nem is jelenhetett meg sosem nyomtatásban. Ha Béla nem küldi el neki Szolzsenyicin elbeszélését a gulágról, talán sosem jutott volna eszébe, hogy ilyen témájú regényírásba kezdjen, tehát bizonyos mértékben az ötlet tőle származott, s ezért hálás is volt neki. Mégsem kereste a vele való találkozást.

Egy szombati napon, amikor egyedül ücsörgött a könyvkiadó szűkös irodájában, a portás telefonon jelezte, hogy látogatója érkezett.

– Küldje fel! – kérte meg a portást, mivel egy interjúalanyra várt a következő cikkéhez.

Ijedten rezzent fel, amikor hátulról két férfikar ölelte át.

– Hogy merészeli? Mit képzel? – kiáltott fel ijedten hátrafordulva Eszter.

Egy elegánsan, a legújabb divat szerint öltözött, parfümtől illatos, jóképű férfival találta magát szemben.

– Béla! – kiáltott fel meglepetésében, s csodálkozón csapta össze a kezét. – Barta Béla, az egykori híres asztaliteniszbajnok! Te honnan kerülsz elő? – nézett a férfira kerekre tágult, kíváncsi szemmel.

– Mit csodálkozol, drágám? Eljöttem érted, mert megérett az idő, hogy végre ott folytathassuk, ahol abbahagytuk, szerelmem! – mosolygott rá szemtelen kacsintással a régi egyetemi hódító.

Egymás karjaiba estek, s Eszter szemében akaratlanul is könnyek gyűltek össze, melyeket szégyenlősen törölt ki kezével. A régi egyetemi évek emlékei elemi erővel törtek fel benne.

– Gyere, menjünk le a Mátyás Pincébe, biztosan éhes vagy már. S nem kell annyit dolgozni, tanulni, tudod, „a tudósok mind szegények" – s már szaladtak is le kettesben a keskeny lépcsőkön, mintha kergették volna őket.

Alig ültek le az asztalhoz, Béla magához intette a pincért.

– Főnök úr, kérdezze meg a szépséges hölgyet, hogy mit kíván! – adta ki a parancsot Béla.

– Nem is tudom... – szólt zavarában Eszter, mert az ilyen előkelő, drága helyekre járást egy szűkös pénztárcájú, budapesti lektornő nem engedhette meg magának.

– Ha nincs ellene kifogásod, drágám, majd én rendelek – jelentette ki határozott hangon Béla, s rendelt kaviárt, pezsgőt, halászlét, túróstésztát, s ki tudja még, mi mindent egyszerre.

– Tudod, már régen nem ettem ilyen jó magyar ételeket, drágám – szabadkozott Béla, amikor Eszter hangosan tiltakozott a bőséges vacsora miatt.

– Mindezt képtelenek leszünk megenni – tiltakozott a lány –, és kérlek, ne szólíts engem drágámnak, hiszen olyan régen volt az...

Béla a tiltakozásokat figyelemre sem méltatta.

– Belekóstolsz, s ami igazán ízlik, csak abból eszel – nyugtatta meg a hangosan tiltakozó lányt.

– De hát ez pazarlás! – jegyezte meg Eszter.

– Pazarlás? Mi a pazarlás? Az, hogy annyi sok éve nem láttuk egymást, ez az igazi időpazarlás! És most mesélj a regényedről. Sikeres volt?

– Sok mesélni való nincsen, mert nem is jelent meg nyomtatásban sosem – vallotta be Eszter. – Nem illett bele a jelenlegi politikai felfogásba, sőt még börtönnel is megfenyegettek. Nálunk még mindig nem lehet az akkori szörnyű eseményeket az igazságnak megfelelően nyilvánosságra hozni – hajtotta le fejét szomorkás mosollyal a lány.

– Ha rám bízod a kéziratot, majd én kiadatom, ebben biztos lehetsz! – fogta meg Béla Eszter kezét biztatóan.

– Hát kire bíznám rá, ha nem rád, hiszen az ötletet te adtad azzal a Szolzsenyicin-elbeszéléssel, amit annak idején küldtél – felelte halkan, szinte suttogó hangon Eszter. Amikor Béla csodálkozva hajolt hozzá a halkan rebegő mondatok után, a lány bocsánatkérőn nézett rá. – Halkan mondom, mert tudod, itt, nálunk még a falnak is füle van.

Így kezdődött, illetve folytatódott a Bélával való új kapcsolat. Béla Ausztriában kiadatta saját költségén Eszter regényét, melynek ott, a nyugati világban nagy sikere volt. Esztert többször is meghívták ausztriai író-olvasó találkozókra, s végül Béla, a neves bankár kiharcolt neki egy irodalmi kitüntetést is.

Aztán egy ilyen könyvterjesztő irodalmi rendezvénysorozat végén Eszter nem tért vissza Magyarországra, és Barta Béla felesége lett.

Miért határozta el magát erre a váratlan és meggondolatlan lépésre?

Mert elégedetlen volt eddigi életével.

Nem látott más kiutat reménytelennek tűnő helyzetéből.

Évfolyamtársai közül sokan – akik behódoltak a szocialista rendszer szabályainak és követelményeinek – a siker síkos pályáján haladtak egyre feljebb és feljebb. Volt közöttük már elismert, híres író, egyetemi professzor, befolyásos országgyűlési képviselő is.

Ezzel szemben az ő szürke, „jelentéktelen" életét felőrölte a mindennapok kilátástalan harca a munkahelyén, a bosszúságok és mérgelődések a munkatársakkal, főnökökkel, szomszédokkal, és szerény otthona sem adott megnyugtató sikerélményt.

Igaz, volt valami tehetsége a rajzoláshoz, festéshez, a zenéléshez, melyet valószínűleg az édesanyjától örökölt, de ezeket a hajlamokat nem volt alkalma gyümölcsöztetni, kiélni a körülmények kedvezőtlen mivolta révén, és saját szívós akarata, szorgalma sem bizonyult kielégítőnek. A legnagyobb hibát ott követte el, hogy azzal biztatta magát, „majd később ráér még nekihajtani, és tehetségét kibontakoztatni", de ezt a szót, hogy „később", most már végleg törölnie kellett a szótárából.

Az idő elrepült felette – döbbent rá –, a mulasztást már nem lehet behozni, ezzel tisztában volt. Belátta, hogy a legnagyobb hibát akkor követi el az ember, ha azzal hitegeti magát, hogy még van „bőven idő", mintha a tehetségünk, hajlamunk egy páncélszekrényben lenne elzárva, és bármikor kinyithatnánk. Ez teljesen őrült gondolat.

A kérlelhetetlen igazság az, hogy az idő egy elillanó, visszahozhatatlan közeg. Az idő mindig csak a most, s hamar elillan, ha nem használjuk ki. Hiába hozná fel most a pincéből a festékeket és az ecsetet, jelentéktelenek tűnő életét ezzel már nem menthetné meg.

Ha legalább pénze lenne elég – gondolta sokszor, aztán rájött, hogy ez sem érne sokat, mert az elmúlt időket és lehetőségeket nem lehet pénzzel sem visszahozni, sem megvenni.

Azonkívül azt olvasta egy nívós tudományos lapban, hogy a gazdag embereket gyötri a legjobban a jövőtől való félelem: állandó aggodalomban élnek a sok pénzük miatt.

Mit lehet hát még tenni a megkésett felismerésben?

Az út az „értelmes élethez" a mával kezdődik, ott hever minden reggel a lábunk előtt. Nem szabad a „majd későbbre" halasztani vágyainkat, terveinket; nem szabad várni arra az időre, mely sosem jön el, mert az idő gyorsan elillan, elszáll a fejünk felett, visszahozhatatlanul. Mivel lehetne „értelemmel" feltölteni mostani szürke hétköznapjait – tűnődött el sok álmatlan éjszakán.

Sokáig töprengett ezen, míg eszébe villant a megoldás. Utazni kellene, megismerni új országokat, népeket, kultúrájukat, kibővíteni szűknek bizonyult megszokott környezetét, világát.

Így került el Bécsbe, Barta Béla segítségével és biztatásával.

Izgalommal teli volt már a titkos készülődés is: az út megtervezése, szállodák utáni kutatás, repülőjegyek beszerzése. Azt tervezte, hogy Bécsben meglátogatja majd Marika nénit, kedvenc nagynénjét és egyben keresztanyját, aki a bécsi Mariahilfer utcában lakik, egy luxuslakásban.

Bécsbe érve azonnal lehetett érezni a „történelmi" levegőt, csak végig kellett sétálni a Grabenen, a Mariahilferstrassén, vagy az egykori Habsburg Monarchia fellegvárát, a Burgot, a schönbrunni kastélyt megcsodálni, a Stephansdomban, a Fekete Madonna előtt imádkozni, s aztán a híres Sacher Kávéházban megpihenni, s egy „kleine braunét" a híres Sacher-tortával együtt elfogyasztani.

A bécsi tartózkodás azonban hamarosan megszakadt, mert Barta Bélát az egyik legnagyobb német bank igazgatóhelyettesévé nevezték ki, s így végül is Németországban, Münchenben telepedtek le az új házasok véglegesen.

Béla jó összeköttetései révén Eszter bekerült a müncheni „Heute" című napilap szerkesztőségébe, mint újságírónő.

Az élet Münchenben nagyon kellemes és vidám volt, a bajorok igen barátságos, szívélyes embereknek bizonyultak, és hamarosan befogadták a fiatal házaspárt a „schwabingi buszi-buszi" (a müncheni művészek, népszerű politikusok és értelmiségiek) társaságába.

Házasságuk elején nagyon jól megértették egymást, mondhatni, hogy boldogok voltak. Béla mindenben Eszter kedvét kereste, s ahogy mondani szokás, szinte a „tenyerén hordozta". Esztert elkábította a nyugati jólét és a korlátlannak tűnő szabadság illúziója. Bélának sokat kellett üzleti ügyekben utaznia, s eleinte magával vitte fiatal feleségét is ezekre az utakra. Együtt bejárták Európa legszebb országait, városait, előkelő hotelokban szálltak meg, s mindenütt luxus vette körül őket. Eszter élvezte a könnyű élet adta lehetőségeket, s mondhatni, szinte „úszott a boldogságban". Csak később döbbent rá, hogy ez a boldogság csak részben alapult a Bélával kötött házasságuk, szerelmi kapcsolatuk talaján. Nem volt olyan mély és őszinte közelről sem, mint a Péterrel átélt heves szerelem, mely olyan tragikus módon szakadt meg.

Miután állást kapott a „Heute" című hírneves müncheni napilapnál mint szabadfoglalkozású újságírónő, már csak nagy ritkán tudta elkísérni férjét üzleti útjaira. Amíg Bélát a világ különböző tájaira röpítette a bank privát jetje, addig Eszter, mint lelkes újságírónő, Németországot utazta végig keresztül-kasul, riportok és szenzációs események után kutatva. Így idővel szinte észrevétlenül kissé elidegenedtek egymástól, de azért nem voltak boldogtalanok sem.

Mivel Béla ritkán volt otthon, mert mint felelős bankigazgató szinte állandóan úton volt a világ legkülönbözőbb országaiba, városaiba, Eszter sokszor volt egyedül a nagy lakásban, s maga sem gondolta volna, hogy olyan hamar hatalmába keríti majd a honvágy.

Béla éppen Ausztráliából küldte a SMS-eket, amikor hirtelen elhatározással úgy döntött, hogy egyhetes szabadságát Budapesten fogja eltölteni. Álmában már gyakran Budapestre járt, ahol a gótikus stílusú Országház és a budai, egykori királyi vár a Duna partján elállítja az ember lélegzetét. Álmában sokszor járt a Halászbástyán, ahonnan újra megcsodálta a nagy Budapest csodás látképét, a Mátyás templomban modern rockmisét hallgatott végig újra, mint régen. A Margitszigeten sétálgatott...

Azután álmai Szegedre röpítették vissza, egyetemi éveinek színhelyére, és végigjárta a csendes egyetemi város jól ismert utcáit és tereit: a valamikori Lenin körutat, a híres Szegedi Dómot és kerengőjét, ahol a magyar történelem és irodalom, valamint politikai nagyságok szobrai és emléktáblái elevenítik fel az egykori mezőváros „hírös" történelmi múltját. Ott a valamikori „KISZ"-kollégium második emeleti ablakára bámult, mely a Dóm térre nézett, és sóvárogva emlékezett vissza az egyetemi kollégiumra, ahol másik négy évfolyamtársával egy szobában lakott. Máskor álmában szinte érezni vélte a Hági Étteremből kiáramló szegedi halászlé felséges illatát...

Már meg volt rendelve a repülőjegye, le voltak foglalva a szállodai szobák, amikor a német televízióban elrettentő képsorok jelentek meg: Magyarországot teljesen váratlanul megrohanták a Szíriából, Irakból, Pakisztánból, Afrikából beözönlő, úgynevezett „migránsok", akik háborús menekülteknek adták ki magukat, s erőszakosan követelték a nekik járó európai „asylum jogokat" és teljes ellátást. A Keleti pályaudvart hirtelen tíz-húszezren szállták meg, letelepedve a síneken, a várótermekben, a kijáratokban és aluljárókban, sátraikat kibontva és felállítva, hosszabb tartózkodásra berendezkedve. Minden talpalatnyi helyet elfoglalva, bepiszkítva, ételt és italt követelve, sínek közé rohangálva teljesen lebénították Budapest híres, szecessziós stílusban épült nemzetközi fő pályaudvarát.

S az áradat nem szűnt meg; naponta tíz-húszezren érkeztek Törökországból ócska gumicsónakokba szorulva, életüket kockáztatva a viharos tengeren a közeli görög szigetekre, onnan részben gyalogosan a görög–macedón határon illegálisan átáramolva, országhatárokat figyelmen kívül hagyva, Magyarországon, Szlovákián, Szerbián keresztül Ausztriába tódultak, de végső céljuk Németország volt. Az útközben elakadt illegális bevándorlók ellepték Budapest utcáit, tereit is, mindenütt szemetet, piszkot és emberi ürülékeket maguk után hagyva, s az autóutakon gyalogosan és megállíthatatlanul igyekeztek Ausztria felé.

Szeptember közepén az Eszter által tervezett budapesti látogatás is teljesen dugába dőlt a váratlan események miatt. Egész Európa lélegzetvisszafojtva figyelte az arab nyelvű, moszlim tömegek invázióját. A karhatalmi erők, a rendőrség, a katonaság tehetetlenül állt velük szemben. Rendőröket támadtak meg, ütöttek le az ún. „békés" háborús menekültek, s mindenkit, aki útjukba próbált állni, agresszív módon elsöpörte a naponta tíz-húszezres, arab származású menekültek tömegének áradata. Ebben a teljesen váratlanul bekövetkező invázióban a magyar kormány hiába követelte az Európai Unió által megszavazott dublini rendelet és a schengeni egyezmény betartását, a migránsáradat fütyült az európai törvényekre, s szinte az volt az érzése az embereknek, hogy itt az iszlám tömegek „fegyvertelen" inváziója zajlik, mintha le akarták volna rohanni egy puskalövés nélkül egész Európát.

Eszternek teljesen megrémülve le kellett mondania tervezett budapesti látogatását, úgy a repülőjegyeket, mint a már lefoglalt szállodákat is.

És akkor váratlanul a német kancellár, Angela Merkel 2015. szeptember 4-én kijelentette: Németország befogadja az akkor már milliós arab, iszlám tömeget, s megnyitotta a német határokat a bevándorló tömegek előtt. Megszületett az ún. „willkommenskultur" Németországban. Az arab bevándorló tömegeket akkor még szívesen fogadták be Németországba, sőt gondoskodtak arról is, hogy különvonatokon szállítsák őket az ún. „balkáni úton" keresztül Münchenbe. A migránsok arab szentté kiáltották ki Angela Merkelt, és „Mama Merkel" el is ment az elsőnek érkező migránsokat befogadó táborokba, összeölelkezett a „szegény" háborús menekültekkel, szelfiket csinált velük, s ezek a képek az egész világban szenzációként árasztották el az újságok címoldalait, a televíziós adásokat, az internetet.

S mivel a lerongyolódott háborús menekültek valamennyien érdekes módon rendelkeztek a legmodernebb, ún. „okostelefonokkal", gyorsan elterjedt a hír világszerte – az arab és afrikai országokban is – hogy Németország megnyitotta határait a bevándorolni kívánó tömegek előtt. Az igazi inváziós áramlat ekkor indult meg úgy igazán. Rövid idő alatt 2015-ben már több mint másfél millió, emigránsnak nevezett arab és afrikai „menekült" lepte meg a német városokat, akiket Macedóniától az ún. „balkáni útvonalon" át szállítottak vonatokkal és külön buszokkal Németországba, s elsősorban Ausztriát és a bajor városokat lepték el.

Eszter, mint újságírónő, maga is riportot készített a müncheni Hauptbahnhofon beérkező első migránscsoportokról, akiket tapssal és virágcsokrokkal, plüssállatokkal és szendvicsekkel üdvözölt a lelkendező müncheni lakosság. Csak később derült ki, hogy a bajor politikai ellenzék, a Zöldek és SPD-sek kiküldött, megfizetett lakájtömege éljenezte, fogadta szinte mámoros örömmel a „szerencsétlen" háborús menekülteket Szíriából. A bajor kormány és München város vezetősége a meglepetéstől szinte fejét vesztve próbálta elhelyezni valahová a váratlanul beözönlő tömeget. Az értelmes, józan gondolkodású müncheni polgárok már akkor hitetlenül csóválták fejüket, de tiltakozni nem mertek a muszlim szentnek kikiáltott Merkel kancellárnő egyszemélyes intézkedései ellen, aki önhatalmúlag senkivel sem egyeztetett, senkivel sem tanácskozott, sőt a német parlament beleegyezése és döntése nélkül, diktatórikus módon nyitotta meg a németországi határokat a beözönlő muszlim tömegek elött. S ami még ennél is ijesztőbben hangzott a kancellárnő szájából (aki, mint egy második irgalmas Teréz anya) váltig, mint egy mantraként hangoztatta, hogy felső határa nem lesz a befogadott bevándorlók tömegének, mert Németország egy gazdaságilag erős ország, amely elbírja ezt. Minden második szava az volt: „Wir schaffen das!" (mi megcsináljuk), vagyis mi korlátozás nélkül veszünk fel menekülteket, és erre kötelez minden európai országot is a „humanitárius imperativus". Akkor már a béke Nobel-díjra kacsingatott az egykori DDR-es kommunista funkcionáriusnő. Sajnos ez nem jött be neki azonnal, tehát folytatnia kellett a szívesen segítő, mindenkit befogadó humánus politikáját. Szabályszerűen szinte meghívta a világ minden ún. menekültjét, jöjjön csak Németországba, s lakást, munkát és teljes ellátást helyezett kilátásba.

„Go to Germany" volt a jelszó, mert ezt remélték a többségben Afrikából, Afganisztánból, sőt a balkáni országokból, Bulgáriából, Koszovóból, Albániából, Romániából beáramló gazdasági menekültek is. Az embercsempészek hada – az embercsempészés rövid idő alatt igen jövedelmező iparággá nőtte ki magát – szintén azzal biztatták a migránsokat, hogy Németország egy tejjel-mézzel folyó Kánaán, ahol mindent ingyen és bérmentve megkapnak – munka nélkül is. Az embercsempészek általában 2000-től 5000 euróért vezették át őket az ún. balkáni útvonalakon. Természetesen akkor még senki sem gondolkozott el azon, honnan volt a szegény háborús menekülteknek ennyi pénzük. S mikor egy politikusnak mégis feltűnt, hogy a migránsok a pénzautomatákból is jelentő– mennyiségű pénzeket emelnek le, az volt a válasz: mindenüket eladták, csak hogy meg tudják fizetni az Európába vezető utat. De azt a logikus kérdést nem tette fel senki, hogy egy háború sújtotta országban, ahol állítólag naponta csak úgy potyognak a bombák az égből, hogy lehet valamit eladni? Ki az a bolond, aki ilyenkor romba dőlt házakat vesz meg drága pénzen? És milyen kontókról, vagyis kinek a kontójáról tudnak leemelni még Németországba érve is tetemes összegeket?

Erre a kérdésre senki sem tudta a választ, de nem is nagyon kutatott utána akkor még senki.

Ilyen és hasonló furcsa hírek terjengtek Németországban országszerte.

Eszter, aki München egyik legjobb negyedében, a Herzog-parkban lakott, egy az Isar folyó partjára kifutó kerttel, semmit sem érzett meg a migránsválság okozta változásokból. Igaz, feltűnt, hogy az U-Bahnon egyre gyakrabban lehetett arab, fekete bőrű és hajú fiatal férficsoportokkal találkozni, akik jegyet nem váltottak, s emiatt a kalauzzal hangos vitákba keveredtek. Azt is meglepődéssel tapasztalta, hogy a fiatal, arab nyelvű férfiak és fejkendős nők, az üzletekben, bevásárlóközpontokban a kasz-sza előtti sorban szemtelen módon tolakodtak, mindenkit fél-relöktek, és fizetni sem akartak.

Eszternek volt a kertjében egy csodálatos almafája, gyönyö-rű piros almákat hozott minden évben. Most szeptember végén is tele volt gyönyörű piros almákkal, csak úgy húzta le az ága-kat a sok gyümölcs. Egyik délután, amikor kitekintett a kony-hája ablakán, egyszer csak észrevette, hogy 4-5 fekete alak tel-jes nyugalommal megdézsmálja az almafáját. Valószínűleg az Isar-parti sétányról ugrottak át az alacsony kerítésen. Először azonnal ki akart ugrani, hogy elzavarja a gyümölcstolvajokat, de aztán még időben eszébe jutott, jobb, ha a mobiltelefonjával lefényképezi őket, csak azután lépett ki a konyha ajtaján. A fia-tal, tetterős, arabul beszélő férfiak egy percig sem zavartatták magukat, tovább szedték az almákat, s még nagyokat röhögtek is közben, mintha Esztert észre sem vették volna. Mikor han-gosan rájuk szólt, hogy azonnal hagyják el a kertjét, nagyot rö-högve, tenyerüket a nyakuk előtt húzkodva mutatták neki, hogy le kéne vágni a háborgó nő fejét.

Eszter megdöbbenésében szinte lebénult, s hangosan ren-dőrök után kiáltozott, mire az arab banda, lezseren átugorva a kerítést, eltűnt az Isar-parti sétányon hömpölygő tömegben. Természetesen jelentette a rendőrőrsön az esetet, a bizonyíté-kot, a mobilján levő fényképeket is mellékelve. A rendőrök kö-zömbösen vették fel a feljelentést.

– Nehogy azt higgye, hogy ez egy egyedülálló eset, és bármit is tudunk tenni – rángatták a vállukat az ügyeletes rendörök. – Százával érkeznek mostanában az ehhez hasonló feljelentések.

Hogy a közbiztonság Münchenben mennyire bizonytalanná vált, egy másik, még ennél is veszélyesebb eset látszott bizonyítani.

Eszter kollégája, egy fiatal, lelkes fotóriporter, az U-bahnon csak arra merte figyelmeztetni a 10-15 főből álló migránscsoportot – mert mindig nagy csoportokban kószáltak a müncheni utcákban, tereken –, hogy az U-bahnon tilos a dohányzás. Erre arabul ordítozni kezdtek, s mikor a fotóriporter a „dohányozni tilos" táblára mutatott, nekirontottak s összeverték, megtaposták. Egy idős házaspár segítségével tudott csak hazatámolyogni.

A legijesztőbb azonban az volt, hogy a német kormány és a vezető politikusok ebben a kavargásban csak ide-oda kapkodtak, s tehetetlenségüket azzal próbálták leplezni, hogy a sajtóban és a televíziós híradásokban ezeket a visszaéléseket vagy agyonhallgatták, vagy „szélsőjobbos" rágalomkampánynak bélyegezték.

Úgy tűnt, egyedül a magyar miniszterelnök ismerte fel azonnal a korlátlanul beözönlő inváziós tömegek veszélyét. Orbán Viktor volt az első európai politikus, aki nem csak szavakban tiltakozott az európai törvények és megegyezések nyílt megszegése ellen, hanem az Európai Unió határainak megvédésére szólította fel a brüsszeli uniós vezetőket. Amikor kiderült, hogy semmit sem tesznek a határok megvédéséért, csak egyik eredménytelen tanácskozást hívták össze a másik után, Orbán Viktor volt az egyedüli Európában, aki cselekedett: azonnal technikai akadályt, szögesdrótot emeltetett a magyar–szerb határ mentén, tehát fizikai akadállyal szakította meg az eddig „kényelmes balkáni útvonalat", s ezzel nemcsak Magyarország, hanem egész Nyugat-Európa területéről kizárta az egyre nagyobb számban növekvő inváziós tömegeket. Akikről amúgy is hamarosan kiderült, hogy többségük nem békés szándékú kérelmező, hanem nagyon is erőszakos, agresszív követelőzőkként lepleződtek le.

S mégis, a brüsszeli eurokraták csoportja – Jean-Claude Juncker; Martin Schulz, az EP elnöke; Peymann – Asselborn luxemburgi külügyminiszterrel az élen, vagyis az egész Európai Unió Magyarország ellen fordult, holott egyedül a magyar kormány tartotta be az Európai Uniós törvényeket. Mégis nacionalistának, rasszistának bélyegezték meg a magyar miniszterelnököt, Orbán Viktort, s hecckampányt indítottak ellene, sőt zsarolni is megpróbálták azzal a fenyegetéssel, hogy megvonják Magyarországtól az Uniós kedvezményeket és egyébb– támogatásokat.

És ehhez jöttek még a röszkei események, amikor a „békés" migránsok át akarták törni Röszkénél a védő drótkerítést, megtámadva és kövekkel megdobálva a határt védő magyar rendőröket. A szörnyű képek bejárták a világsajtót, s a balliberális sajtó nem a támadó, kövekkel dobálódzó migránsokat ítélte el, hanem a saját hazájuk határát a dühöngő migránstömegek támadásától védő magyar rendőröket, akik végül is vízágyúkat mertek bevetni a „szerencsétlen", sokat szenvedett, illegális migránsok agresszív, határsértő támadása ellen. A világsajtó felháborodva támadt a magyar „nácikra" és „rasszistákra".

Még akkor sem ébredtek fel az eurokraták színes „multi-kulti" álmaikból, amikor szembesültek a több százezres ismeretlen tömegekkel, akik jogaikat jól ismerve követelték Európától – de leginkább a meghívó merkeli német államtól – a megígért kedvezményeket. Nagyon is jól tudták, hogy mi jár nekik a nemzetközileg elfogadott asylum törvények értelmében. Kiderült, hogy találtak az illegális határsértőknél előre kinyomtatott és sokszorosított arab és angol nyelvü útmutatókat, pontos útleírásokat arról, hová érdemes „menekülni", hol van kilátás a legnagyobb anyagi és jogi támogatásra, sőt, ha nem kapnának azonnal asylum-státuszt s az ezzel járó havi 500 eurós anyagi támogatást, milyen ügyvédi irodákat kell felkeresniük jogaik védelmére. Az ilyen részletes útleírások, jogilag nekik járó anyagi támogatást tartalmazó füzetek arab és angol nyelven arra utaltak már kezdettől fogva, hogy itt egy ismeretlen hatalom által megszervezett, Európa-ellenes hadjáratról van szó. Annál is inkább, mert a migránsok 9o%-a erös, 18 és 40 év közötti fiatal férfiakból állt, akik ahelyett, hogy saját hazájukat és családjukat védték meg Szíriában az ISIS-terroristákkal szemben, teljesen váratlanul elözönlötték Európa országait, tehát feltehetőleg harcban kiképzett, harci gyakorlattal rendelkező katonaszökevények, vagyis dezertálók.

S hogy közöttük hány terrorista, dzsihádista harcos bújt meg, senki sem sejthette, mert regisztrálni, személyazonosságukat felfedni nem voltak hajlandók. Hamis papírokkal próbálták igazolni, hogy valamennyien Szíriából, az ún. ISIS-terroristák által elfoglalt Aleppóból voltak kénytelenek – életveszélyben lévén – elmenekülni, s legtöbbjük érdekes módon azt vallotta: Aleppóban, január 1-én született. Aleppo lakosságának születési száma lassan az ötszörösére látszott–hirtelen emelkedni.

A német vezető politikusok, a különböző pártoktól függetlenül, mindent elhittek nekik: fejveszetten, őrült iramban próbáltak a százezres tömegek részére „emberhez méltó" körülményeket teremteni: laktanyákat, régi vasúti csarnokokat, sőt később már sportcsarnokokat, iskolai tornatermeket alakítottak át ún. „elsődleges felvevő" táborokká, ahol gyorsan felállított katonai ágyakkal, ágyneművel, pokrócokkal, meleg ruhákkal, élelemmel látták el a „háborúban meggyötört", legnagyobbrészt fiatal, okostelefonokkal felszerelt férfiakat, sőt, hogy ne szenvedjenek semmiben sem hiányt – „Merkel Mama" rendelkezése –, azonnal 1080 eurót is kézhez kaptak az új életbe való beilleszkedéshez. Természetesen lefényképezték az okostelefonjaikkal a kapott szép összeget, s elküldték azonnal az otthon maradt hozzátartozóiknak, ismerőseiknek Szíriába, Afganisztánba, Irakba, Fekete-Afrikába: „Gyertek, itt arany az élet!"

A hivatalos sajtóorgánumok az egész világon lelkendeztek a német „willkommenskultúrát" dicsőítve, s büszkén ecsetelték, mennyi jóval látják el, milyen szeretettel fogadják és gondozzák ezt a vég nélkül beáramló, piszkos, lompos, félnomád tömeget.

Arról nem volt szabad írni, hogy a „szánalomraméltó menekültek" mivel hálálták meg a bőséges juttatásokat...

Napról napra szaporodtak az áruházi lopások, zsebtolvajlások, a német fiatal lányokat érő molesztálások, csoportokban való zaklatásuk, s főleg a rablás, a mobiltelefonok erőszakos eltulajdonítása napirenden volt. A müncheni ún. „elsődleges elosztó tábor" – ahol 13000 migránst helyeztek el egy volt vasúti csarnokban – közelében levő áruház vezetője a városházán panaszolta el: be kell zárnia a Nettónak nevezett vegyesboltját, mert a hónap végi elszámoláskor több százezer eurós hiánya van, ugyanis a közeli táborban lakó migránsok szemrebbenés nélkül telerakják áruval a bevásárlókocsikat, és teljes nyugalommal, fizetés nélkül távoznak a boltból, s amíg a kihívott rendőrök megérkeznek, már el is tűntek a lágerjukban lebzselő, unatkozó tömegben.

A müncheni, neuperlachi polgármester a boltvezető legnagyobb elképedésére mit felelt erre?

– Adja le nálunk a hiányát, majd mi kifizetjük.

S erről München lakosságának nem volt szabad tudnia!

Meg lett tiltva, hogy a rendőrségi bűnügyi jelentésekben nyilvánosságra hozzák a migránsok által elkövetett rablásokat, betöréseket, nők és öregek ellen elkövetett zsebtolvajlást, molesztálást, melyek napirenden voltak, főleg a müncheni metrókban. Mindezt vagy szigorúan el kellett hallgatni, vagy kissé megszépíteni a közvélemény előtt.

A német lakosság többsége így szándékosan félre lett vezetve. A „willkommenskultur" égig lett dicsérve, toborozták az önkéntes, ingyenes, fizetés nélküli segítőket nagy csinnadrattával a társadalom minden rétegéből, a humanitás jól hangzó álarca mögött. Sok-sok jószándékú nyugdíjas anyóka, nyugdíjas apóka állt be önként élelmet, ruhákat osztogatni és a szemetet eltakarítani a „szegény" migránsok piszoktól, tetvektől hemzsegő tömegszállásain, amíg a menekültek unalmukban drogoztak, cigarettáztak, lágerbeli asszonyokat és kiskorú gyermekeket erőszakoltak meg, és gyakran egymásnak támadtak, s a tömegverekedéseket sokszor a kihívott rendőrség is alig tudta megfékezni, feloszlatni.

„Kevés a rendőr! Nem győzik a munkát!" – harsogott a sajtóban minden újság vezércikke. Ekkor azonban már sokan azon a véleményen voltak, hogy nem a rendőrök számát kellene a triplájára emelni, hanem a migránsok számát jelentősen csökkenteni. De a kancellárnő dacosan kitartott meggyőződése mellett, hogy „Es gibt keine Obergrenze", vagyis nincsen megszabható felső határ a menekültek befogadására Európában.

Eszter is, mint a legtöbb gyanútlan, jóhiszemű polgár, még mindig nem hitt az elrémisztő híreknek, mendemondáknak, hamisnak kikiáltott rágalmaknak, bár az emberek naponta, saját bőrükön érezték a közrend, a közbiztonság fellazulását.

S akkor jöttek a kölni szilveszteri események, melyeket szintén el akartak hallgatni, de az igazságra, ha pár nappal később is, mégis fény derült.

A kultúrváros Köln mindig is híres volt lakóinak laza, könynyed életviteléről, vidámságáról, nagystílű kulturális és egyéb társadalmi rendezvényeiről.

Németország Párizsának is becézték.

Többek között híres volt nagyvonalú szilveszteri utcabáljáról is, amikor éjfél előtt kiözönlött az ünneplő tömeg a kölni pályaudvar előtti nagy térre, és hangos zene, éneklés és pezsgőspoharak koccintása mellett együttesen várták az új év beköszöntét. 2015 szilveszter éjszakáján is nagyszámú vidám tömeg gyűlt össze a hatalmas téren petárdákat gyújtogatva, valóságos kis tűzijátékot rendezve az évforduló örömére.

Esztert legjobb barátnője, Aliz meghívta, hogy töltse velük a szilvesztert és az újévet kölni otthonában. – Meglátod, milyen hangulatos itt az élet nálunk, Kölnben, a szilveszteri rendezvények pedig híresek az egész világon, s ide vonzzák a világ minden tájáról a turistákat is! – csábította Aliz a barátnőjét.

Nem volt más programja és elfoglaltsága éppen; a „Heute" című napilap egyébként nagyon is szigorú főszerkesztője is teljesen váratlanul engedélyezte, hogy kivegye hátralevő évi szabadságát, férje, Béla pedig éppen Kínában tartózkodott, tehát elfogadta Aliz meghívását és elutazott Kölnbe. Alizék a város legelőkelőbb negyedében laktak, nagy lakásuk válogatott antik bútorokkal, dísztárgyakkal, híres festők képeivel volt berendezve, melyeket a világ minden tájáról gyűjtöttek össze, ugyanis Aliz férje, Attila, mint diplomata szinte egész Európát, de az ázsiai országok nagy részét is megjárta már szolgálati útjain.

Természetesen a két barátnő végigjárta először is a legelő-kelőbb üzleteket – Gucci, Dolce&Gabana, Chanel, Valentino. Aliz hatalmas szatyrokban cipelte haza a legújabb divatú ruhákat, cipőket, Eszter pedig félénken követte, mert neki ilyen drága különlegességekhez sosem volt elég tömött a pénztárcája. Meg is jegyezte menet közben:

– Biztosan nagyszerű érzés lehet, hogy megengedhetsz magadnak ilyen luxuscikkeket.

– Nehogy azt hidd, hogy ez boldogít. Attila, igaz, mindennel ellát, elkényeztet, de boldog vele mégsem lehetek soha – jelentette ki Aliz Eszter legnagyobb meglepetésére.

Csak később, amikor Köln legelőkelőbb éttermében ebédeltek, amelynek nyitott terasza a Rajna fölé kinyúló félszigeten csodálatos kilátást nyújtott a folyóra és a városra, s ahol három pincér sürgölődött körülöttük, akkor sírta el bánatát Aliz.

– A mi házasságunk már évek óta csak látszólagos, amióta Attila beleszeretett Thaiföldön egy nagyon csinos, feltűnően szép arcú, 16 éves fiúba. Csak ekkor derült ki, 10 évi házasságunk után, hogy homoszexuális hajlamainak nem tud már ellenállni, és tőlem elvárja, hogy ezt megértsem és elfogadjam. Magas beosztása miatt meg kell tartania annak a látszatát, hogy boldog házasságban él velem. Énvelem csak reprezentál, s ezért cserébe minden kívánságomat teljesíti.

Eszter megdöbbenve hallgatta barátnője elkeseredett panaszait, s ezek után már azon sem csodálkozott, hogy Attila nem jött el velük a szilveszteri mulatságra, a kölni pályaudvaron megrendezett, híres-neves utcabálra.

Rendkívül jó hangulatban indult a szokásos szilveszteri mulatság. Több százan gyűltek össze a kölni pályaudvar előtti nagy téren. Folyt a pezsgő, robbantak a petárdák, hangos zenére és énekszóra táncolt, mulatott a kölni ifjúság.

Eszter és Aliz, elvegyülve az ünneplő tömegben, egyszer csak azt vette észre, hogy 10-15 fiatal, fekete hajú és képű férfi gyűrűbe fogja őket. Ebből a gyűrűből először nevetve-sikongatva próbáltak kitörni – jó mókának tűnt –, de nem tudtak sehogy sem kiszabadulni az őket körülfogó, arabul kiáltozó, röhögő férfiak gyűrűjéből. Mire rádöbbentek, hogy ez már nem tréfa, fogdosták is őket, ahol csak érték: tapogatták a mellüket, leszakították róluk a ruhákat, a lábuk közé nyúlkáltak durva módon, leszakították vállukról a táskájukat, pénzüket és okostelefonjukat diadalmas ordítással tulajdonították el.

Hiába kiáltoztak segítségért a férfiak szoros gyűrűjében, az általános zajban, hangos zenében senki sem figyelt fel rájuk, s rendörök sehol sem voltak.

Végül Eszter megtépett ruhában, szétszakított harisnyanadrágban, mindkét combján vérző sebekkel valahogy kiküzdötte magát a férfiak szoros gyűrűjéből. Alizt nem látta már akkor sehol. Hiába kiáltozott utána, hiába szaladt a rendőrökhöz, azok, úgy tűnt, tehetetlenül és közömbösen nézték az eseményeket: nem hallották – vagy nem is akarták hallani – a nők segélykiáltásait. Túl kevesen voltak a tömérdek fiatal, erős, afrikai, szíriai fiatal férfi erőszakos fellépésének megakadályozására.

Alizt végül is egy nagy bérház hátsó udvarában találták meg eszméletlenül a ház felriasztott lakói, akik ablakaikból figyelték, mint gyalázzák meg a fiatal nőt többször is egymás után a feldühödött, arabul ordítozó férfiak.

– „Allahu akbar!" (Allah akarta így! – a szerk. megjegyzése) – Ezt ordították nagy röhögve, de senki sem értette meg őket.

Végül valaki mégiscsak hívta a mentőket, s Alizt bevitték a kórházba. Azonnal az intenzív osztályra helyezték súlyos sérülései miatt. Később kiderült: nem Eszter és Aliz voltak az egyedüliek, akiket ilyen ravasz módon támadtak meg és raboltak ki.

Először senkinek, még Eszternek sem tűnt fel, hogy 2015. december 31-én, éjfél előtt feltűnően sok furcsa, fekete hajú és bőrű fiatal férfi vegyült az ünneplő tömegbe. A zenebonát és az ünneplő, vidám hangulatot, tűzijátékot kihasználva ezek az ismeretlen alakok – jórészt 18-30 év körüli, arabul üvöltöző férfiak – szisztematikusan, 10-12 fős csoportokban körbekerítették a fiatal német nőket, letépték ruhájukat, és szexuális erőszak közben még ki is rabolták őket, táskáikat, pénztárcájukat, mobiltelefonjaikat eltulajdonítva. Hiába sikoltoztak segítségért, az őket körülvevő, erőszakos férfiak köréből nem tudtak egykönnyen kiszabadulni. Sok-sok kislányt erőszakoltak meg azon az éjszakán, s a kölni pályaudvaron szolgálatot teljesítő rendőrök ebből állítólag nem vettek észre semmit. Még a kevés számú, a nőket kísérő férfi is tehetetlennek bizonyult. Később kiderült, hogy mintegy 1200 ismeretlen fiatal férfi rohamozta meg a vidáman ünneplő fiatal nőket, akik védtelenül vergődtek a durva, agresszív támadók kezei között. A nőket kísérő férfiakat is kíméletlenül leütötték és kirabolták.

Másnap a hivatalos rendőri jelentésekben az állt: „Minden rendben zajlott, semmi említésre méltó, zavaró esemény vagy rendbontás nem történt".

A szilveszter 2015-ben egy csütörtöki éjszakára esett. A megnyugtató rendőri jelentésről a pénteki újságok számoltak be.

A rendőrségen azonban már péntek hajnaltól kezdve szünet nélkül csengtek a telefonok, úgyhogy szombaton és vasárnap már nem győzték a feljelentéseket a forródrótokon keresztül feljegyezni: csak a hétvégén több mint 150 feljelentés érkezett a megtámadott, szexuálisan bántalmazott és kirabolt nőktől.

Nagy zavarukban a rendőrség vezetői megpróbálták először eltussolni a botrányt és azt, hogy a kirendelt rendőrök teljesen csődöt mondtak a támadó, ismeretlen férfitömeggel szemben. Annál is inkább, mivel azt sem akarták nyilvánosságra hozni, hogy kik voltak ezek az agresszív férfiak és honnan jöttek...

Csak az ötödik napon adott hivatalos interjút a város rendőrfőnöke és polgármesternője, amelyben próbálták az egész „kellemetlen eseményt" bagatellizálni, megszépíteni. A polgármesternő még arra is rávetemedett, hogy a megrabolt, megbecstelenített nőket okolta a történtekért, mert miért nem tartottak két oldalról is karnyi távolságot a férfiaktól, sőt, még meg is mutatta a televíziós kameráknak, hogyan kellett volna mindkét karjukat oldalra kinyújtva védekezniük. Ez általános nevetség forrása lett a későbbiek folyamán, mert a feljelentések halmozódtak továbbra is szüntelenül: már több mint 1500 feljelentés futott be a rendőrségre.

Végre a sajtó is felneszelt, és kénytelen volt hosszadalmas, részletes cikkekben feltárni a szégyenletes valódi eseménye-

ket. Kiderült, hogy 1200-nál is több észak-afrikai, szíriai, ira-
ki, afganisztáni, etiópiai rohanta meg a kölni pályaudvar elött
ünneplő embereket. Ezek jelentős része ráadásul asylum-kérel-
met nyújtott be Németországban, a másik rész pedig jogtalanul
tartózkodott német területen.

Eszter is részletes cikkben tárta fel az általa is átélt, megdöb-
bentő eseményeket, de a lap főszerkesztője nem engedélyezte
a cikk megjelenését, azzal az indoklással: „Ez ellentmondana a
német kormány hivatalosan elrendelt „Willkommenskultúrá-
jának" vagyis a migránsok szíves befogadásának, mely hivata-
losan is kötelezővé vált Németországban.

Megkésve ugyan, de a kormány illetékesei is kénytelenek
voltak működésbe lépni: a kölni rendőrfőnököt – mint bűnba-
kot – lemondásra kényszerítették, s a világraszóló botrányt a
politikai korrektség elvei alapján „fel kell tárni minden részle-
tében" – hangoztatták most már a hivatalos sajtóorgánumok is,
és a „tetteseket meg kell büntetni" – adta ki a parancsot a bel-
ügyminiszter savanyú pofával.

A német lakosság csak ekkor ébredt rá, hogy milyen ször-
nyű csapdába taszította őket a képmutató, a humanitás álarca
mögé rejtett merkeli migránspolitika. A sok félrevezetett, segí-
teni vágyó „jó ember" nagy része ekkor döbbent rá, hogy kiket
is segítenek, fizetnek és támogatnak.

Az ún. „Willkommenskultur" igen hamar a realitás falába üt-
között, és sokat veszített varázsából. Egyébként a szilveszterkor
erőszakoskodó és tolvaj férfiakból csak keveset tudtak azono-
sítani, még kevesebbet elfogni, s az elfogottakat is hamarosan
szabadon engedték bizonyítékok hiányában.

A „Heute" napilap főszerkesztője, dr. Schröder, miután a
kölni botrányos események az ország minden jelentős lapjá-
ban hatalmas betűkkel, mint főcímek uralták az egész média-
világot, nagyon is megbánta, hogy Eszter cikkét nem jelentette
meg még idejekorán.

Magához hívatta az amerikai mintára berendezett irodájá-
ba – csupa sima, modern, semmitmondó bútordarab, hatalmas
méretű íróasztal, pár furcsa formájú szék, sima falak, nagy üveg-

ablakok és túlvilági neonfények –, hogy megbízza Esztert, mintegy a jóvátétel szándékával, hogy a migránshelyzetről a helyszínen csináljon felmérő riportokat.

– A feladata az, hogy látogassa meg a nagyobb, ún. „első befogadó" lágereket, ahol az újonnan érkező migránstömegeket próbálják elhelyezni és ellátni – utasította beosztottját Schröder. – Ugyanis azt hallani, hogy nem a legjobban folynak a dolgok a sokat hangoztatott „Willkommenskultur" ellenére. Egyes nagyobb táborokban állítólag szinte napirenden vannak a verekedések és tiltakozások, s csak a rendőrök tudják úgy-ahogy megfékezni az elégedetlen, követelőző, lázongó migránsokat. Írjon részletes riportot az ott uralkodó viszonyokról!

Eszter nem mert ellenkezni, de már elege volt abból, hogy őt, mint egyedülálló nőt küldik el mindenhová, ahová senki sem akart menni, ahol senki sem volt hajlandó riportot készíteni. Az újságíró kollégák közül nem szívesen ment el senki sem a hetekig tartó riportkörutakra, kifogásként családjukra, gyermekeikre hivatkozva húzódoztak az ilyen kellemetlen feladatok elől.

Eszter nem mert ellenkezni a főnökével szemben, mert az amúgy sem kedvelte a női újságírókat, s ha csak tehette, igyekezett megszabadulni tőlük; ez köztudott volt az újságnál.

Első útja megint csak Kölnbe vezetett, ott kereste az új migránsokat. Ott helyezték el őket a kölni Chorweiler Trabantvárosban, melynek lakói már amúgy is 46%-ban migrációs háttérrel rendelkeztek, sőt a fiatalok között ez akár 60%-ra is tehető volt. A már ott lakók elsősorban arról panaszkodtak, hogy itt a magas, beton silókban lakni és élni már önmagában is veszélyes. Itt az „erősebbek törvénye" uralkodik, főleg a fiatalok agresszivitása teszi félelmetessé a környéket. A bűnözés és drogozás napirenden van. Aki itt lakik, nem is remélheti, hogy valaha is rendszeres munkát kap. S most még 790 új migránst is ide gyömöszöltek be, főleg észak-afrikai és afgán fiatal férfit, nagyon kevés közöttük az igazi „szíriai menekült", mégis mind annak vallja magát. Mivel volt egy szabad délutánja, úgy döntött, meglátogatja barátnőjét, Alizt is. Hiába csöngetett be régi lakásukba, senki sem nyitott ajtót. A házmesternőtől tudta meg, hogy Aliz sokáig feküdt különböző klinikákban, többek között pszichiátriai zártosztályon is. Gyógyulása után felmondták a lakást, és külföldre távoztak. Hogy hová, nem árulták el, nem hagytak hátra új címet.

Eszter megrendült a kölni gettókban látottaktól, ahol teljesen reménytelenül vegetáltak már két generáció óta az egykori török, olasz, jugoszláv, román bevándorlók, vendégmunkások és azok leszármazottai, mégis kénytelen volt folytatni körútját. Következő útja a hírhedt Essen–Altenessenbe vezetett. Itt, ebben a gettóban mintegy 44 000 lakos élt, többsége, 43% migrációs háttérrel, 30% munkanélküli Hartz IV-ből, tehát állami segélyekből tengette az életét. Feltűnő volt, hogy az itt élő bevándorlók többsége libanoni származású, és sok volt a Romániából beszivárgott roma család is. Ennek ellenére a már amúgy is szociális problémaként megbélyegzett városrészbe még 1400 új menekültet is be kellett a város vezetőségének zsúfolnia. Az ott élők hatalmas tüntetéssel tiltakoztak az újabb, főleg afrikai jövevények ellen, de hiába.

Igazán azonban Berlin-Neukölnben ijedt meg Eszter.

Tulajdonképpen mindig azt hitették el a berlini vezető politikusok – a homoszexuális főpolgármesterrel az élen –, hogy itt, ebben a berlini negyedben sikerült megvalósítani a baloldaliak és zöldek álmát, az ún. „multi-kulti" társadalmat. Azonban a korábbi migránsok, az egykori vendégmunkások – törökök, jugoszlávok, spanyolok –, akik maguk után hozhatták a családjukat is, nem tudtak beilleszkedni még most sem a német társadalom rendjébe, és főleg utódjaiknál, a második generációnál ütköztek ki az elhibázott szociálpolitika hibái, tévedései. Ennek ellenére mégis betelepítették ebbe a gettóba is az új, afrikai menekülteket, akiknek többségéről kiderült, hogy nem a háború borzalmai elől voltak kénytelenek menekülni, hanem elsősorban gazdasági menekültek, akik jobb életre vágynak, és semmitől sem riadnak vissza, hogy ezt elérjék. Rövidesen a metróban teljesen nyíltan működni kezdtek az afrikai drogos bandák, akik világos nappal is árulták a kokaint, LSD-t, kristályos metamfetamint a járókelőknek, szinte a rendőrök szeme láttára. Naponta támadtak meg és raboltak ki békés lakosokat és turistákat. Az elhanyagolt lakótelepeket elnyelte mindenütt a szemét és a piszok. A közeli Tempelhofban – a valamikori repülőtér helyiségeiben, ezekben a régi hangárokban 1700 új migránsnak alakítottak ki szükségszállásokat, ahol egymás hegyén-hátán heverésznek katonai priccseken az új bevándorlók, s mivel már amúgy is a túlzsúfoltság bűzében tengették életüket, a város vezetőit mint villámcsapás érte a hír, hogy még 7000 migránsnak kötelesek helyet teremteni. Ezeket már csak a közeli mezőn felállított, fűtött sátorokba tudták bezsúfolni.

Eszter azon töprengett, van-e értelme, hogy tovább folytassa a munkáját, hiszen ha ezeket a körülményeket írja majd le a cikksorozatában, szinte biztos volt benne, hogy nem közölhetik le a szolid müncheni lapban a valós tényeket. Hiszen a kölni, szilveszteri eseményeket is hiába írta le, mint szemtanú, mégsem közölték le…

Tanácstalanságában felhívta dr. Schrödert, a főszerkesztőt, s ecsetelte eddigi tapasztalatait a migránsok helyzetéről.

– Csinálja csak tovább! Ha így igaz, ahogyan elmondta, bombát fogunk robbantani a cikksorozatával! – adta ki a parancsot a főszerkesztő izgatott hangon.

Eszter nem fogta fel, hogy a német kormány hogyan és miért hanyagolta el a régebben itt élő bevándorlók integrálását, s miért gondolja most mégis, hogy képes lesz arra, hogy újabb milliónyi embert tud befogadni, integrálni.

Bár nem látta sok értelmét, tovább utazott; először Hamburgba, a Hamburg-Eidelstedt negyedbe, ahol olcsó, úgynevezett „szociális" lakásokban szintén főleg bevándorlók, munkanélküliek, leányanyák húzódtak meg a kicsiny, szűkös, madárkalitkára emlékeztető lakásokban.

– Nem elég itt már most is a nyomor – panaszkodott egy töpörödött, nyugdíjas bácsi, amikor hozzá fordult eligazításért a silórengetegben –, most még 800 lakóbarakkot is ide fognak állítani, ahová 3000 új menekültet akarnak elhelyezni. Itt már német szót nem is lehet hallani amúgy sem, már csak az arabok, a muzulmánok hiányoznak! Akkor befellegzett nekünk, mert nekünk, németeknek nincs hová menekülnünk innen, pedig szívesen megtennénk! – mormogta az öreg, s tovább toporgott mankójára támaszkodva.

Mannheim, Neckarstadt volt Eszter következő állomása. Az omladozó falú, több emeletes, valamikori módos polgári házak a szemét- és piszokhegyek mögött búslakodtak. Itt egy szolgálatot tevő rendőrrel tudott beszélgetni, aki figyelmeztette, hogy nagy veszélynek teszi ki magát az, aki a környékre merészkedik.

– Itt főleg kelet-európai bevándorlók – bolgárok, románok, koszovóiak – élnek emberhez méltatlan körülmények között, és a bolgár maffia törvényei uralkodnak. Még mi, rendőrök is ritkán és csak félve közelítjük meg ezt a negyedet, ahol a bűncselekmények – lopás, rablás, betörés és testi erőszak, verekedések, késelések napirenden vannak – mesélte a rendőr. – A német emberek sötétedés után ki sem merik tenni a lábukat az utcára. Ne menjen beljebb, az istenért, mert most még 750 afrikai nomádot is betelepítettek ide, képzelheti, mi lesz még ebből! A városatyák meg behunyják a szemüket, úgy tesznek, mintha nem tudnának semmiről – legyintett bosszús arccal a rendőr, s behúzódott egy biztonságosabbnak látszó kapualjba.

S bár Eszter már nagyon fáradt volt a szállodai szobák kényelmetlenségétől, s a látottaktól, tapasztaltaktól testileg-lelkileg is megrendült, folytatnia kellett a kijelölt útját. Közben férje, Béla New Yorkból küldözgette lelkendező SMS-eit, egekig magasztalva az amerikai életstílust.

Eszter megpróbált mindig lelkiismeretesen felkészülni további riportjaira, bár megbízható statisztikai adatokhoz nehezen lehetett hozzájutni, csak az internetben bukkant rá a meglepő adatokra: Németország területén már eddig is 9,1 millió bevándorló élt német állampolgárság és német útlevél nélkül, s csak az ún. külföldieket regisztráló centrumokban vannak számon tartva.

A német állampolgárság nélkül itt élő bevándorlók között 1,5 millió törököt, 770 ezer lengyelt, 600 ezer olaszt, s egyre több románt, albánt és bolgárt tartanak számon. Az utóbbiak száma egyre szaporodik, mivel sokkal több gyermeket szülnek, mint a török vagy lengyel bevándorolt családok.

Feltűnő volt az új migránsok területi eloszlása: a szíriaiak Berlinben szeretnének mind letelepedni, a pakisztániakat Hamburgba húzza a szívük, az irakiak Kölnbe, Düsseldorfba és Essenbe igyekeznek, mert ott már élnek rokonaik, barátaik, akiknek nyelve, kultúrája és vallása megegyezik az újonnan jöttekével. Így alakulnak ki az ún. „szociális égő pontok", a veszélyes paralleltársadalmak, ahol a sokat hangoztatott és propagált integráció szinte lehetetlennek tűnik.

A legproblematikusabb gettókat Eszter Pforzheim Oststadtban látta, ahol egy reménytelenül elhagyott, szürkén omladozó ipari üzem, valamint egy hatalmas börtön falai és egy hírhedt bordély közé szorult, elhanyagolt lakóházak húzódtak meg. Itt az utcán csak török és orosz szavakat lehet hallani. Az utcákban széméthegyek, és bűz mindenütt. A buszon már nem is merik kérni a jegyeket a kalauzok, mert az agresszív, fiatal férfiak ökle gyorsan jár, s pont ide, ebbe a nyomornegyedbe zsúfoltak össze mégis konténerekben 802 újonnan jött migránst. Eszter el tudta képzelni az újonnan jött migránsok csalódását és dühét. Nekik az embercsempészek azt ígérték, hogy mivel Németország a tejjel-mézzel folyó Kánaán, itt mindenki pénzt, lakást, autót kap és dolgozni sem kell érte.

Végül elutazott még csupa kötelességérzetből az északi kikötővárosokba is, bár sok értelmét már nem látta, ugyanis mindenütt azonos nyomor fogadta. Nem volt ez másképp a Bremerhaven Lehe gettóban sem. Bűnözés, drogozás, prostitúció, omladozó lakótelepek, bűz és szenny mindenütt az utcákon. Ide több mint 4000 román és bolgár érkezett családostól, birtokukba vették a városnegyedet, s saját törvényeik, erkölcseik szerint élnek. Szinte állam az államon belül. Tiltakoznak az ellen, hogy a közelükben, egy téren konténerekben újabb 600 új migránst helyezzenek el.

Eszter még kényszerítette magát, hogy továbbutazzon Dortmundba, ott is a Dortmund Norstadt-i, kikötő-közeli városrészbe. Ide olyan tömegesen zúdultak be az idegen jövevények, mint valamikor a nagy középkori európai népvándorlások idején. A háború után bevándorolt „vendégmunkások", javarészt törökök, a mai napig sem beszélik a német nyelvet. Ezt követte a kelet-európai bevándorlók hulláma – lengyel, román, albán, bolgár –, s most a fekete-afrikaiak és arab muszlimok áramlata érte el a kikötőnegyedet.

Eszter eleget látott ahhoz, hogy kételkedjen a 2015-ben hatalmon levő német kormány híresen hírhedt, a humanitás álarca mögé rejtett menekültügyi politikájában. Ha annyira csak a humánus jó szándék vezetné, akkor elsősorban a már itt élő bevándorlókkal és leszármazottaikkal kellene törődnie.

Eszter testileg-lelkileg teljesen kimerülve, csalódottan indult kéthetes körútjáról vissza Münchenbe. Az autópályán alig volt forgalom, a táj is unalmasan egyhangú, így szabadon ereszthette gondolatait és a migránsokkal kapcsolatos benyomásait.

Érthetetlen volt számára, hogy az újonnan jött menekültek több min 80%-a fiatal, 18-35 év közötti, erőteljes férfi volt, akik családjukat – öreg szülőket, feleséget, gyermekeiket – az állítólagos bombazuhatag alatt nyugodt lélekkel otthon hagyták, csak hogy saját bőrüket mentsék, ahelyett, hogy harcoltak volna saját családjuk, saját hazájuk védelméért Szíriában. Az a gondolat is felmerült benne, hogy ezek a fiatal férfiak tulajdonképpen harcban kiképzett és edzett katonaszökevények is lehetnek, akik ahelyett, hogy saját hazájukat védenék, másoktól, az európaiaktól, amerikaiaktól, oroszoktól várják el hazájuk megvédését az állítólagos ISIS-csapatoktól. Az sem fért a fejébe, hogy miért küldenek szülők kiskorú gyermekeket egyedül, kísérő nélkül erre a veszélyes útra a felfújt, ócska gumicsónakokban a tengeren hánykolódva, aztán gyalogosan tovább, végig az ún. „balkáni útvonalon" élelem nélkül és hiányos öltözékben, ruhákban, cipőkben. Mindegyiküknek fő célja volt, amit besulykoltak nekik: „Go to Germany". Máshol nem akarnak az istenért sem asylum-kérelmet benyújtani.

A világsajtó hasábjait sokáig uralta egy elrémítő fénykép, amelyen egy kb. 5 éves, halott kisfiú volt látható a görög tenger parton kiterítve. Az apa, aki érdekes módon ki tudott menekülni élve a süllyedő gumicsónakból, a görög partokra érve jajgatva vádolta meg az egész lelketlen, kegyetlen nyugati társadalmat fia haláláért. Pár hónap múlva derült csak ki, hogy a nevezetes apa előzőleg már 3 évig Törökországban – tehát biztonságos és békés országban – élt családjával, sőt munkája is volt, tehát ínséget sem szenvedtek. De mivel rosszak voltak a fogai a „jóságos" apának, úgy döntött, vállalja családjával a tengeri átkelést Törökországból a görög szigetre, s onnan tovább szándékozott utazni Kanadában élő egyik távoli rokonához, hogy a fogait ingyen, állami költségen kezeltethesse, mert úgy hallotta, ott ez járna neki, mint háborús menekültnek.

Ilyen és hasonló történetek bukkantak napvilágra, melyek erős kételyt ébresztettek sok jóakaratú német emberben is.

Münchenben első útja a szerkesztőségbe vezetett. Hiába kereste Schrödert, a főszerkesztőt, az éppen Berlinbe, a Belügyminisztériumba, eligazításra volt berendelve.

Eszter leadta az interjúsorozatát, amellyel megbízták, a helyettes főszerkesztőnek, aki íróasztalának fiókjába zárta azzal a megjegyzéssel:

– Nem hiszem, hogy Schrödernek lesz még alkalma a cikksorozatot leközölni.

Amikor Eszter csodálkozó arcára pillantott, csak annyit jegyzett meg:

– Rosszul áll a szénája, de nem csak neki. Vétett a megkövetelt politikai korrektség ellen a lapban közreadott, migránsokról szóló, állítólagosan „hamis, néplázító híradásokkal". Mert az a helyzet, kedves kolléganő, hogy a szabad véleménynyilvánítás a migrációs válság óta gyakorlatilag meg lett szüntetve! Szabad sajtó már csak az interneten, a Facebook-oldalakon létezik – világosította fel gúnyos mosollyal arcán a helyettes.

Eszter hazaérve először is majdnem 12 órán át egyfolytában kialudta a megerőltető körutazás fáradalmait. Valamikor estefelé ivott egy kávét egy száraz, kéthetes zsemlével – csak azt talált a jégszekrényben –, s leült a számítógépe elé. Amit a Facebook-oldalain olvasott, teljesen megzavarta. Egyre több, egyébként békés polgárként ismert személy tiltakozott nyíltan a kormány migránspolitikája ellen, sokszor drasztikus kifejezésekkel élve. A migránsok többsége nem úgy viselkedik, mint aki segítséget kér és hálás a befogadásért, a segítségért, hanem követelőző, elégedetlen, agresszív és kriminális: a többség csal, lop, rabol, drogokkal kereskedik, nőket támad meg, és bár állítólag az iszlám vallás tiltja nekik az alkoholfogyasztást, lerészegedve, csoportokba verődve támadnak rá a békés járókelőkre, a buszon, metrón utazókra. Az interneten a Facebook és az Instagram vette át a szabad közvéleménynyilvánítást, mert a hivatalos sajtónak dicsérni, mindent megszépíteni vagy hallgatnia kellett.

Általános megbotránkozást okozott az Sophienhof esete is.

Kielben, Schleswig-Holstein fővárosában világos nappal inzultált egy bevásárlóközpontban egy arabul beszélő, szemtelenül röhögő, fiatal, fekete hajú férficsoport három, a kávézóban pihenő iskolás lányt (olyan 14-16 éveseket), és „Fick mich" felszólítással (magyarul: közösüljünk) körülvették és fényképezték őket, mert természetesen fel voltak valamennyien szerelve a legmodernebb okostelefonokkal, majd körülvették, s tapogatni kezdték őket. A kislányok segítségért kiáltoztak, de úgy körülvette őket egyre több fekete férfi – mert mobilon odarendelték azonnal a boltban csavargó társaikat is –, hogy elzárták előttük a menekülés útját. Szerencsére felfigyeltek az üzletben vásárlók is a lányok sikítására, és hívták a rendőröket. A támadók nagy részének sikerült addig észrevétlenül elillanni, amíg a rendőrök odaértek. Párat elfogtak, de ezek még a rendőrökkel is szembeszálltak, rájuk támadtak, ellenállást gyakoroltak a hatósági közegekkel szemben is. Kiderült, hogy háromnapi fogda után szélnek eresztették őket a fentről érkező utasítások nyomán. A hivatalos sajtóorgánumok pedig teljesen ártalmatlan „barátságkötési" kísérletnek minősítették az esetet.

Időközben teljesen váratlanul betoppant, hazaérkezett Béla is. Szép barnára sült, mert éppen Afrikából, Mogadishuból érkezett. Elefántcsontból készült ajándéktárgyakkal, furcsa maszkokkal, szobrocskákkal, fésűkkel, púderes dobozokkal lepte meg Esztert. Igazi afrikai tamtamzenétöl volt hangos a lakás. Béla boldogan nyújtózott el kedvenc hintaszékében, és élményeiről mesélt, filmeket, fényképeket vetített egy törzsfőnök vidám lakodalmi ünnepségéröl, ahol a végén sok táncos és táncosnő „transzba esve" fentrengett a föld porában. Béla is a táncosok között ugrándozott, és vigyori képpel szorongatott egy fekete szépséget.

– Ott ez a szokás – mentegetőzött –, a törzsfőnök lányát, feleségét nem lehet elutasítani.

– Olyan boldogoknak látszanak – jegyezte meg Eszter nagyot sóhajtva. – Ezért sem értem, miért akarnak mégis mindenáron Európába kivándorolni?

– Azért, mert az a hír járja Afrika-szerte, hogy Európa olyan, mint egy tejjel-mézzel folyó Kánaán. Olyan, mint az ígéret földje; minden ingyen van: lakás, élelem, autó, és dolgozni sem kell érte – mondta Béla a fejét csóválva, majd oktató hangon folytatta: – És nem lehet megállítani őket, jönni fognak. Több mint százezren, millióan kelnek majd át a tengeren ócska csónakokban, veszélyt nem ismerve, és az embercsempészek hajóinak segítségével el fogják árasztani az öreg, gyengülő Európát – jósolta meg Béla.

Ugyan már! – nevetett fel Eszter. – Most megint túlzol, mint mindig mindenben!

– Te is olyan naiv vagy, mint a politikusok és a gyanútlan „jóemberek", akik még biztatják is őket, hogy jöjjenek minél többen. Hogy ez mibe fog kerülni... én, mint bankár, előre látom a nagy gazdasági és financiális összeomlást, ezért azt tanácsolom mindenkinek, mentse a pénzét, a vagyonát, míg nem késő.

Közben Eszter hiába várta, hogy cikksorozata a németországi migránshelyzet elemzéséről megjelenjen. Kézirata Schröder főszerkesztő fiókjának legalsóbb részében tűnt el. Amikor számon kérte a főszerkesztőt, az flegmán csak azt válaszolta:

– Várjon türelemmel, a munkája nem volt hiábavaló. Még nem jött el az ideje, hogy leközöljük – s rejtélyesen mosolygott.

Más jellegű cikkek és buzdító felszólítások özönlötték el akkoriban az újságok hasábjait. Arról adtak híradást, hogy az illegális bevándorlók között csupa jól képzett mérnök és orvos, építőmunkás és szakember várja, hogy munkaengedélyt kapjon. Úgy tüntették fel, hogy a migránsok beilleszkedése a németországi munkaerőpiacra egy nagy-nagy nyereség a német ipar számára, mely örökös szakemberhiánnyal küszködik már évek óta. A hivatalos tévéreklámok között megjelent egy figyelemreméltó rövidfilm, mely először egy európai kinézetű, fiatal férfit mutatott azzal a szöveggel: „Neki van perspektívája.". Ezt követően egy sötét bőrű és hajú, fiatal férfi jelent meg a képernyőn, és a reklám szövege így hangzott: „Neki nincs perspektívája.". Végül arra szólítottak fel minden német embert, főleg a nagyipari vállalatokat, hogy segítsen, tegyen meg mindent, hogy a migránsoknak is legyen biztos jövője és perspektívája új hazájukban. A német vezető lapok az integráció fontosságáról és sikereiről zengtek dicshimnuszokat. Ezen belül is legfontosabb a német nyelv és a német társadalmi szabályok elsajátítása minél rövidebb idő alatt. Szinte nevetségesen hatott az az igyekezet, hogy a migránstáborokban hosszan tartó, kosztümös bemutatókat és viselkedési mintákat próbáltak bemutatni az arab, muszlim vallású migránsoknak, hogy ne csodálkozzanak, ne értsék félre a farsangi szokások és kosztümös mulatságok szabadosságát.

Azt sem titkolták el, hogy pl. az északi tartományokban 14,9 millió eurót fordítottak csak arra az ún. „Jobcenterre", hogy a migránsokat megkíséreljék a munkaerőpiacon belül integrálni, mert állítólag hiányzott a német munkaerőpiacon a „kvalifikált munkaerő". Annak ellenére, hogy már eddig is kb. 150.000 bevándorló munka nélkül volt, és állami támogatásra szorult. Csak bátorság kell ahhoz, hogy az üzemek vezetői felfogadják és munkába állítsák a migránsokat...

Arról nem mert senki beszélni, pláne nem írni, hogy kiderült: a még mindig nem regisztrált migránsoknak nem csak a személyazonossága tisztázatlan, de a legtöbbje analfabéta is, akiknek a német nyelv erőszakolt oktatása szinte megoldhatatlannak bizonyult, mert még írni-olvasni sem tudtak még saját anyanyelvükön, arabul sem. Hatalmas feladatnak látszott a kiskorú migránsok és a gyermekek beiskolázása is. Egyes kisebb létszámú városokban a migráns, németül egy szót sem tudó gyermekek az osztályok 80%-át tették ki, szinte lehetetlen feladatok elé állítva úgy a pedagógusokat, mint a helybeli iskolás gyermekeket, akik a tanítási szünetekben – kisebbségben lévén – félve húzódtak félre az iskolaudvar egyik sarkába a rohangáló, tomboló, sokszor erőszakos és verekedő kedvű migráns osztálytársak elől, mert állandó provokációnak voltak kitéve. Ha más nem, hát leköpték a sonkás szendvicseiket, mert disznóhúst tartalmaztak, mely a muszlim gyerekeket utálattal töltötte el. Az iskolai kantinban is betiltották a disznóhúsból készült ételeket, mert az akadályozta a muszlim gyermekeket vallási törvényeik betartásában A tornaórákat törölni kellett a tantervből, mert minden valamire való, nagyobb tornateremben, sportcsarnokban migránsok százait helyezték el. Egy lelkes migránspolitikát pártoló edző, egy ún. „jóember" kitalálta, hogy a táborokban unatkozó fiatal férfiakat foglalkoztatni kell. Fel is ajánlották az ingyen tagságot a teniszklubokban, tekeklubokban, edzőtermekben, s ennek olyan nagy népszerűsége lett, hogy a migránsok annyira megrohanták a sportegyesületeket, hogy a rendes, fizető sportklub-tagok már nem jutottak be saját egyesületeikbe sem.

Hamarosan, ha nagyon szórványosan is, megjelentek más hangú cikkek is, főleg Münchenben, ahol a bajor miniszterelnök elsőként kérdőjelezte meg az „ohne Obergrenzen"-törvényt, tehát Németország hajlandóságát a migránsok korlátlan számban való felvételére. „Wir schaffen das", hangoztatta azonban Merkel, s kitartott szándéka mellett a végsőkig, még akkor is, amikor a bajor miniszterelnök kétségbeesésében az alkotmányozó bíróság elé akarta vinni az elhibázott migránspolitikát, és annak befejezését, sőt betiltását követelte.

Közben mintegy másfél millió illegális bevándorlóról kiderült, hogy nem szíriai vagy iraki menekült, és így nem jogosult asylum-kérelemre. Mivel legtöbbje biztonságos, békés országokból szivárgott be, és csak a gazdasági előnyök vonzották Németországba, vissza kellene őket toloncolni. Ez szinte lehetetlennek bizonyult, mert ha visszautasították a jogtalanul beadott asylum-kérelmüket, a főleg észak-afrikaiak, afgánok, albánok, szerbek, bolgárok, románok azonnal eltűntek a befogadó táborokból, s valahol az alvilágban kerestek menedéket Mintegy félmillió migráns tűnt így el, senki sem tudta, hogy hová. Közben a német lakosság körében egyre jobban fokozódott az elégedetlenség és az ellenállás a kormány migránspolitikájával szemben.

A legveszélyesebbnek a kormány részére az ún. „pegida" demonstrációk voltak, melyeken több tízezren vettek részt minden hétfőn, s a „Wir sind das Volk" skandálásával tiltakoztak nyíltan is a Merkel-féle migrációs politika ellen. Természetesen a hivatalos sajtó azonnal szélsőjobboldali provokációnak, sőt sok helyen egyenesen nácinak bélyegezte a felvonuló, egyébként békés német polgárokat.

Ezek után egyre többször arról számolt be a hivatalos, kormányhű sajtó, hogy a szélsőjobboldali nácik sorban felgyújtják az illegális bevándorlók számára kijelölt és restaurált épületeket, így tiltakozva az országba özönlő migránsok letelepítése ellen, főleg a kisebb falvakban, ahová a helyi lakosság számához viszonyítva háromszor annyi migránst szándékoztak betelepíteni. Kirívó esetről számolt be a hír, hogy egy már restaurálásra szoruló luxusszállót is legfoglalt az állam, s begyömöszölt az egykori szállodai szobákba 3000 migránst. A szálloda dolgozói csak másnap tudták meg, hogy már nincs szükség a munkájukra, mert a Vöröskereszt munkatársai vették át a szálloda vezetését és a betelepített migránsok ellátását. Ez az eltitkolt „manőver" egy hétvégére volt betervezve, és amikor a szállodában foglalkoztatott dolgozók hétfőn megjelentek, be sem engedték őket régi munkahelyükre, csak a portán vehették kézbe az azonnali felmondásukat. A szálloda tulajdonosa szobánként 2000 eurót kapott havonta a városi költségvetés terhére. Sőt, volt olyan sportcsarnoktulajdonos is, aki külföldi útján értesült arról, hogy az állam eltulajdonította, lefoglalta jogos tulajdonát, feltörték a sportcsarnokát, hogy oda végső szükséghelyzetben a város vezetői 1300 migránst tudjanak elhelyezni. Mert a városok vezetőit sokszor kész tények elé állították, amikor előzetes bejelentés és előkészítés nélkül 23.000 migránst szállító buszt irányítottak a városukba.

Természetesen tiltakozásnak nem volt helye, mert rögtön rányomták az ellenkezőkre a *szélsőjobboldali*, *náci* és *rasszista* jelzőt. Csak egy bajor polgármester vette a bátorságot, s egy klimatizált, összkomfortos buszra felrakott 50 önként jelentkező, illegálisan bevándorolt fiatalembert, s elvitte őket Berlinbe, és leszállította őket a kancellári palota elé, Merkel asszony oltalmára bízva őket, mert ő már nem tudta, hova helyezze el a naponta ezrével beözönlő migránsokat.

Sajnos Merkel asszony éppen nem tartózkodott a palotájában, s így nem készültek mosolygós „szelfik" a migránsok „mamájával". Be sem engedték őket a kormányzói palotába, visszaküldték őket a kis, bajor hegyi faluba. Pedig az egyik afgán férfi felesége akkor szülte meg tizedik gyermekét, és tiszteletből az „Angela Merkel" nevet adta az újszülött kislányának.

S közben sorban gyúltak ki a migránsok befogadására előkészített házak, csarnokok, laktanyák, s a rendőrség hiába nyomozott a szélsőjobboldali, állítólagos nácik után, a helyi lakosok mélyen hallgattak, s ilyen módon próbáltak tiltakozni a kormány migrációs politikája ellen.

Csak a baloldali, agresszív" „autonómok" és a zöldek nem győzték elég harsányan üdvözölni a beáramló, szedett-vedett migránsok tömegét, akikről azt sem lehetett tudni, hogy kik tulajdonképpen, honnan jöttek, s hogy mit akarnak. Sok-sok megtévesztett, jószívű ún. „jó ember" áldozta fel magát és segített a beözönlő tömegek ellátásában: ruhákat osztottak ki, élelmet gyűjtöttek és adakoztak… adakoztak… adakoztak. Feltűnően sok volt közöttük a német társadalomban semmire sem becsült, semmire sem értékelt, szegény nyugdíjas anyóka, akik gyermekeik felnevelése után magányosan tengették életüket, ám így végre megint figyelmet kaptak.

Eszter aggódó figyelemmel kísérte az eseményeket, de férje, Béla körül is furcsa dolgok kerültek egészen véletlenül napvilágra. Ugyanis amikor a tisztítóból kihozta férje, Béla zakóját, egy kis csomagot nyújtott át neki a mosolygós képű, túlzottan mesterkélt barátságú tulajdonosnő.

– Ezeket a fényképeket a férje a zakójában találtuk, biztosan elfelejtette kivenni. A kedves férje talán a migránsokat befogadó központban segít ki? – kérdezte kíváncsian.

– Nem tudok róla – felelte zavarában Eszter, akinek fogalma sem volt, mire céloz a nő.

Csak amikor kibontotta a vastag borítékot és végignézte a fényképeket, akkor értette meg a nő tolakodó kérdését. A fényképeken Béla félmeztelen, fekete bőrű szépségekkel ölelkezett, láthatóan kissé illuminált állapotban. Az egyik fényképen szenvedélyesen csókolta a karjaiban tartott szőke, hosszú hajú, erősen kisminkelt nőt. Eszter azonnal felismerte a híres, de hírhedt életvitelű színésznőt.

Amikor Bélának visszaadta az árulkodó képeket, az csak nevetett.

– Csak nem vagy féltékeny? Ezeknek a felvételeknek semmi jelentőségük sincs, csak üzleti érdekből – kezdte el hosszan magyarázni, de Eszter már nem is hallgatta végig, hanem becsapva maga után az ajtót, faképnél hagyta. Természetes, hogy féltékeny volt, de még annal is mélyebb csalódás rágta a lelkét. További magyarázkodásokra, kibékülésre nem került sor, mert másnap hajnalban Béla elrepült Panamába.

Közben Brüsszelben azon törték a fejüket a vezető eurokraták, miként osszák szét az Európai Unió országai között a vég nélkül beözönlő illegális bevándorlókat. És megszületett a „kvótarendszer” briliáns ötlete. Jean-Claude Juncker, az Európai Tanács komissziós elnöke; Martin Schulz, az Európai Parlament elnöke, és Angela Merkel német kancellár úgy döntöttek, hogy el fogják osztani a menekülteket a 28 tagállam között egy kötelezően megállapított kvóta alapján. Az sem zavarta őket, hogy a tagállamok megkérdezése nélkül hozták meg döntésüket, még csak azt sem tartották fontosnak, hogy legalább megtanácskozták vagy megbeszélték volna a tagországokkal az uniós törvényekben sosem említett, sosem lefektetett, ilyen jellegű meghatalmazást.

Németországban egyedül a bajor miniszterelnök követelte Merkeltől az azonnali korrekciót a migránspolitikában, az EU-ban egyedül csak a magyar miniszterelnök tiltakozott nyíltan, kezdettől fogva a kötelező kvótarendszer ellen. Elkésve ugyan, amikor már több mint másfél millió illegális bevándorló árasztotta el az országot, a német kormányban is megindult az erjedés.

A Merkel-féle CDU ugyan még mindig hangoztatta, hogy a háborús menekültek befogadásának nincsen, nem lehet „felső határa", de már lassan rájöttek, hogy különbséget kellene tenniük a „valódi" háborús menekültek és a világ minden tájáról egy jobb élet reményében, illegálisan bevándorló ún. gazdasági menekültek között. A kezdeti hibákat megpróbálták valamivel szigorúbb törvényekkel és rendelkezésekkel valamelyest korrigálni.

A német belügyminiszter ún. integrációs és antiterror-törvények tervezetét terjesztette elő, melynek 6 fontos pontját nagy eredményként üdvözölték a parlamenti CDU és SPD koalícióján belül. Az új jelszó a Willkommenskultur" helyett a „segítség és a kötelezettség" lett. Vagyis csak azok a menekültek kapnak majd asylumot és támogatást, akik a megkövetelt kötelezettségeknek is eleget tesznek. Az „integráció" lett az új varázsszó.

A megszigorított asylumtörvények értelmében kötelezően elő lett írva mindazok számára, akik kérelmük pozitív elbírálásában reménykedhettek a gyors, azonnali integráció, amely kötelező németnyelv-oktatást írt elő, a lakóhely szabad megválasztása helyett kötelező, legalább 3 évig tartó, kiutalt tartózkodási helyet szabott meg, és a munkába állítás megkönnyítését irányozta elő az az intézkedés is amelyben a nagyüzemeket felszólították az asylumkérők mielőbbi munkába állítására, teljesen függetlenül kiképzésük szintjétől, sőt szükség esetén folyamatos kiképzésük költségeinek finanszírozását is a nagyüzemek kötelesek vállalni.

Ezen kívül az asylumkérők kötelesek részt venni azokon a tanfolyamokon – úgy a nők, mint a férfiak –, ahol a német életmódkultúra és demokratikus jogrend alaptörvényeit, valamint a német társadalmi szokásokat ismertetik meg a migránsokkal, így megkönnyítve beilleszkedésüket a fennálló német viszonyokba. Azok az asylumkérelmezők, akik ezeknek az integrációs követelményeknek nem hajlandók eleget tenni, regressziókra számíthattak, mely a pénzbeli és egyéb juttatások megrövidítését, megvonását jelentheti majd.

Ezek az ún. szigorító rendelkezések azonban nem nyugtatták meg a német lakosságot, s nyugtalanságot és ellenkezést váltottak ki a migránsok között is. Egyre több bevándorló tűnt el az ún. befogadó központokból, s mintegy 100.000migránsról senki sem tudta hová lett, sőt, ami még félelmetesebb volt, mintegy 40.000 kiskorú menekült is eltűnt nyomtalanul...

Bárhogyan is próbálták a hivatalos, kormányhű médiumok elhallgatni ezeket a nyugtalanító tényeket, a német lakosság nem hitt az újságoknak. A „lügenpresse" szlogenje országszerte terjedt, s a német lakosság egyre jobban polarizálódott, két pártra szakadt a Merkel-féle menekültügyi politika támogatóira: leginkább a baloldali pártok, a zöldek, a CDU baloldali szárnya, valamint az elszánt ellenzőkre, melyek élén kezdetben a bajor miniszterelnök és pártja, a CSU állt, azonban váratlanul megjelent és egyre nagyobb sikereket ért el egy új párt, az AfD (vagyis Alternativa für Deutschland), amely maga mögé tudta sorakoztatni a migránspolitika ellenzőit, s rövid idő alatt a választók 15%-át tudta maga mögé gyűjteni.

Természetesen a hivatalos sajtó és a koalíciós kormány vezető politikusai azonnal szélsőjobboldalinak, nácinak bélyegezték, s dühödten támadták, szidalmazták, sértegették őket. Ekkor vált egyre népszerűbbé a több százezres „pegida" demonstrációkon a találó szólam, „lügenpresse", a hazug sajtó jelszava.

Merkel kancellár nagyon is érezte a veszélyt, mely pártját jobb oldalról fenyegette, és amely rövid idő alatt a konzervatív erők gyűjtőhelyévé vált. Azonban menekültügyi politikáján dacosan ennek ellenére sem volt hajlandó változtatni; nem volt hajlandó beismerni, hogy önhatalmúlag hozott döntése a német határok megnyitása, az illegális bevándorlók korlátlan számú befogadása és az Európai Uniós törvények, a dublini rendeletek önhatalmú, a német parlamenttel, az EU-val sem egyeztetett megszegése katasztrofálisan nagy politikai hiba volt.

Titokban a törökökkel kezdett tárgyalásokat, miután az osztrák kancellár is korrigálta kezdeti migránspolitikáját, s csak meghatározott számú asylumkérőt volt hajlandó Ausztriába beengedni, ezért lezárta az osztrák határokat, s úgy nyilatkozott: „Ausztria nem lesz Németország előszobája", vagyis az ország, amelyen át az illegális bevándorlók kedvük szerint, bármikor átsétálhatnak. Sőt kerítéseket emelt az osztrák határokon, a magyar miniszterelnök, Orbán Viktor példáját követve, akit előzőleg a legélesebben kritizált a magyar, déli határon felállított drótsövények miatt. Sőt az osztrákok kaput építettek két szárnnyal, s így sikerült az ún. „Balkan routét", a migránsok balkáni útvonalát (a görög–macedón, szerb–magyar–osztrák határokon át) nagy üggyel-bajjal lezárni.

A görög–macedón határon, Idoméninél így mintegy 14 ezer illegális bevándorló rekedt meg és sátorozott le a drótkerítéssel megerősített macedón határ tövében, s naponta rohamozták meg a műszaki határzárat, hogy továbbmehessenek Európa belseje felé. Végcéljuk Németország volt, ahová meghívták őket, s ezért úgy gondolták, joguk van erőszakkal, agresszíven áttörni a kerítéseken, és kövekkel dobálták meg a macedón határt védő rendőröket, akik csak könnygázgránátokkal és vízágyúkkal tudták visszatartani őket.

Megszületett közben Merkel kancellár kezdeményezése és a török miniszterelnök ötlete alapján az Európai Unió újabb nagy dobása: Törökországgal kötött szerződést az illegális bevándorlók számának csökkentésére, melynek lényege: a törökök visszafogadják Görögországból a naponta több száz gumicsónakon a görög szigetekre beáramló migránsokat, s ennek fejében 60 milliárd euró támogatást kapnak török befogadó táborok kialakítására, ellátására, fenntartására. Sőt, ennek fejében eltörlik cserébe a törökök vízumkötelezettségét is az EU területére. És az EU vezető politikusai úgy tettek, mintha nem ismerték volna fel a török elnök, Erdogan legfőbb célját: a korlátlan vízum bevezetése után Európát a törökök, de leginkább a kurdok tömeges bevándorlása fenyegeti majd, mely még a szíriai menekülteken is túltesz majd, és egyféle etnikai tisztogatás lehetőségét adja meg a török diktátornak, aki szabadulni akar a kurdok állandó ellenzéki kísérleteitől egy saját kurd állam létrehozására Törökországon belül.

A valódi események „szépítgetése" tovább folytatódott; nagy sikernek könyvelték el az EU vezetői, hogy a migránsok száma érezhetően csökkeni látszott. Az eddig naponta 1020 illegális bevándorló száma valamelyest valóban csökkent, s ezt a törökökkel való megegyezés sikerének kiáltották ki. Azonban az a tény, hogy a Görögországba áramló migránsok csekély százalékát visszatoloncolták török területre, nem hozott számottevő megkönnyebbülést. Azt elhallgatták az eurokraták, hogy ezt elsősorban az ún. „Balkáni út" lezárásának köszönhették, mely elsősorban Ausztria megváltozott migránspolitikájának volt köszönhető, és nem az EU érdeme volt, hogy ettől kezdve naponta már csak 2300 migráns vergődött mégis át a lezárt határokon keresztül az embercsempészek jóvoltából. Azt azonban titokban tartották, hogy az éjszakai és hajnali órákban a német katonai repülőtereken óránként szálltak le a Görögországból és Törökországból érkező, migránsokkal teli gépek. Szép csendben várakoztak rájuk már a repülőtereken a buszok, s szállították tovább a német városokba az újonnan befogatott migránsok százait.

És akkor, az európai migránsválság kellős közepén, az amerikai elnök, a muszlim Barack Obama egy utolsó európai útra szánta el magát: 8 évnyi elnökségét kívánta így megkoronázni. Bár elnökségének ideje alatt sem belpolitikai, sem külpolitikai nagy siker nem koronázta elnöki tevékenységét, sem más lényeges, pozitív eredményeket nem tudott felmutatni. Talán azért sem, mert megelőlegezték neki még elnöksége előtt a Béke Nobel-díjat, bár senki sem tudta tulajdonképpen, hogy miért. Talán mert ő lett az első muszlim és fekete bőrű elnöke az Egyesült Államoknak?

Mindenesetre úgy gondolta, hogy Európára is kiterjed a hatalma, így például Angliában is joga van beleavatkozni a tervezett népszavazás kimenetelébe, mely Angliának az Európai Unióból való kilépését célzota népszavazás útján. Az ún. brexit természetesen nem állt volna Amerika érdekében, s ezért az angol belügyekbe való beavatkozástól sem riadt vissza az elnök, akit „béna kacsának" csúfoltak világszerte.

Anglia után Németországba, Hannoverbe vezetett útja, ahol Angela Merkellel nyilvános csókokat váltottak egymással, és Obama, barátságukat megerősítendő, nyilvános dicséretek özönével árasztotta el a német kancellárnőt, mondván, „A történelem az ön oldalán van és lesz". A merkeli, szívélyes migránspolitikára célzott. A hannoveri nagy ipari vásárt együtt nyitották meg, melynek során nem győzték egymást dicsérni.

Természetesen Barack Obamát elsősorban az a cél vezette, hogy végre tető alá hozhassa a TTI-t, az amerikai–európai gazdasági és kereskedelmi szövetséget, melyet az amerikaiak rá akartak kényszeríteni még Obama lejáró elnökségének 9 hónapja alatt az EU-ra, szigorúan titokban tartva ennek a szövetségnek részleteit, s melyet Angela Merkel természetesen minden erejével támogatott.

Abból kellett kiindulni, hogy csak egyedül a német kancellárnő és a nagy nemzetközi konszernek vezetői voltak beavatva ennek a tervezett szövetségnek részleteibe, mert a német parlamentben ülő képviselők sem lettek informálva. Sőt, meg volt tiltva nekik, hogy nyilatkozzanak a TTI-ről bármilyen formában és fórumon.

Obama félt, hogy baj lesz, ha a TTI-t nem sikerül neki nyélbe ütni rövid időn belül, s ezzel már a neves politológusokat, gazdasági szakértőket is a porondra hívta. Többek között Hamburg volt főpolgármesterét, aki nyilatkozataiban nyíltan Obama szemére hányta, hogy az európaiakat a háborús menekültek befogadására buzdítja, azonban Amerika csak 10 ezer muszlim menekülőt fogadott be eddig, s többet nem is hajlandó befogadni a jövőben sem, holott a menekültáradatért az amerikai háborús politika, és nem Európa a felelős. Amerika folytatott igazságtalan háborúkat Afganisztánban és Irakban, majd Líbiában, jelenleg is bujtogatják és finanszírozzák a szíriai lázadókat saját kormányuk ellen, mert meg akarnak szabadulni Assad elnöktől is, mint annak idején Szaddam Husszeintől és Kadhafitól,

57

és sikertelen háborúik következményeit egyszerűen az euró-
paiakra hagyják.

Azután nyilvánvaló lett, hogy az EU vezető politikusai „meg-
vették" a Vatikánban székelő Ferenc pápát is, aki teljesen érthe-
tetlen okokból elutazott az illegális bevándorlók által eláraszt-
tott Leszbosz szigetére, ott az ortodox egyházvezetőkkel együtt
szentmisét celebrált, s elutazásakor magával vitt 12 neki tetsző
muszlim migránst saját repülőgépével a katolikusok szent váro-
sába, miközben a muszlimok üldözik és leöldösik a keresztény
vallásúakat az egész Távol-Keleten.

Ezért, nem is olyan sokára, mintegy elismerésül, megkapta
az aacheni Nagy Károly-díjat, melyet kiváló személyiségeknek
osztanak ki minden évben. Az átadás most kivételesen a vatiká-
ni dómban zajlott le, s az átadók ugyan kik voltak? Jean-Clau-
de Juncker, Martin Schulz, és természetesen a világ legnagyobb
hatalmával rendelkező női politikusa, Angela Merkel, akit még
külön audiencián is fogadott a pápa – egy protestáns pap leá-
nyát, aktív kommunista múlttal a DDR-ben.

Eszter cikksorozata még mindig dr. Schröder főszerkesztő
legalsóbb fiókjában senyvedett, amikora a főnök egy nap várat-
lanul magához hívatta.

– Maga olyan egyszerű, semmiképpen sem feltűnő jelen-
ség – kezdte torkát reszelve a busa szemöldökű, karvalytekin-
tetű nagyfőnök. – Azt a kitüntető feladatot tűztem ki magának,
hogy vegyüljön az AfD választói közé, s adjon híradást, mit for-
gatnak a fejükben, s mire készülnek.

– Az AfD hívei közé? – kérdezett rá Eszter bizonytalan hangon.

– Igen. Tudja, ez az a veszélyesnek látszó jobboldali, popu-
lista népség, amely most Stuttgartban tart alakuló ülést, ahol
választási programjukat akarják kidolgozni, és ismertebb újsá-
gok riportereit be sem akarják engedni. Magát nem ismeri senki,
magát biztosan beengedik. De mikrofon és kamera nélkül kell
óvatosan beosonnia... érti, mire gondolok? – kacsintott Eszter-
re a ravasz főszerkesztő.

– Nem szívesen venném magamra ezt a feladatot, miután
a kormány sikertelen migrációs ügyében írt cikkeim is telje-

sen fölöslegesnek bizonyultak, pedig sok munka és fáradtság árán készítettem el az ön utasítására – ellenkezett Eszter határozott hangon.

– Figyeljen ide! Most van nagy lehetősége a kiugrásra! Ez az AfD már 15%-ot ért el a választóknál az előrejelzések alapján, tehát komolyan veszélyezteti a kormányzó nagy néppártok, a CDU és az SPD esélyeit a következő választásokon. Mielőbb le kell leplezni őket, mert csak felheccelik a népet, de semmilyen jobb megoldást nem tudnak felmutatnia a mai sokrétű társadalmi problémák megoldására, itt elsősorban természetesen a migránsáradatveszélyeire gondolok. Maga már benne van nyakig ebben a témakörben, most volna nagy esélye arra, hogy mint szenzációt feltáró, leleplező újságírónő, megalapozza a hírnevét és karrierjét – biztatta dr. Schröder a meglepődött Esztert, de hangjában nem kérő, hanem parancsoló hangrezdülések domináltak.

– Nem tudom vállalni – jelentette ki Eszter. – Nem nekem való a titokban leselkedő, később leleplező riporter szerepe – állt fel Eszter a székéből. – Küldjön valaki mást, alkalmasabb személyt.

– Őszintén szólva – csóválta rosszallóan fejét a nagyhatalmú főszerkesztő –, nincsen más választása, kedves kolléganő, ha a mi lapunknál óhajt továbbra is dolgozni.

– Azzal fenyeget, hogy felmond nekem? Ez zsarolás! S egyébként sem tudom, mivel tudná indokolni az azonnali felmondást – hátrált dühösen az ajtó felé lángpiros arccal Eszter.

– Például eszembe juthatna a férje botrányos esete – mosolyodott el gúnyos fintorral a főszerkesztő. Eszter férje, Béla, időközben ugyanis a század legnagyobb bankcsődjébe keveredett, és akkor éppen vizsgálati fogságban ült.

– Már nem a párom, külön élünk – felelte halkan, szomorú pillantással a földre sütve szemét Eszter.

– De még nincsenek hivatalosan elválva – dobta ki döntő ütőkártyáját dr. Schröder. – Miből akarna élni, ha most még maga is munka nélkül maradna?

Végül is Eszternek be kellett adnia a derekát, és lehangolva, rosszkedvűen utazott Stuttgartba, hogy beleférkőzzön, belevegyüljön észrevétlenül az AfD pártkongresszusára összegyűlt tömegbe.

Ez azonban szinte lehetetlennek látszott. A kongresszus épületét hatalmas tiltakozó tömeg állta körül; abból a célból gyűltek össze a nagyrész ún. autonóm baloldali, agresszív, fekete álarcokban támadó elemek, hogy mindenáron megakadályozzák a kongresszusra érkezett AfD pártküldöttek bejutását az épületbe. A nagyfokú rendőrségi felkészültségtől sem megfélemlítve támadtak a rend őreire is Molotov-koktélokat, köveket dobálva, és a közelben parkoló autókat felgyújtva. A rendőrség könnyfakasztó bombákkal és vízágyúk bevetésével tudta csak ideig-óráig visszaverni a baloldali militáns támadókat.

Volt a kongresszus épületének egy titkos, hátsó bejárata is, ahová a pártküldötteket az odarendelt testőrök, titkosrendőrök minden feltűnés nélkül mégis be tudták csempészni.

Eszter is ezen az úton jutott be nagy szerencsével a zsúfolásig megtelt terembe. A nagyszámú küldött kíváncsi várakozással követte a kongresszus programjának megvitatását, és nagy türelemmel várakozott, mivel az épület előtt zajló háborús viszonyok miatt egy órával később kezdődött meg a hivatalos program.

Eszter csendesen meghúzódott a hátsó padok egyikében, amikor Jörg Meuthen, a párt egyik elnöke megnyitó beszédében kijelentette, hogy az AfD végre el akarja hagyni a vörösök és zöldek által 1968-ban kijelölt, téves szélsőbaloldali politikai útvonalát. Megnyitóbeszédében kiemelte, hogy az iszlám nem tartozik semmiképpen Németországhoz, mert Németország keresztény hitű és kultúrájú ország, és nem fogja tűrni a muszlim vallás által ráerőszakolt, ún. sharija-törvények bevezetését. Visszautasítja a minaretek építését, és a müezzinek imádkozásra felszólító, hangos ordítozását.

Frauke Petry, az újonnan alakult jobboldali konzervatív párt nagyon szimpatikus, fiatal elnöknője beszédében kifejtette azt is, hogy Németországban vissza kellene állítani a hadkötelezettséget, és a fiatalok büntethetőségét le kell szállítani a 18 évről 12 éves korra, mert egyre több a fiatalkori bűnözés már ebben a korban is. (Főleg a lopások, drogok és testi erőszak területén.)

Ezen kívül követelte, hogy vegyék fel a párt programjába, hogy a mindenkori köztársasági elnököt ne a hatalmon lévő pártok, hanem a nép, szavazás útján választhassa meg.

Jörg Meuthen javasolta, hogy a párt programjába vegyék be feltétlenül azt is, hogy pártjuk határozottan elkülöníti magát a jobboldali NDP-től, a náci párttól.

Kevesebbet kellene beszélni – főleg a hivatalos sajtóban – a náci Németországról, az ún. jobboldali extremistákról, ehelyett inkább a német nép patriotizmusáról, vagyis a hazaszeretetről, a keresztény kultúráról.

Eszter megdöbbenve észlelte, hogy ezekkel a javaslatokkal nagyon is egyetért…

De azt is tudta, hogy újságja, a „Heute" szerkesztősége nagyon is negatív vonatkozású beszámolót vár el tőle az AfD pártprogramjáról való beszámolóját illetően.

Nem volt mit tennie, részletesen ki kellett fejtenie cikkében a pártprogram minden egyes pontját, de negatív értelemben kellett volna ezeket kommentálni.

Az iszlám nem tartozik Németországhoz semmiképpen, a muszlim bevándorlókat és az idegen kultúrkörökből való gazdasági menekültek bevándorlását meg kell akadályozni.

Idegen kultúrák nem lehetnek ugyanolyan mértékben, ugyanolyan jogokkal felruházva, mint az európai keresztény kultúra, mert ez a szociális béke felborulását jelentené. Az idegen kultúrák egyenlő jogainak elismerése a keresztény kultúrával szemben komolyan fenyegetné a szociális békességet az országban, és parallel társadalmakhoz vezetne előbb-utóbb.

Az idegen katonai erőket (Amerika) és az atomfegyvereket ki kell utasítani az országból. Ki kell kerülni végre az amerikai hegemónia szorításából.

A katonai kötelezettséget ismét be kell vezetni.

A kiskorú bűnözők büntethetőségét 12 éves korra kellene kiterjeszteni, és 18 éves kortól már felnőttkori büntetőjogi eljárásoknak alávetni.

Az indokolatlan ún. „lifestyle" magzatelhajtásokat meg kell tiltani, és büntetni kell.

A nagy kísérletet az euróval be kell fejezni, vissza kell térni a DM-hoz, vagyis a márkához, s ki kellene lépni az Európai Unióból. Egyedül ezzel a követeléssel nem tudott Eszter egyetérteni. A hivatalos televíziós csatornák által (ARD és ZDF) kivetett kötelező adót (a havi díjakat) el kell törölni.

Eszter nehéz helyzetbe került, mert szinte mindenben egyetértett az AfD követeléseivel, mégis ellene kellett volna állást foglalnia, beszámolójában elvetni, megcsúfolni követeléseiket.

Nem vitte rá a lelke, hogy náciknak, szélsőjobboldali populistáknak, hamis patriótáknak bélyegezze meg őket, akik vissza akarják forgatni a történelem kerekét, és a modern idők globalizációja helyett a nemzeti államok visszaállítását, szuverenitását hirdetik, és legfőbb céljuk nemzeti önállóságukat visszanyerni, hogy a brüsszeli eurokraták ne kényszeríthessék rájuk az önhatalmúlag meghozott törvényeiket.

A német sajtóban uralkodó „politikai korrektség" elve azonban őt is arra kényszerítette, hogy félremagyarázza a valódi okokat és tényeket, sőt megszépítve magyarázza ki az AfD egyre növekedő sikereit a német társadalomban. Tehát neki is „szépítgetni" kellett...

Végül is dr. Schröder cenzúrája után ilyen cikk jelent meg: az AfD kihasználja az emberek félelmét és bizonytalanságát a beáramló idegenek, az iszlám vallású, több milliós tömegektől, mert azt hiszik, hogy gyors integrálásuk szinte lehetetlennek tűnik, s félnek, hogy ez parallel társadalmak kialakulásához vezet. A már régen csődöt mondott „multi-kulti" társadalom teljes szociális káoszhoz vezethet előbb-utóbb. Erre azonban semmi okuk sincsen; az integráció már most igen jelentős eredményekhez, sikerekhez vezetett. Attól sem kell tartani, hogy a keresztény kultúra kerülhet veszélybe az iszlamizálódás fokozódásával. Az AfD, mint szélsőjobboldali párt, egyedül a migránspolitikát tudja meglovagolni, a jövőtől való félelem pártja. Az emberek bizonytalanságának valódi oka tulajdonképpen a túl gyorsan változó világunkban, a globalizációban keresendő, mely az embereket elbizonytalanítja, s azt az érzést kelti bennük, hogy nem urai már saját helyzetüknek. Azt használja ki ez a párt, hogy az egyre szorosabban összefonódó gazdaság, az internet olyan globális struktúrákat hozott létre, amely az emberek többségének teljesen idegen, amely komoly problémák elé állítja őket, sőt a munkahelyeiket, az egzisztenciájukat is veszélyeztetheti. Mindezeket a félelmeket és bizonytalanságokat, tanácstalanságot fogja össze a szélsőjobboldali, magát AfD-nek (vagyis új német alternatívának) nevező párt, mely rövid idő alatt megint el fog tűnni. Tartósan semmiképpen sem tud majd megmaradni Németország politikai térképén.

Arról mélyen hallgatott, hogy az AfD-párgyűlésen azt is részleteiben feltárták, hogy az ún. „Willkommenskultur" mennyibe kerül a német államnak, a német adófizetőknek. Az elsődleges befogadó központok is csillagászati összegeket emésztettek fel már, s előkerültek rövid idő alatt a jó szimatú üzletemberek, háztulajdonosok is, „migrációs aranyásó" hangulat terjedt el országszerte.

A zsúfolt, átmeneti elsődleges befogadó központokból az integráció rendeletei alapján ugyanis magánlakásokhoz kellett juttatni mielőbb az elismert asylumkérelmezőket.

Az ingatlanközvetítő irodák, ház- és hoteltulajdonosok számára megnyílt ezzel a gyors meggazdagodás lehetősége. Akinek üresen álló háza, hotelje volt, kapva kapott az alkalmon, hogy a nehezen kiadható, renoválásra szoruló ingatlanjukat rásózzák az államra. Nem csoda tehát, hogy a migránsoknak kiutalt magánlakások legtöbbje régi, renoválásra szoruló hotel, lakatlan magánház vagy nyári nyaraló volt.

Az állam szükséghelyzetében horribilis lakbéreket fizetett a tulajdonosoknak. Egy 6-7 tagú család után az állam a tulajdonosoktól bérelt szobákért 50 eurót fizetett fejenként havonta. Azt is kiszámították, hogy az eddig Németországba bevándorolt illegális migránsok elhelyezése és élelemmel, pénzbeli támogatással való ellátása az államnak naponta 2,8 milliárd euróba kerül.

A haszonélvezők, a bérbeadó lakás- és hoteltulajdonosok milliókat kerestek, s természetesen harsogva támogatták a Merkel-féle, felső határ nélküli migránspolitikát, mert minél több a migráns, annál nagyobb a haszon! A nagy konszernek és ipari vállalatok pedig olcsó rabszolgamunkában reménykedtek.

De nagy volt a csalódás, mert kiderült, hogy a migránsok legnagyobb részének semmiféle iskolája, képzése, de leginkább semmi kedve nincs alacsonyabb értékű munkák elvégzésére, amelyre a német munkásokat már régóta nem tudják rábírni, mivel a fizetések olyan alacsonyak, hogy a munkanélküli segélyből jobban meg tudnak élni. Azonban a vezető politikusok és az újságírók tudták, hogy minderről mélyen hallgatni kell!

Egy napon Eszter megdöbbenéssel bámult az újságok címlapjaira: mindenütt Barta Béla arcképe mosolygott rá. Volt férje, akitől még hivatalosan nem vált el, mint a legnagyobb német bank igazgatója, belekeveredett az ún. „offshore" botrányba. Eszter már fél éve különvált, kiadta az útját, amióta teljesen véletlenül, ahogy az már lenni szokott, kiderült, hogy egy híres színésznővel évek óta viszonya volt.

Sarah Goldmann, a huszonöt éves filmcsillag természetesen nemcsak Béla férfiasságának, de leginkább tömött pénztárcájának bűvkörébe került, s busásan megfizettette szerelmi szolgálatait a bankigazgatóval, aki Sarah egyre fokozódó anyagi szükségleteit a Panama-papírok árusítása révén tudta csak úgy-ahogy egyensúlyban tartani.

Béla amúgy elég zsugori természetű volt, és Esztertől csak azért nem volt hajlandó elválni hivatalosan is, mert esze ágában sem volt asszonytartást és gyermektartást fizetni, másrészt ezzel Sarah házasságkötési ambícióit is keresztülhúzta, legalábbis átmenetileg.

Valamikor, még pár évvel ezelőtt, titokban egy ún. „postaláda-firmát" alapított Panamában, ahova először csak saját pénzét dugta el az adóhivatal és felesége, Eszter elől. Aztán egyre több nagy pénzű politikusnak, jól kereső sportolónak és illusztris személyeknek dugta el ezekben a látszatfirmákban a pénzét, s így több százmilliós adócsalásba keveredett.

Olyan illusztris személyekről derült ki a nagystílű adócsalás, mint Szaúd-Arábia királyáról, az argentin elnökről, sőt még a híres futballistáról, Lionel Messiről, vagy számtalan drogos főnökről, terrorszervezetekről s azok támogatóiról. Arra nem számítottak a neves emberek, hogy előbb-utóbb a nyomukra akadnak az adóhivatal titkos nyomozói. Főleg arra nem gondolt senki, hogy egy nagyon nívósnak kikiáltott újság megvette pár millióért az offshore postaládafirmák mögött megbúvó adócsalók névsorának listáját. Mert hát, még a ravasz Béla is csak egyről feledkezett meg: hogy „eladó az egész világ".

Most előzetes letartóztatásban lévén, ügyvédei segítségével próbálta magát tisztára mosni.

Schröder, a „Heute" újság főszerkesztője szinte élvezettel dobta Eszter elé a férjét leleplező cikkeket, s úgy gondolta, ezzel nemcsak borsot törhet az orra alá, de sakkban is tudja tartani amúgy sem nagyon kedvelt és megbecsült munkatársát. Szinte úgy tűnt fel, hogy az újságok megkönnyebbülten kaptak rá az „offshore" botrányra; a címlapokon hatalmas betűkkel kürtölték ki a világba, s a migránsokkal kapcsolatos sorozatos botrányok valamennyire a háttérbe szorultak, s már csak a lapok harmadik oldalán, kis betűkkel, röviden tettek említést – ha egyáltalán tettek –, például, hogy Bonnban egy 17 éves diákot ütött agyon egy háromtagú migránsbanda; hogy Berlinben, a Kulturális Fesztiválon ismét több mint 8 feljelentés érkezett a migránsok által „körültáncolt", gyűrűbe vett nőktől, akiket szexuálisan inzultáltak, miközben ki is rabolták őket. A lopások, zsebtolvajlások, betörések száma rövid idő alatt a kétszeresére nőtt. Csak utólag derült ki az is egy véletlen folytán, hogy a rendőröket a belügyminiszter arra utasította, hogy a kisebb értékű üzleti lopásokat ne is vegyék jegyzőkönyvbe.

A televízióban egy magát zseniálisnak tartó, egyébként ostoba humorista egy verset fabrikált össze, melyben a török elnök, R. T. Erdogan kecskékkel folytatott szexuális kapcsolatait énekelte meg. Ez óriási politikai botrányt vont maga után, mivel a török államelnök jogosan letiltatta az ízléstelen és sértő versecskét, és feljelentette a német államügyészségnél a malackodó poétát, valamint követelte, hogy „felségsértés" címen elítéljék. Merkel kancellár kínos helyzetében helyt adott tiltakozásának, és elítélő hangon nyilatkozott az esetről.

Erre felfelhördült a német sajtó minden rangú és hírű vezető embere, mert képmutatóan a demokrácia egyik legfontosabb alaptörvényét, a szabad véleménynyilvánítást látták veszélyben, valamint megvádolták a kancellárnőt, hogy zsarolni engedi magát Erdogantól, csak hogy a hibás, félresikerült migránspolitikáját a törökök segítségével valahogy helyrehozza, anélkül, hogy hivatalosan be kelljen vallania saját katasztrofális hibáját és tévedését.

Az egyébként oly nyugodt, csigavérű német polgárok csak későn ébredtek rá arra, hogy elözönlik városaikat, falvaikat a fekete hajú és arcú muszlim tömegek és félelemben tartják a békés lakosságot. A bűnözések minden formája a duplájára szökött rövid idő alatt, nemcsak a szőke, német nők után indítottak hajtóvadászatot a „szánalomra méltó menekültek", nemcsak az üzleteket fosztották ki, nemcsak házakat, lakásokat raboltak ki kriminális bandákba verődve, de a zsúfolt befogadótáborokban is napirenden voltak a tömegverekedések, késelések, a rendőrséget is állandó készültségben tartották. Kiderült: túl kevés a rendőr, nem győzik a munkát, nem tudják már a közrendet biztosítani. Egyre több privát személy váltott ki ún. „kisfegyver-engedélyt", felvásárolták rövid idő alatt a könnygázt és a csípős borsot spriccelő önvédelmi eszközöket. Németország teljes káoszba süllyedt, félelemben élt, miközben a német kormány és a brüsszeli eurokraták azt hirdették fennhangon, hogy minden a legnagyobb rendben van, s a merkeli mantrát fújták továbbra is: „Wir schaffen das!"

Kiderült azonban, hogy az EU-nak a törökökkel kötött egyességének egy nagyon kényes pontja van: a törökök visszaveszik ugyan a Görögországba gumicsónakokon behatoló illegális bevándorlókat, de ezért cserébe nemcsak 60 milliárd eurót, de a török polgárok teljes vízummentességét is megígérték nekik a schengeni határokon belül, ha a megszabott feltételeknek eleget tesznek. Erdogan pedig kijelentette: nem fogja visszavenni a török kormány terrorellenes törvényeit, melyhez viszont az EU ragaszkodott. Tehát az a veszély állt fenn, hogy az egyezséget a törökök bármikor felbonthatják, s az EU egyedül marad az egyre fokozódó illegális invázió minden következményével.

2016. május végén Schröder főszerkesztő különös jókedvvel fütyörészett íróasztala mögött, hosszú telefonálgatások után rendkívüli szerkesztőségi ülést hívott össze.

Büszke mosollyal közölte, hogy az általa vezetett, „Heute" című újságot – felsőbb kormányutasításra – különösen fontos megbízatással tüntették ki.

– A feladatunk az, kedves munkatársak, hogy tényekkel bizonyítsuk be, miszerint az ún. „migrációs válságot", vagyis az egész népvándorlási lavinát nem Merkel kancellárnő indította el – nézett jegyzeteibe a nagyhatalmú főszerkesztő. – Kezdjük az elejétől: hogyan is vezették félre a kancellárnőt? – nézett körül szigorú arccal Schröder, mint aki maga sincs meggyőződve arról, hogy ez valami módon bebizonyítható lenne.

– Nem értem – mormogott a helyettes főszerkesztő, Harper úr –, hiszen köztudott...

– Semmi sem köztudott, éppen ezt kell megcáfolnunk, amiről a világsajtó azt hiszi, hogy köztudott – szólt rá mérgesen Schröder.

– Hát talán azt lehetne kiemelni, hogy bizonyos előrejelzések, figyelmeztetések nem lettek komolyan véve – kockáztatta meg Bucholz úr, a külügyek felelős riportere.

– És azt is ki lehetne emelni mentségére, hogy egy bizonyos EU-tagország hogyan vezette félre a jóindulatú kancellárnőt – folytatta érvelését Bucholz, akit „száguldó riporternek" is csúfoltak, mert ugyan mindenütt ott volt, ahol valami történt, de az események lényegét sosem ismerte fel, sosem volt képes megbízható tényekről beszámolni, felületessége már közbeszéd tárgya volt az újságnál.

– Miféle országról beszél? – kérdezett rá reménykedő mosollyal Schröder.

– Hát arról, hogy bizonyos EU-országok – Lettország, Magyarország, Lengyelország, sőt Ausztria – nem fizették be a rájuk kiszabott pénztámogatást a szíriai táborokban rostokoló menekültek ellátására

– Na de Németország sem! – kiáltott közbe egy fiatal újságíró.

– Németország csak megszorította a rá kiszabott összeget – helyesbített az igazság kedvéért Eszter. – Na, de mindegy, az lett a vége, hogy a szíriai menekülttáborokban éheztek az emberek, és más lehetőségük nem volt, hogy életüket mentsék, mint hogy kitörtek a zaatari táborból és elindultak Európa felé. Valahogy így kezdődött – fejtette ki nyomatékosan Eszter.

– De hát nemcsak a szíriai, „valódi" háborús menekültekről van szó! – kiáltott fel felháborodott hangon Harper úr. – Már mióta írnak az újságok arról, hogy Észak-Afrika partjairól több ezer észak-afrikai, nagyrészt fiatal férfiak, kel át gyatra gumicsónakokon, életüket is kockáztatva Lampedusa szigetére, hogy onnan tovább vándoroljanak Észak-Európába. Fő céljuk Németország, Svédország, Dánia, Norvégia, ahol jobb életet remélnek, és erről a hivatalos európai vezető politikusok Brüsszelben tudomást sem akartak venni.

– De arról sem vettek tudomást a brüsszeli eurokraták, hogy a német konzul Koszovóból jelentette, hogy a koszovóiak pánikszerűen hagyják el országukat, s megindultak tömegesen az EU felé: 300 000 ember indult el, hogy Magyarországon keresztül Németországba jusson, ahol jobb életben és jelentős szociális támogatásokban reménykednek – ágált megint a fiatal újságíró hevesen, akinek még a nevét sem tudta senki; alig 1 hónapja volt még az újságnál.

– De jöttek ám legalább annyian Albániából is, akik a munkanélküliség és a szegénység elől menekültek, mert az a hír terjedt el, ha asylumot kapnak Németországban, akkor a szociális juttatásokból ott prímán meg tudnak élni. Az embercsempészek tejjel-mézzel folyó Kánaánt ígértek nekik – vetette közbe Harper úr.

– De ez csak mindaddig tarott, amíg a német parlament „biztos országoknak" nem nyilvánította a balkáni országokat – vetette közbe Eszter. – Ezeknek a gazdasági menekülteknek a többsége az ún. „balkáni úton", a szíriai, iraki és afganisztáni menekültek tömegei közé vegyülve sokkal könnyebben jutott el Európába. Sőt annak is tanúi voltunk, hogy különvonatokkal, buszokkal szállítottak naponta több mint 10. 000 illegális bevándorlót Magyarországon át Ausztriába, s onnan tovább Bajorországba, minden ellenőrzés és igazoltatás nélkül. Azt sem tudta senki, hogy hirtelen honnan, kik, és miért jönnek ilyen tömegesen Európába ezek a nagyrészt fiatal, életerős muszlim férfiak. Németországban először 250 000 migránsra számítottak, hamarosan ezt 400 000-re korrigálták, majd a német belügyminiszter 800 000-re emelte fel a humanitárius okokból befogadható asylumkérők számát. Ez a hír villámsebesen terjedt el Afganisztánban, Afrikában is, és onnan is megindult a migránsáradat – szögezte le Harper úr.

– Ezt már mind tudjuk – szólt közbe idegesen Schröder –, de nekünk most nem az a feladatunk, hogy elemezzük a német kormány, főleg a kancellárnő hibás döntéseit. Nekünk azt kell bebizonyítanunk, hogy Merkel és kormánya már kezdettől fogva helyesen ismerte fel a helyzetet és helyesen cselekedett, tehát semmilyen hibát nem követett el! – kiáltotta most már hangját felemelve a főszerkesztő.

– De hogyan? Akkor ki volt itt a hibás? – kiáltott közbe a fiatal új munkatárs, akinek Özgentürk volt a neve, mint később kiderült, és maga is muszlimként nőtt fel Berlinben.

– Nekünk azt kell bebizonyítanunk, hogy semmi esetre sem egyedül Merkel! – hangsúlyozta szinte parancsoló hangon Schröder. – Mert például Orbán Viktor azt hazudta, hogy a budapesti Keleti pályaudvaron csak 3000-en várnak arra, hogy átengedjék őket Ausztriába, miközben 30 000 illegális bevándorlóról volt már szó. Tehát becsapta az osztrákokat és Merkelt is... valami ilyesmit kell érvként felhasználnunk – javasolta Schröder az asztalra csapva.

– Igen, azt kellene kidomborítani, hogy Merkel csak 3000 migránst akart beengedni Németországba, s csak azokat fogadták a müncheni pályaudvaron virágcsokrokkal és tapssal, s akkor készültek a közös fotók is Merkellel és a migránsokkal, csak ezeknek nyitotta meg a német kancellárnő a határokat – kiáltott fel lelkesen a fiatal Özgentürk.

– Orbán Viktor kezdettől fogva nem lelkesedett az új népvándorlásért, sőt ezt csakis német problémának nevezte, mert az illegális bevándorlók Merkel meghívására csakis Németországba akartak menni – állapította meg Harper, a helyettes főszerkesztő. – Sőt Orbán figyelmeztette az osztrák miniszterelnököt, hogy osztrák „aktivisták" 200 busszal jelentek meg Budapesten, hogy átszállítsák ingyen és bérmentve a migránsokat a budapesti Keleti pályaudvarról Ausztriába, minden regisztráció és ellenőrzés nélkül. Tehát tulajdonképpen osztrák embercsempészekről van szó, és a magyar kormány nem engedélyezte, de megakadályozni sem tudta, tehát „mosta kezeit" – vetette közbe Harper úr.

– De azt hogyan szépítsük meg, hogy a német és az osztrák külügyminiszter igaz, úgy döntött, hogy beengedi ezeket a migránsokat, de ez csak egy egyszeri és megismételhetetlen kivétel kellett, hogy maradjon. Leállították a buszokat, s amikor a buszok nem jöttek értük, az illegális bevándorlók gyalog indultak neki az autópályákon Ausztria felé, minden kontroll és regisztráció nélkül, teljesen leállítva, megakadályozva a közlekedést a két ország között. Mert 2 030000-nyi tömegről volt szó! – avatkozott a vitába Meyer úr, a segédszerkesztő is.

– Azt kellene kiemelni a cikkben, hogy Orbán ezzel a trükkel megszabadult a migránsoktól, sőt azonnal nekifogott drótkerítéssel megvédeni Röszkénél a magyar déli határszakaszt, ahonnan folyamatosan áramlottak már akkor a migránsok ezrei naponta – jelentette ki Schröder nagy dühösen.

– De hát Merkel nem tiltakozott, sőt váltig hangsúlyozta, hogy a német határokat nem zárja le, sőt nincsen felső határa a befogadható menekülteknek, mert ez „humánimperativus", s kijelentette, hogy mindegy, hányan kérnek még menedéket, „Wir schaffen das!" – szólt bele Eszter a valódi eseményekre célozva. – Hiába figyelmeztette Horst Seehofer, a CSU vezetője Merkelt, hogy ez a lépése még sok bajt fog okozni

– El is döntötték Berlinben, hogy ha egy kicsit elkésve is, de le fogják zárni a német határokat, ezt fontos kiemelni! – kiáltott fel idegesen dobolva az asztalon Schröder.

– De erre mégsem került sor, ezt nem írhatjuk Merkel védelmére – szólt bele Eszter félénk hangon.

– Még máig sem értem, miért nem záratta le a német határokat azonnal, hiszen mindenki látta, hogy naponta 20 000 menekültet nem tud elhelyezni, ellátni, eltartani és felfokozott igényeiket kielégíteni még a német állam sem, ha még olyan gazdag is állítólag – kiáltott fel Özgentürk.

– Mert Merkelnek nagyon hízelgett, hogy a világsajtóban a „németek barátságos arculatáról" zengtek dicshimnuszokat, s mert a kancellárnő ezt a szíves fogadtatást meg is indokolta azzal a furcsa érvvel, hogy a németeknek van mit jóvátenni Európában, s azonkívül az sem volt titok, hogy személy szerint a Béke Nobel-díjra számított – dörmögte lehangoltan Herr Harper.

– De szerencsére nem kapta meg 2015-ben – kiáltott fel diadalmasan, kárörvendő hangon Özgentürk.

– Hallgasson már el a hülyeségeivel! – szólt rá Schröder mérgesen.

– De így igaz. Seehofer is megmondta már akkor, hogy Németország az „igazságtalanság hatalma" alatt szenved – vágott vissza villogó szemmel Özgentürk. – Az is tény, hogy a német határokat végül mégsem zárták le, mert ha valaki a migránsok közül kimondta ezt a szót: „asylum", akkor a szeptember 13-án kelt határozat alapján be kellett, hogy engedjék az állítólag szigorúan őrzött német határokon, mert ez az őrzés csak papíron létezett, a gyakorlatban nem volt kivitelezhető – állapította meg Harper. – Ezt nem lehet semmiképpen eltussolni! Annál is inkább, mert az Unión belül a CSU sokkal tisztábban látott, de hiába figyelmeztették még időben Merkelt, ő csak hajtogatta a magáét: „Meglátod, Horst, tíz év múlva, amit most csinálok, bekerül, mint nagy siker a történelemkönyvekbe".

– De ne ilyenekről szavaljatok itt nekem, amit magam is jól tudok; azt mondjátok meg, hogyan mossuk Merkelt tisztára ebben az átkozott helyzetben, amiben vagyunk? – tette fel a kérdést Schröder. – Mert ugye ez lenne a feladatunk.

– Hát, átkozott nehéz lesz – csóválta fejét Harper úr.

– Na, gondolkodjatok rajta, holnap tízkor folytatjuk a tanácskozást. Addig jó ötleteket kérek mindenkitől – zárta be az ülést nagy bosszankodva Schröder.

Végül Özgentürk találta meg a „gordiuszi csomó" megoldását, vagyis, hogyan lehet Angela Merkelt minden felelősség alól, ami az újkori illegális inváziót illeti, felmenteni. Mégpedig a régi, jól bevált módszer szerint: „parasztáldozatot" kell találni, hogy megmentsük a királynőt, mint ahogy ez a sakkjátszmákban jól ismert fogás. 2015. augusztus 29-én megjelent a Bundesamt für Migration und Flüchtlinge (BAMF) új rendelkezése: a háború elől menekülő szíriaiak számára felfüggesztették a dublini szerződést. Ki volt adva parancsba, hogy minden szíriai asylum-kérelmezőt kontroll és regisztráció nélkül be kell engedni Németországba, és automatikusan elismerni asylumjogosultságát.

2015. augusztus 25-én a BAMF főnöke, Manfred Schmidt megbeszélésre hívja össze irodája vezetőjét, sajtófőnökét. A sajtófőnök természetesen nő. Fel akarja tenni az új rendelkezést az internetre, Twitterre, hogy minden újságírót időben értesítsen a szenzációs új rendelkezésről. Meg is kapja rá az engedélyt a főnökétől, de arra nem gondol senki sem, hogy ez a „jó hír" a migránsok mobilján is azonnal megjelenik. Ennek következtében 2015. augusztus 25-én 13.30-kor a következő hír terjed el világszerte: „A dublini rendelkezések a szíriai menekülők számára a mai naptól fogva fel vannak függesztve."

Nemcsak a német határőrség, de még a belügyminisztérium illetékesei is meglepetéssel és értetlenül fogadták a hírt.

– Ez a tweet volt a legnagyobb baklövés, még Angela Merkel munkatársai is szemüket dörzsölték a meglepetéstől. Ugyanis ez a tweet úgy hangzott a török, a jordániai és libanoni menekülttáborok lakói számára, mint egy szívélyes meghívás. Úgy terjed el, mint egy futótűz, s mindenki megindult Európa felé a jól megszervezett balkáni útvonalon, és valamennyien elsősorban Németország felé igyekeztek, hiszen oda szólt most már bebizonyíthatóan is a meghívásuk!Szóval, ez bizonyítaná, hogy nem a kancellárnő hívta meg őket? – tette fel a döntő kérdést Schröder. – S ki volt ez az idióta sajtófőnöknő?

– Természetesen ezt a mai napig eltitkolják, s elsüllyesztették valahová, nehogy valaki is a nyomára bukkanhasson – felelte Özgentürk. – Természetesen ezután minden „menekült" szíriainak vallotta magát... papírokkal ugyan nemigen rendelkeztek, de hamis papírokat szereztek be drága pénzen a csempészektől.

– Na, de hát még Merkel is elhitte, hogy ezt a cselt beveszi az egyszerű német lakosság is, mert már egy nap után, 2016. augusztus 26-án ellátogat Heidenau városkába, ahol arra számít, hogy mint mindenben ártatlan bárányt, lelkesen fogják ünnepelni.

– Na, tudjuk, hogy ez félresikerült, mert az összegyűlt lakosok kifütyülték, „BUU"! és „Tűnj el"!, „Verschwinde!" kiáltásokkal szakították félbe a jó előre elkészített beszédét. Nem is tudta végigmondani, annyira hangosan ordított a hallgatóság. Amikor a nép haragjától megijedve igyekezett páncélozott autójába, egy felbőszült nő ezt kiabálta a fülébe: – „Te STASI-ügynök! Te hazaáruló, tűnj el vissza a DDR-be!"

–Ezt mégsem írhatjuk bele a cikkünkbe! Elment az esze, Özgentürk? – ellenkezett Schröder bosszankodva.

– Persze, hogy ezt kihagyjuk, csak úgy mondom – mentegetőzött Özgentürk.

Schröder végül is úgy döntött, saját maga írja meg a „felmentő cikket" a makacs Angela Merkelről, aki még mindig váltig hangoztatta: „Wir schaffen das!"

– Ennek a nőnek elment az esze, vagy nagyon is tudja, mit csinál, mivel bízták meg – dörmögte mérgesen, és vörös arccal kirohant a konferenciateremből.

Hiába írta meg keserves kínok között a Merkelt „felmentő" cikkét Schröder, az állítólagos „szabad német sajtó" legfelsőbb fórumán mérgesen dobták be a legközelebb eső papírkosár fenekére. Sosem látott napvilágot.

Ebben az időben a világsajtó első oldalait nagy, vastag betűkkel foglalták el a legújabb terrortámadások és cselekmények: a Franciaországból Egyiptomba igyekvő repülőgép 65 ártatlan utassal fedélzetén eltűnt, elsüllyedt a tengerben. Német turisták közé férkőzött terrorista felrobbantotta magát Isztambulban, s több mint 10 német turistát vitt el magával a másvilágra.

Törökországban egymást érik rövid időközönként a terrortámadások. A Törökországból roncs gumicsónakokon Görögországba érkező illegális bevándorlók áradata nem szűnik meg, s a görög partokat és városokat ellepik a migránsok tömegei. 40 000-45 000-en kempingeznek a parkokban, a szabad ég alatt. A törökök hajlandók visszavenni őket, de visszaszállításuk csak lassan és nehézkesen sikerül. Sok migráns elszökik, s gyalogosan indul meg a balkáni útvonalon, de a macedón határnál, mely erős drótkerítéssel és katonai őrizettel van körülvéve, elakadnak. S így alakul ki rövid idő alatt a szégyenteljes idoméni sátortábor, ahol mintegy 120 000 migráns sárban, piszokban, embertelen körülmények között telepszik le, abban a reményben, hogy majd csak átengedik őket Észak-Európa felé. Leginkább Németország felé igyekeznének, „Mama Merkelhez", aki gondoskodni fog róluk, ahogyan megígérte.

Időnként fellázadnak a 70%-ban fiatal, erős férfiak, nekirontanak a kerítésnek, és az azt őrző katonai osztagoknak vízágyúkkal és könnygázbombákkal kell védekezniük. Valóságos háború dúl, s az „aktivisták" (angol, francia újságírok) szenzációs fotókkal látják el a neves újságok címoldalait.

A V4-ek, a visegrádi országok vezetői – a cseh, a szlovák, a lengyel és a magyar kormányfők hiába tanácskoznak, hogyan lehetne megvédeni Európa külső határait, javaslataikat Brüsszelben figyelembe sem veszik.

Aztán mindenki legnagyobb meglepetésére Anglia dobja be a törülközőt: népszavazás útján az EU-ból való kilépést, vagyis a brexitet jelentik be. Az angolok nem hajlandók továbbra is eltűrni a brüsszeli eurokraták önkényes döntéseit úgy politikai, mind gazdasági kérdésekben, de a döntő érv mégis az: az angolok nem hajlandók a brüsszeli kvóta alapján befogadni a rájuk kiszabott számú migránst! A brüsszeli politikai maffia Junckerrel, Martin Schulzzal, Angela Merkellel és Hollanddal az élen csak most riadnak fel: veszélybe került az egész általuk fabrikált és önkényesen vezetett Európai Unió.

Először megpróbálják úgy kommentálni a számukra elképzelhetetlen és megdöbbentő brexitet, hogy az angol fiatalok, most már szívesen „visszacsinálnák" az EU-ból való kilépést, mert csak most döbbentek rá, Anglia milyen súlyos válságba kerül majd mind politikai, mind gazdasági szempontból. Amikor azonban Theresa May, az új államfő határozottan és erélyesen fellépett Anglia érdekeinek védelmében az EU-ból való kilépés kapcsán, elhalkultak ezek a vésztjósló kritikák.

Eszter egyik este, a liftben véletlenül együtt utazott a főszerkesztővel, Schröderrel. Megragadta a ritka alkalmat, hogy tisztázzon bizonyos számára érthetetlen rendelkezéseket.

– Miért írat meg velünk cikkeket a jelenlegi társadalmi problémákról, ha úgysem közli le az újság sohasem? – tette fel neki a kényelmetlen kérdést, amely már régen a bögyében volt.

– Nem hiszem, hogy különösebb magyarázatra szorulna – felelte Schröder szinte bosszús hangon. – Talán a maga figyelmét sem kerülte el az a köztudott tény, hogy Németországban csak papíron létezik az ún. sajtószabadság; a sajtó, a médiumok három gazdag család kezében vannak: a Springer Verlag főnökének, Fridel Springernek, a Berthelsmann Verlag főnökének, Lisa Mohnnak, valamint a Burda Verlagnak, Hubert Burdának a kezében futnak össze a szálak. Ők döntik el, mi a mainstreamnek nevezett, jelenlegi politikai korrekt hírközlés a helyes irány, mely a jelenlegi német kormány érdekeit is képviseli. Hivatalosan cenzúra nincs, helyette az elhallgatás és megtévesztő hírközlés eszközeit alkalmazzák. Senki sem léphet fel ellenük, de hogy ezt ilyen világosan kimondtam, természetesen mindenki előtt letagadom! – nevetett fel csúfondáros mosollyal Schröder.

– De akkor miért küld ki minket, újságírókat riportokra, hogy a valós helyzetről számoljunk be?! – szegezte neki Eszter bosszankodva a kérdést. – Hiábavaló munka az egész!

– Az ember próbálkozik az objektív helyzet feltárásával már csak a jövő nemzedékek érdekében is, mert az archív anyagunkban minden megmarad, s néha azért sikerül becsempészni a hátsó oldalakon valami kis valóságfeltárást, ha ritkán is sikerül – kacsintott rá Schröder.

– Volna itt egy cikkem, most jártam utána a düsseldorfi uszodában történt szexuális bűncselekmények kiderítése ügyében. A rendőrségi aktákban szereplő szexuális bűncselekményeket elsősorban afrikai és arab fiatal férfiak követték el, akik ingyen látogathatják a szabadstrandokat és uszodákat, és az asylumkérelmezőknek biztosított kedvezményeket arra használják fel, hogy védtelen kiskorú gyermekeket molesztálnak és erőszakolnak meg! – mesélte felháborodott hangon Eszter.

– Mert most nem az a „módi", hogy feltárjuk a kriminális cselekményeket, melyeket ezek az állítólagos „szerencsétlen háborús menekültek" követnek el nap mint nap, hanem dicsérni kell őket, hogy mennyire szorgalmasan tanulják a német nyelvet, s a Bild újság címlapján hozzák azokat a Mohamedeket és Alikat, akik kitűnően letették a nyelvvizsgát, és annak ellenére, hogy több mint 70%-a analfabéta, a német egyetemekre akarnak menni „studírozni". Ugyanis állítólag ezért jöttek ide, nem dolgozni. A német ipar hiába ösztökéli őket munkára. Kisegítő, olcsó munkaerőre számítottak, ún. „1 eurós munkákat" adtak nekik, s gondolták, mennyire fognak örülni, mennyire be lesznek „integrálva". Most csodálkoznak azon, hogy már a harmadik napon meg sem jelennek az annyira áhított munkahelyükön, hanem eltűnnek, és senki sem tudja, hogy hová, és hogy mit csinálnak s főleg miből élnek. Eközben a drogterjesztés és egyéb kriminális bűncselekmények száma a tízszeresére emelkedett rövid idő alatt, mégis úgy tesznek, mintha nem látnának összefüggést a migránsok eltűnésével, mintha nem vennék észre, hogy többségük nem hajlandó „integrálódni" a német társadalomba. Mindezt el kell hallgatni, hanem arról kell írni dicsőítő cikkeket, hogy pl. állítólag egy migráns egy neki ajándékozott öreg szekrény titkos fiókjában 15.000 eurót talált, és nem tartotta meg, hanem becsületesen leadta azonnal a rendőrségen. A becsületes Mohamed fényképe minden lap címoldalára került. Ilyen cikkeket kellene írni magának is! Meg a két állítólagos arab orvosról, akiknek elismerték a diplomáját, csak arról már elfeledkeztek írni, hogy sajnos nem mentek át még a legegyszerűbb gyakorlati vizsgákon sem.

– De hát Özgentürk kollégánk hiába írta le részletesen a Nizzában történt szörnyű tömeggyilkosságot 84 halálos áldozattal, s próbálta úgy szépíteni a dolgot, hogy nem radikalizálódott dzsihádista, vagyis iszlám fanatikus volt az autó vezetője, hanem egy szerencsétlen, elmezavarban szenvedő beteg – vitatkozott vele Eszter.

– Ja, igen, ezt a mesét próbálták a francia hatóságok is beadni megrettent a állampolgároknak, míg a harmadik napon az ISIS hivatalosan is közölte, hogy a gyilkos teherautóvezető az ő harcosuk volt, és az ISIS magára vállalta ezt a sikeres terrortámadást is. Nem lehetett tovább hazudni, befürdött vele Özgentürk kollegánk is, de ami még ennél is rosszabb, a mi újságunk is – mormogott mérgesen Schröder.

– De nem csak minket, az egész világsajtót hazugságon kapták – védte Eszter a fiatal, kezdő újságíró kollégát.

– De írhatnék a würzburgi vonatban történt dzsihádista merényletről is, ahol egy 17 éves afgán asylumkérelmező egy négytagú családot mészárolt le baltával és késsel, s akiről a német rendőrségnek állítólag halvány fogalma sem volt, hogy radikális ISIS-harcos, s aki bevallotta, hogy gyűlöletből támadt a gyanútlan, ártalmatlan utasokra, egy szegény négytagú kínai családra, akik Sanghajból jöttek – buzgólkodott Eszter. – Erről csak kellene írnunk, nem?!

– Azt ajánlom, ha valamire akarja vinni ezen a pályán, akkor vagy jót írjon a migránsokról, vagy semmit – nevetett fel csúfondárosan a nagyfőnök.

– De hát akkor nem írhatunk már semmiről, ami az embereket foglalkoztatja, amitől félnek?! – kérdezte Eszter kétségbeesett hangon.

De Schröder végig sem hallgatta, hanem kiszállt a liftből a hatodik emeleten, és eltűnt irodája vastagon kárpitozott ajtaja mögött.

Annál jobban meglepődött, amikor másnap a segédszerkesztő, Herr Mayer közölte vele, hogy Schröder, a nagyhatalmú, kiadta a parancsot, hogy Eszter „Terrorakte Deutschland" címmel írjon egy összefoglaló jelentést, hogy kik azokaz ún. iszlámista veszélyes elemek, akik már rendőrségi megfigyelés alatt állnak, hányan vannak, és mikor és hol csapott le az ISIS terrorszervezet már német területen is.

Az éppen aktuális „baltás merénylővel" már tele voltak az újságok, valamennyien „pszichés betegként" aposztrofálták, és ámokfutónak sorolták be őt, még maga a német belügyminiszter, Thomas de Maiziere is. De nem számoltak az ISIS iszlámista terrorszervezet új taktikájával: csak három nap után közölték, hogy Riaz Khan Ahmadzi (állítólagosan 17 éves afgán menekült), aki már sikeresen integráltnak számított és elismert asylumjogot élvezett, az ő harcosuk volt. Ráadásul ezt bizonyítandó közreadták a világsajtó nagy megdöbbenésére azt a videofilmet, amelyen Riad Khan szörnyűséges tettének elkövetése előtt az ISIS terrorszervezet elkötelezett harcosának vallja magát, és késével hadonászva felszólította az iszlám harcosokat, hogy hozzá hasonlóan „irtsák a hitetleneket saját országukban" minden eszközzel. Kiderült, hogy nem volt afgán, hanem pakisztáni; nem volt 17 éves, hanem jóval több, és Magyarországon, a fóti gyermekvárosban regisztrálták először, ahol a kiskorú menekültekről gondoskodtak, tehát bizonyíthatóan a migránsáradattal küldték be ISIS harcostársai. Magyarországról rövid idő után nyomtalanul eltűnt, Németországban pedig szívélyes fogadtatásban részesült, senki sem ellenőrizte valódi identitását.

Tehát hazugságon kapták a német belügyminisztert, s lerántották a leplet a német kormány és a német sajtó elkendőzési politikájáról.

Csak ezek után hozta nyilvánosságra a BKA (német titkoszszolgálat), hogy több mint 1100 veszélyes iszlámi dzsihádistát és további 500 ún. „schläfert" tartanak megfigyelés alatt, akiknek fő céljuk: hasonló terrortámadásokat végrehajtani Németországban. Főleg a fiatal muszlim asylumkérelmezők, akik 16 és 25 év között radikalizálódtak, s a szülői kíséret nélkül érkező kiskorúak jelentik a legnagyobb veszélyt. Ennek ellenére 68 100 kiskorú asylumkérelmezőről (15 és 17 év között) kell gondoskodnia a német államnak, s ez eddig is már 2,7 millió euróba került a német adófizetőknek.

Ami még ennél is veszélyesebb volt: az ISIS taktikát változtatott. Nem csoportos támadásokra, robbantásokra, hanem egyéni terrorakciókra hívta fel híveit, harcosait. Az ún. „magányos farkasokra" építi fel stratégiáját, akiknek lehetőséget ad, hogy saját sikertelen elvárásaikat és beilleszkedési problémáikat az iszlám vallás politikai leple alatt hősi tetté „mártíriummá" szentesíthesse. S ahogy sajnos a BKA elmúlt hónapi statisztikái mutatják, egyre változatosabb eszközökkel operál az ISIS terroristaszervezete.

2016. február 26-án egy 15 éves, muszlim vallású iskoláslány Hannoverben leszúr a metróban egy rendőrt, aki súlyos sérülésekkel kerül egy kórházi intenzív osztályra. 2016. április 20-án robbantásos merénylet az Essen városi sikh vallásos közösség ellen, három súlyos sebesülttel. A tettes, a robbantó egy 16 éves iskolás. 201.6 június 2-án terroristák egy robbantásos merényletet terveztek Düsseldorf centrumában, de szerencsére időben elfogták őket.

Meg kell említeni itt a 2011. március 2-án meggyilkolt két amerikai katonát is, akiket a frankfurti repülőtéren lőttek agyon, s a tetteseket életfogytiglani börtönre ítélték, de csak azért, mert amerikai katonákról volt szó. Különben a német igazságszolgáltatás nagyon enyhe büntetéseket szab ki az asylumkeresők egyéb kriminális cselekedeteire.

Még 2000. szeptember 4-én sikerült a német rendőrségnek az ún. „Sauerland csoportot" Oberschlendorfban leleplezni, ahol az iszlámisták robbantásos merényletet készültek elkövetni a repülőtéren és pár nevesebb szórakozóhelyen.

Miközben Eszter ezeket a sorokat írta, arra lett figyelmes, hogy a tévében furcsa képeket közvetítettek a müncheni olimpiai bevásárlócentrumból, ahol váratlanul lövések dördültek, és az emberek sikoltozva menekülni látszottak. Azonnal csak a tévéadásokra figyelt – éppen 17.50-kor kezdődtek amúgy is a hírek. De most teljesen érthetetlen, kaotikus képeket közvetítettek az RTL tévéműsorát félbeszakítva. Arról adtak hírt, hogy valaki (vagy valakik) löveseket ad le a bevásárlóközpont egy gyorséttermében. Sikoltozó, menekülő embereket, rengeteg rendőrt lehetett a képeken látni, és senki sem tudta, mi is történik tulajdonképpen. Aztán mutatták a halottakat – összesen 10 halottról és legalább 23 sebesültről számoltak be a szemtanúk. Terrortámadásról volt szó, kétségtelen. Rövid idő alatt mintegy 2000 rendőr vette körül a bevásárlóközpontot. A város másik részéről is lövöldözésről számoltak be. Egész München a feje tetejére állt. A metrót leállították városszerte, a főpályaudvart kiürítették, vonatok sem be, sem ki nem jártak, a buszok, villamosok leálltak... a város megbénulni látszott. Felszólították a lakosságot, ne menjenek ki az utcákra, terekre, maradjanak otthon a lakásukban.

Ilyet München városa a háború óta nem élt meg.

Először három terroristáról beszéltek, akik „hosszú csövű fegyverekkel" menekülnek. Éjfél után aztán azt vélték megállapítani a rendőrség főnökei, hogy egyetlen egy támadóról volt szó, aki 10 ártatlan embert lelőtt, mielőtt saját magával végzett. Egy 18 éves iráni asylumosról volt szó, aki már 2 éve élt Münchenben, és a sikeres integráció példaképének tartották mindezidáig...

A hivatalos politikai állásfoglalás azonnal jött: pszichés beteg ámokfutóról, nem terrorcselekményről volt szó. De honnan vette ez a szegény pszichés beteg a félautomata gépfegyvert, honnan tudott – állítólagosan minden előgyakorlat nélkül – ilyen jól a gépfegyverrel bánni és ilyen pontosan célozni, áldozatait mind fejbe lőni? Hátizsákjában mintegy 300 lövedéket tartogatott még, tehát még nagyobb tömegű mészárlásra volt felkészülve. „Magányos ámokfutó", így került be a rendőrségi aktákba. Ezt hangoztatta a rendőrségtől kezdve a vezető politikusokig, sőt a német kormányig mindenki, természetesen mély résztvéttel fűszerezve, az ilyenkor szokványos résztvétszólamokkal együtt.

Valóban így volt? Sosem fog talán kiderülni, miért és ki bujkál még mindig a szánakozás látványos kulisszái mögé rejtőzve.

Közben elérkezett a nyári szabadságolások ideje. Eszternek júliusban adták ki az évi szabadságát. Valamikor ilyenkor szép utakra indult, testvérével, Zsófival bejárták ún. kreuzfahrtokon, vagyis luxus turistahajókon a Földközi-tenger legszebb tájait és városait, jártak Olaszországban, Görögországban, az arab tenger mellékén, az Arab Emirátusokban.

De most, ebben a bizonytalan, naponta változó, terroristák miatt veszélyessé vált világban kinek volt kedve – vagy még inkább mersze – hajóra vagy repülőgépekre szállni? Úgy döntött, hogy meglátogatja Hamburgban lakó lányát, Astridot, akivel már régen nem találkozott.

Amikor a vonatok indulását tanulmányozta, Herr Schröder, aki a háta mögül leste, hogy mivel foglalkozik munkaidőben, váratlanul megszólalt:

– Csak arra vigyázzon, hogy ne a vonat WC-je közelében foglaljon helyet, mert a fejszés támadók mindig onnan ugranak ki! – nevetett hangosan saját viccén a kíváncsi főnök.

Hamburgba érkezve Astrid azzal fogadta, hogy sajnos az ő lakásában most éppen nincsen alvóhely, mert a legjobb barátja, bizonyos Ali Ahmed váratlanul meglepte, s nála szállt meg, de bizonyára lehet még valami olcsó szállodában helyet kapni.

– Meddig akarsz Hamburgban maradni? – tette fel leplezetlen őszinteséggel a kérdést. – Mert tudod, Alival kell most elsősorban törődnöm, mert szegénynek kellemetlen anyagi problémái vannak – és legbájosabb mosolyával nézett anyja szemébe.

– Oh, nem is tudom – válaszolta Eszter, s nehezen tudta csak leplezni csalódottságát. – Nyári szabadságomat vettem ki.

– Csak nem akarod az egész két hetet itt, Hamburgban elfecsérelni? – ijedt meg Astrid. – A város ilyenkor szinte üres, s én megígértem Alinak, hogy elmegyek vele Thaiföldre. Tudod, Phuketben szeretnénk szétnézni kicsit

– Hát, majd meglátom – sóhajtott fel Eszter. – Mindenesetre elmegyek a barátnőmhöz, Borikához, ha már itt vagyok, s talán nála alhatok is.

– Jaj, látod, ez remek megoldás! – ujjongott fel Astrid megkönnyebbült hangon. – Borika barátnőd nagyon szép helyen lakik, a város legszebb negyedében, ott biztosan jól fogod magad érezni, kirándulni is tudtok kedvetek szerint. De mielőtt el nem felejtem… – kapott a fejéhez 21 éves lánya, aki már három férjet fogyasztott el rövid idő alatt, s mégis úgy tűnt, megrekedt végleg a pubertáskorban. – Tudod, a divatüzletem most nem megy a legjobban, szóval nem tudnál kisegíteni egy kis pénzzel? Már csak Ali miatt is, hogy ne kelljen szűkölködnünk. Csak kölcsön kérném, visszaadom azonnal, ha tudom – fogadkozott szép, hosszú hajú, csinos, a legújabb divat szerint öltözött egyetlen leánya. Eddig csak apját, Bélát pumpolta meg, de most a börtönből Béla sem tudta neki már a szokásos apanázst folyósítani. Eszter sem tudott megtagadni tőle semmit, s most is a pénztárcája után nyúlt. Igaz, neki kell majd kispórolnia ezt, s lőttek a felhőtlen nyári szabadságnak.

Borika nagy örömmel fogadta váratlanul betoppanó barátnőjét. Eszter pedig igyekezett leplezni megdöbbenését az annyira megváltozott Borika láttán, aki lesoványodva, sápadtan, felduzzadt arccal ölelte át Esztert. Ha az utcán találkoztak volna össze ennyi idő után, Eszter nem ismerte volna fel legkedvesebb, legrégibb barátnőjét.

Kiderült, hogy súlyos betegségen esett át, s amíg elmesélte betegségének szörnyű eseményeit, hosszú történetét, Esztert a sírás környékezte. Borika is egyedül élt, senki sem törődött vele, éppúgy, ahogyan ő is teljesen elhagyottnak érezte most magát, mert kiderült, hogy egyetlen gyermekére, Astridra se számíthatna, ha bármi hasonló baj, betegség törne rá.

Amikor Borika már harmadszor mesélte el súlyos betegségének minden mozzanatát, háziorvosának téves diagnózisától kezdve, aki nem ismerte fel súlyos arcideggyulladását azon éjszakáig, amikor a Jóisten végül is elvezette őt annak a klinikának az ambulanciájára, ahová kétségbeesésében, 40 fokos lázzal támolygott be éjfél után, és ahol végre felismerték, hogy a kezdeti, jelentéktelennek tűnő fertőzés hátterében életveszélyes reumás láz és szívizomgyulladás lappangott, s ahol azonnal befektették az intenzív osztályra, és 6 hónapon át küzdöttek az életéért.

Eszter, bár próbálta vigasztalni Borikát, akinek lelki sérülései talán még komolyabbak voltak, mint a testi betegségének tünetei és fájdalmai, három nap és éjszaka után elbúcsúzott tőle és felült Hamburgban az első vonatra, amely Budapestre indult.

Elegem van ebből a tejjel-mézzel folyó, gazdag, de a polgárháború szélén tántorgó országból, ahová mindenki eljutni igyekszik, én viszont alig várom, hogy valahogy, valahová elmenekülhessek... de hová? – tépelődött Eszter a vonatablakból kitekintve a zuhogó esőbe, mintha a tovafutó táj is tehetetlenségében csak zokogni tudna.

Amikor a Keleti pályaudvaron kiszállt a vonatból, azt sem tudta, hová menjen. Öccse, aki a városban élt, éppen családostól a Balaton partján nyaralt. Nem is számíthatott az ő váratlan látogatására, hiszen nem tervezte, hogy szabadságát Hamburg helyett Budapesten tölti majd el.

Az eső zuhogott, mintha dézsából öntötték volna. Nagy nehezen talált egy taxit, hogy elérje még a Nyugati pályaudvarról induló utolsó vonatot, amely aznap még Szegedre indult, ahol a húga, Helén élt népes családjával. Régen találkoztak már, s amikor mobiltelefonján felhívta, hogy úton van Szeged felé, Helén nagy örömmel várta és fogadta idősebb fiával együtt a vasútállomáson.

Helén volt a legszebb lány a családban, s még olyan jó ízléssel is megáldotta a Teremtő, hogy a kevés pénzéből is a legdivatosabban tudott öltözködni mindig. A Szegedi Idegenforgalmi Hivatalban dolgozott, ahol a Szegedi Ünnepi Játékok idején a legnépszerűbb magyar színészek, sőt külföldi sztárok is megfordultak, s Helén azok figyelmét és elismerését is gyakran kivívta csinos megjelenésével. Csak éppen a férjének volt túl sok ez a „glamour" és ragyogás, s egy szép napon lelépett egy tanyasi parasztlánnyal, akit teherbe ejtett, s otthagyta Helént 2 kicsi gyermekével egyedül.

Helén nem csak szépségben és műveltségben múlta felül mindig is férjét, a közepes tehetségű agronómust, hanem erőben és kitartásban, akaratban is. Azonnal elvált hűtlen férjétől, munka mellett beiratkozott a jogi egyetem esti tagozatára, és négy évi fáradságos küzdelem után, munka és két kiskorú fia mellett ledoktorált, jogi diplomát szerzett, s magasabb beosztású állásában egymaga nevelte fel két fiát, minden segítség nélkül.

Helén és két jogász fia, akik szerencsére anyjuk példáját követték, és két, szintén jogot végzett menye, valamint 7 unokája a legnagyobb szeretettel várták Esztert. Szeged, ifjúságának színhelye és Helén szép, nagy családja az otthon melegét lopták vissza szívébe.

Hol tévesztettem el? – merengett el magában Eszter Szeged utcáit járva. Talán mégsem kellett volna akkor oly meggondo-

latlanul és hirtelen Barta Bélához feleségül menni, és fejveszt-
ve követni őt Ausztriába, s onnan tovább Münchenbe, ily' mó-
don menekülve „nagy bánata elől" Péter halála után.

Akkor Nyugat-Németországban – és főleg Münchenben –
még jómódú és biztonságos volt az élet. Az emberek még igen
jól, elégedetten és békességben éltek az akkori német városok-
ban, nem mint most.

Akkor még nem tudta, nem sejtette, hogy az idegenben élés
szinte megoldhatatlan problémákat vet majd fel. Az első nagy
akadály volt megtanulni az idegen nyelvet, s ha úgy-ahogy már
boldogult is vele, sohasem érheti el az anyanyelvi szintet. S ha
megszeret egy német férfit, akkor, mint egy skizofrén, hasadt lel-
kűvé válik előbb-utóbb. Ha nem tud alkalmazkodni, beleolvadni
az idegen világba, társaságba, egyre jobban magába száll, egyre
kisebb körbe szorul, elnémul, búskomor lesz, megmerevedik.

A gyermekeit már eleve ilyen skizofréneknek neveli majd,
sőt ráadásul a maga rossz kiejtésével, akcentusával a saját gyer-
mekei is talán szégyellni fogják, mint „Ausländert", mert ide-
geneket nevelt belőlük, mert beállítja őket egy más színvona-
lú, magyar irodalmat, magyar kultúrát nem ismerő világba, s a
végén úgy nézi a saját gyermekeit, mint valami idegen, érthe-
tetlen lényeket.

Astrid élete, pályája és mostani viselkedése még mindig fáj-
dalmas sebként égette a lelkét.

Szegedre érve már várt rá az állomáson húga, Helén, és idő-
sebb fia, Sanyi. Az este kellemes beszélgetéssel és régi, gyer-
mekkori szép élmények felidézésével telt el. Másnap, egy fénylő,
felhőtlen kék égből mosolygó napsugártól ragyogó és templomi
harangzúgástól zengő vasárnap délben, Helén húga és népes csa-
ládja egy kerti vendéglőben közös ebédre gyűlt össze. Összesen
15-en, a család apraja-nagyja ült a hosszú, előre lefoglalt asz-
talnál, és csevegett, nevetgélt olyan békében és nyugalomban,
hogy Eszternek az volt az érzése, mintha egy másik, egy szép,
régi, békés és boldog időbe repítették volna vissza, amelynek lé-
tezésében már nem is hitt az ún. fejlett nyugati multi-kulti tár-
sadalmak zűrzavarában.

Mint újságírónő, természetesen elutazott Magyarország déli határállomására, a migránsáradat óta világhíressé vált Röszkére is, ahol az „ártatlan és békés migránsok" nekitámadtak és kövekkel dobálták meg a határt és kerítést védő rendőröket, akik kötelességből saját hazájuk határát védték az illegális, agresszív, idegen támadókkal szemben.

A határt kb. 4 méter magas kerítés védte még most is, ún. NATO-dróttal a tetején. A kerítés belső, magyarországi oldalán állandó rendőrjárőrök cirkáltak, míg a másik, a szerb oldalon még mindig több ezer illegális bevándorló valóságos sátortábort vert fel, ahonnan főleg az éjszaka leple alatt rendszeresen megkísérelték átvágni a drótkerítést és átszökni magyar területre. Végcéljuk saját bevallásuk szerint is „go to Germany" volt továbbra is, mert „Mama Merkel" meghívta őket, és csak a gonosz szerbek, macedónok és a magyarok akadályozták meg továbbvándorlásukat a gazdag, „tejjel-mézzel folyó Kánaán" Németország felé. Mert hiába vágták át az éjszaka leple alatt a már előre magukkal hozott szerszámokkal a vastag kerítés drótjait, a magyar határőrök sorra elfogták és visszatoloncolták őket a kerítés szerb oldalára.

Eszter beszédbe elegyedett a határt védő rendőrökkel is, akik – mint őseik, az egykori végvári vitézek – éjjel-nappal, fáradtságot nem kímélve védik ma is Magyarország déli határát a tömegesen rohamozó idegenek inváziója elől.

– Vannak itt olyan erőteljes, katonailag kiképzett fiatal iraki, szíriai és afgán férfiak, akik már tízszer-húszszor is átvágták a kerítést, s próbáltak átszökni a zöldhatár mentén, de mind elfogtuk őket – mesélték büszkén az egyenruhások.

– A szerb oldalon meg panaszkodnak a parasztok, hogy leszedik a termést, paradicsomot, paprikát, kukoricát s a gyümölcsöket, még a gyümölcsfákat, szőlőtőkéket is kivágják, azzal raknak tüzet, pedig kapnak ellátást háromszor is naponta a Vöröskeresztesektől, de az nem kell nekik, nem ízlik nekik, eldobálják a szép fehér zsemlét és kenyeret – mesélték a katonák.

Eszter tehát továbbutazott a Balatonhoz, Sóstóra, ahol Ákos kisebbik fia, Tomi nyaralt feleségével és 3 kisfiával. A kedves kis nyaralóban, melyet szép kert vett körül, a három kis szöszke hajú unoka vidáman játszadozott, ugrándozott, amikor Eszter meglepte őket váratlan látogatásával. Volt nagy öröm, amikor átnyújtotta nekik a nagy tábla ajándék csokoládékat. Aztán a kellemes nyári napsütésben elindultak a vízpartra, ahol már vidáman lubickoltak a vízben a fürdőző kedvű, nagyrészt kisgyermekes családok. Volt nagy lángos- és sülthal-evés, majd fagylaltozás. Eszterben gyermekkori élmények, ízek, illatok elevenedtek fel, s olyan könnyűnek és boldognak érezte magát, mint már nagyon régen.

Aztán Ákossal és feleségével, Annával ismét autóba szálltak, s elindultak meglepni Eszter öccsének idősebb fiát és családját, akik legújabb társas nyaralóházukban, Siófokon töltötték három kisgyermekükkel a szabadságukat.

A nyaraló közvetlenül a vízparton épült saját stranddal, játszótérrel és kis kerti klubházzal, ahol étkezni, grillezni, sörözni lehetett a hűs árnyékban. A kisunokák – egy eleven, ötéves fiúcska, s egy még elevenebb, négyéves kislány – éppen a „dinoszaurusz" korszakukban voltak, s fogaikat vicsorgatva ijesztgették a fürdőzőket. A legkisebb fiúcska, alig egyéves, kis székében velük együtt kiáltozott a maga babanyelvén, s közben állandóan tömte a fejét édességekkel, mert igen jó étvágyával tűnt ki már csecsemőkorában.

Ákos, aki nagyon büszke volt legújabb szerzeményére, az újonnan vett és renovált nyaralójára, büszkén mutogatta, hogy még teljes wellness berendezés is volt a ház pincéjében, szaunával, zuhanyozókkal, kis úszómedencével, ahol rossz idő esetén is lehetett pihenni, kikapcsolódni.

Egész magyarországi tartózkodása alatt senki sem panaszkodott migránsokra, mivel szerencsére egyetleneggyel sem találkoztak még! Akik az ország déli határát ostromolták nap mint nap, az időben felépített műszaki akadályok, a híres-nevezetes Orbán-féle kerítés miatt nem tudtak behatolni az ország belsejébe, s nem háborgatták a békés lakosságot úgy, mint ahogy azt Eszter a híres, gazdaságilag erős Németországban tapasztalta meg úton-útfélen.

Csak úgy messziről érkeztek el Eszterhez a nyugati világ hírei újabb terroristafenyegetésekről, a befogadott, „segítségre szoruló asylumkérelmezők" által elkövetett bűnügyekről, a szinte naponta ismétlődő szexuális erőszakról, betörésekről, fosztogatásokról, kábítószerek nyílt kínálgatásáról, s a hivatalos német sajtó hiábavaló kísérletéről, hogy mindezeket az eseményeket elhallgassa, vagy legalábbis, mint ártalmatlan tévelygést mentegesse, mivel „szegény migránsok még nem tudják, hogy milyenek is az európai törvények és szokások, még sokat kell tanulniuk", s ezért a politikusok az integrációtól várták a nagy csodát.

Az fel sem merült a vezető politikusok agyában, hogy ezek a nomád, a középkori muzulmán kultúrából kivándorló tömegek nem is akarnak integrálódni, nem hajlandók a német, illetve európai keresztény kultúrákhoz és azok törvényeihez alkalmazkodni, sem azokat elismerni. Ők tovább akarják élni régi életüket itt, az európai biztonságos körülmények, a bőséges szociális ellátás segítségével folytatni, s nem ismerik el csakis a Korán által előírt törvényeket, a sariját, s a nőket továbbra sem fogják emberszámba venni, ezért nem engedik, hogy feleségeik – kettő vagy három, mert a többnejűség náluk megengedett – burka vagy nikab nélkül merjenek kimenni az utcára. Tessék-lássék még elmennek a forszírozott német nyelvtanfolyamokra – oda is leginkább csak a férfiak –, mert különben nem kapják meg az elvárt szociális támogatást a német államtól, de legtöbben csak ímmel-ámmal végzik el, mert eszük ágában sincs, hogy munka után nézzenek. Minek is tennék? Egy családapa, 2–3 feleséggel, s 10–15 vagy még több gyermekkel (és ki tudja ellenőrizni, hogy valóban a saját gyermekeikről van szó?) a nekik járó szociális juttatásokból vidáman megél, minek akkor még dolgozni is? Inkább el kell hozatni még a tolókocsis nagymamát és a tüdőbajos nagypapát, vérbajos nagybácsit, mert itt, ebben a naiv, hiszékeny országban majd ingyen kezelik őket. S nagyot röhögnek a markukba, s titokban megvetik a buta, naiv németeket, európaiakat.

Sajnos Eszter szabadsága is gyorsabban lejárt, mint ahogy szerette volna, s vissza kellett utaznia ebből a tündérországból, ahol a világ még rendben van (de meddig hagyják?!), viszsza a zűrzavaros, teljesen felbolygatott csodaországba, Németországba, ahol ha lassan is, de ébredezni kezd a nép, s kimegy tüntetni az utcákra, felgyújtja az ún. Flüchtlingsheimeket, s nem hagyja, hogy az asylumkérelmezők provokálják és megdézsmálják őket, ahelyett, hogy megköszönnék az értük hozott áldozatokat és segítséget. Polgárháborús állapotok uralkodnak máris az ország több tartományában, és a keletnémetek, a volt DDResek bátrabban, harcosabban tiltakoznak, hiába bélyegzik meg őket azonnal a „náci" jelzővel.

A németországi sajtó és a német hírközlő szervek – szokásos taktikájukat alkalmazva – újságok, rádió, televízió nem hozták nyilvánosságra, elhallgatták a német lakosság egyre fokozódó elégedetlenségét és ellenállását a merkeli menekültügyi politikával szemben. De az olyan kirívó esetet, mint amely a német államelnök, Gauck látogatása alkalmával a szász Sebnitz városában történt, mégsem lehetett teljesen eltussolni.

Az államelnököt az összegyült tömeg kórusban hangosan „hazaáruló" jelzővel fogadta és „hau ab" kiáltásokkal (pucolj el innen!) zavarta meg tervezett beszédében, melyet be sem tudott fejezni, mert az tömeg agresszivitása egyre nőtt, úgyhogy dolgavégezetlenül páncélautójába menekült, s a legrövidebb úton elhagyta a felbolydult várost.

Eszter pont a legpuskaporosabb időben ért vissza Németországba, mert egymás után jöttek a tartományi választások; először Mecklenburg-Előpomerániában, majd a fővárosban, Berlinben. Mindkét választáson a Merkel-féle CDU nagyot bukott: a 17%-ot is alig érte el (a 2014-es 42%-ról!). Igaz, koalíciós partnere, az SPD tollát is jól megtépdesték a feldühödött választók, akik annak az érzésüknek adtak kifejezést, hogy „a német lakosok a sok beáramló muszlim menedékkérő miatt néha úgy érzik már, hogy ők lettek az idegenek saját országukban". Merkel kancellárnő a német lakosokat úgy jellemezte: „Akik már régebben itt élnek". Az újonnan alakult jobboldali párt, az AfD (Alternatíva Németországért), akik a német nép érdekeiért léptek nyilvánosságra, 0-ról 19-17%-ban kapta meg a protestálók szavazatait.

Nagy lett az ijedtség a még hatalmon levő koalíciós kormány (CDU, CSU és SPD) politikusai körében. Valamit sürgősen tenni kellett volna. S rábírták a kancellárnőt a kanossza-cselre, melynek során Merkel elismerte, hogy sok hiba csúszott a menekültügyi politikájába, s a legszívesebben visszaforgatná az időt, ha lehetne. Egyetlen hibáját csak abban látta a kancellárnő, hogy a kormányon levő pártok nem tudták a lakosságnak helyesen elmagyarázni az egyébként helyes migránspolitikájuk lényegét, s most majd erre, vagyis a felvilágosításra és politikájának „megmagyarázására" fogja fektetni a fő hangsúlyt a kormány munkájában is. Bár híres mondásának helyességét – „Wir schaffen das!", vagyis mi megoldjuk – továbbra is fenntartja, de már nem fogja úton-útfélen idézni önmagát, mert már elkopottá vált, bár lényegében még mindig meg van győződve igazáról, és arról is, hogy a befogadásra váró asylumkérelmezők számának nincsen sem Németországban, sem Európában felső határa.

Tehát lénygében továbbra is dacosan megmaradt régi politikája mellett, s az egész bocsánatkérés és megbánás csak álszent, képmutató módon afféle „nesze semmi, fogd meg jól" volt. A testvérpárt, a CSU erre azonnal rámutatott, s követelte a kancellárnő menekültpolitikájának megváltoztatását a gyakorlatban is, nem csak szép szavakban, de főleg ragaszkodik a befogadás „felső határához" vagyis ahhoz, hogy évente 200 000-nél több menekültet Németország képtelen vállalni.

Eszter csodálkozva olvasta az újságjukban leközölt „Olvasók véleménye" című rovatban egy idősebb olvasójuk levelét. Nem a levélen csodálkozott, hanem azon, hogy a főszerkesztőjük, Schröder ki merte nyomtatni. Az olvasó a következőket írta, saját nevét is közreadva:

„Így, így, Merkel asszony, hát magyarázd meg nekem, a 70 éves, hűséges CDU-párttagnak, hogy miért bukott meg ilyen csúfosan a CDU a Mecklenburg-Előpomerániai és berlini választásokon? Ön szerint azért, mert én – sokmillió más polgártársammal együtt – nem értettem meg az ön menekültügyi politikáját, mert nem lett nekünk elég világosan, elég érthetően megmagyarázva annak minden állítólagos előnye. Ezért most utólag és kissé megkésve venni akarja magának a fáradtságot, hogy nekünk, nehéz felfogásúaknak elmagyarázza, miről is van szó. Ilyen hazug, hihetetlenül arrogáns és önkényes hatalmi gőgöt épített fel az ön által vezetett, most hatalmon levő és tehetetlenül vergődő kormánykoalíció.

Először az ország többségének akarata ellen, parlamentáris legitimáció nélkül kormányozni, az EU-partnereket félrevezetni, becsapni és kész tények elé állítani, s mindezt most „önkritikával" ártalmatlannak feltüntetni, ehhez már nagyfokú képmutatás és aljasság kell.

Én elég idősnek és értelmesnek tartom magam, nekem nem kell „fordulat" a politikájának elmagyarázásában, hanem fordulat a migránspolitikájában! Mert egyre többen azon a véleményen vagyunk, hogy az ön asylumpolitikája teljesen hamis és hazug. Nekünk nem kell újból és újra „elmagyarázni", hogy félreértjük, hogy nem fogjuk fel a lényegét az ön hamis, demagóg és önkényes politikájának. Nagyon is tisztán átlátunk a szitán.

Az amerikai alkotmány nagyon bölcsen a mindenkori választott amerikai elnöknek csak maximum 8 évet engedélyez a kormányzásra. Sajnos nálunk ez még a mai napig sem lett bevezetve, különben sok bajt lehetett volna megelőzni és elkerülni. Ha lemondana, s otthonában szilváslepényt sütögetne a jövőben, talán még én is a CDU párt tagja lehetnék továbbra is."

A szerkesztőségben nagy volt a zűrzavar és kapkodás, mert szinte naponta robbantottak valahol az asylumkeresők soraival besurranó radikális iszlám dzsihádisták. Mintegy 2500 dzsihádistát tartottak már számon a rendőrségen, s még egyszer annyi radikális muszlim szalafistát. Nagy gond volt, hogy az egyre növekvő számú bűncselekményeket (2016-ban a triplájára emelkedett a lopások, rablások, szexuális bűncselekmények, betörések és testi sértések száma!) hogyan lehet eltussolni vagy legalábbis kisebb jelentőségű rendellenességként hírül adni, anélkül, hogy pánikot keltsenek az olvasókban.

A lakosság félelmét csak növelte, hogy ráadásul a belügyminiszter arra hívta fel a lakosság figyelmét, hogy az ország állandó terrorveszélyben van, s ezért mindenki szerezzen be legalább 2 hétre való vizet és alapélelmiszereket, sőt gázfőzőket, gyertyákat, elemeket, hogy az esetleges katasztrófákra kellően fel legyen készülve.

Eszter is szinte az ijedtségtől lebénulva ült a szerkesztőségben számítógépe előtt, s képtelen volt saját gondolatait és érzéseit rendezni, amíg a többi újságíró körülötte hevesen csattogtatta az írógépeket.

A helyettes főszerkesztő rezzentette fel sötét gondolataiból a valóságba.

– Halló! Kolléganő, vége van a szabadságnak, vége az álmodozásoknak! – ütött a vállára Meyer úr. – Vagy talán valami nagyon fontos gondolatmenetét zavartam meg? Min töpreng? Min dolgozik éppen? – nézett rá gúnyolódva.

– Most fejeztem be egy cikket magyarországi körutamról... a szép, nyugodalmas életről ebben az országban, és arról, hogy ott hogyan gondolkodnak az emberek a globalizációról, a migránsválságról s az Európai Unió félresikerült politikájáról, és milyen hősiesen védik saját hazájuk, és ezzel együtt egész Európa külső határait.

– Na és milyen címet adott a cikkének? – kérdezte kíváncsian Meyer úr.

„Nyaralás Európa legbiztosabb országában.”

– Hűha... – vakarta meg gyér haját tarkóján a szerkesztő. – A cím nem rossz, de meglátja, Schröder nem fogja lehozni a lapunkban, még a legapróbb betűkkel sem, a hátsó oldalon.

– Miért gondolja? Még nem adtam le neki – jegyezte meg dühösen Eszter.

– Azt ajánlom, ne is próbálja meg leadni. Hát nem fogta fel még mindig, hogy Magyarországról semmi jót, csak elmarasztaló dolgokat lehet manapság írni? – figyelmeztette a szerkesztő némi zavarral rekedt hangjában.

– Hát akkor egyáltalán miről lehet manapság írni, ha már a valóságról semmiképpen?! – háborodott fel Eszter, mérgében elvörösödve.

– Fogalmam sincs! Ne vicceljen, maga témát keres, amikor mi nem győzzük az egyre gyorsabban, egyre sűrűbben zajló, megdöbbentő eseményeket valahogy enyhe, gyengített formában leközölni – csodálkozott rá tágra nyílt szemmel, szemüvegét levéve a borostás, kialvatlan arcú szerkesztő.

– Hát éppen ez az. Azt sem tudom, hol is kezdjem el. Úgy érzem, összecsapnak az események hullámai a fejem felett – mentegetőzött kelletlenül Eszter.

– Na, figyeljen ide, adok egy jó tippet. Biztosan hallotta, hogy a belügyminisztérium közölte, miszerint a másfél millió illegális migráns között már most 500 000, vagyis félmillió olyan van, aki nem kap segélyt, mert csak gazdasági bevándorló, aki sehol sem volt üldözve vagy valamilyen életveszélynek kitéve, csak a német szociális gondozás adta előnyökért özönlött be az országba.

Na, szóval Merkel most nagy bűnbocsánatba kezdett, és megígérte, aki nem kapott menekültstátuszt, annak minél hamarabb el kell hagynia az országot, vagyis ki kell toloncolni őket. De természetesen eszük ágában sincs visszatérni saját hazájukba. Sorra tűnnek el, ki tudja hová, vagy orvosi igazolásokat szereznek be, hogy egészségi okokból nem utazóképesek. Vagy fellebbeznek. Egész sora van a kitoloncolást megakadályozó ügyvédeknek, akik évekig képesek bíróságról bíróságra cipelni a kiutasítottakat, s sokszor évekig tartó perekkel húzzák az időt, mert a bírók a legtehetetlenebbek, ha valaki kiejti azt a szót, hogy „emberi jogok"... pipogya népség. És tehetetlenül vergődik az egész német jogrendszer is. Azt javaslom, sőt megbízom magát azzal a nem egészen egyszerű feladattal, hogy nézzen utána, hogy az egyes tartományok miképpen boldogulnak a kitoloncolásokkal, s hánytól sikerült már megszabadulni hivatalos úton.

– Hogyan? Megint utazzam végig az országot, mint amikor a német nagyvárosok „no go" zónáit kellett felkutatnom, s a végén a cikkem még mindig nem jelent meg? – szabadkozott roszszkedvűen, száját elhúzva Eszter.

– Pontosan ezzel bízom meg. Egy kis utazgatás jót fog tenni magának, hogy újra jókedvre derüljön, és munkakedvre serkentse – nevetett fel hangosan Meyer, s biztatóan vállon ütögette az elképedt újságírónőt.

De Eszter elhatározta, most a könnyebb végén fogja meg a dolgot; ezúttal csak a főpolgármesteri hivatalokba látogat el, onnan szedi össze a cikkhez szükséges adatokat. Időközben ugyanis heves viták zajlottak a kitoloncolás kérdésében országszerte. A belügyminiszter szemükre vetette az egyes tartományok vezetőinek, a főpolgármestereknek és minisztereknek, hogy nem szorgalmazzák elég erélyesen a kitoloncolandó személyek kiutasítását. Azt vetette a szövetségi tartományok vezetőinek szemére, hogy nem tesznek eleget a politikai irányzat követelményeinek és nem utasítják ki kellő számban és eréllyel minél előbb azokat a migránsokat, akik nem kaptak menekültstátuszt.

Eszter a NRW belügyminiszteri hivatal illetékeseitől erre a szemrehányásra azt a választ kapta, hogy semmiképpen sem rajtuk múlik, hogy 2015-ben az egész országban csak 20 888 személyt tudtak kiutasítani az 500 000-ből. Például Bréma városa teljesen csődöt mondott ebben a kérdésben, mert a 447 kitoloncolandó személyből mindössze huszonkettőt tudott visszaküldeni oda, ahonnan jöttek. Sachsen és maga Berlin is teljes csődöt jelentett be, mert 2015-ben Sachsen a 4688 személyből csak 714-et, Berlin pedig 5510 személyből csak 898-at tudott visszatelepíteni az eredeti hazájukba. A legjobb adatokat Mecklenburg-Vorprommern szolgáltatta: 1171 elutasított asylumkérelmezőből sikerült nekik 740-et hazaküldeni. A főpolgármester Schwerinben azonban előre megjósolta Eszter kérdéseire válaszolva, hogy nem lesz jobb a helyzet ezen a téren 2016-ban sem. Az országos menekültügyi bizottság ugyan 27 000 személy hazatoloncolását irányozza elő, de április végén még csak 8904 személyt sikerült hazaszállítani, természetesen repülőn, állami költségen.

Eszter körútja végén teljesen feladta, hogy továbbra is foglalkozzon a témával. Szerinte nem volt semmi értelme, mivel jelenleg is félmilliónyi ember bolyongott valahol Németország területén, akiknek már réges-rég el kellett volna hagyniuk az országot, de eltűntek, és senki sem tudta, hol tartózkodnak éppen.

Amikor hazaért Münchenbe, és másnap bement a szerkesztőségbe, éppen egy fontos értekezlet kellős közepébe csöppent. Csendesen leült egy üres székre a sarokban. Arról folyt éppen a tanácskozás – de inkább vitának volt mondható –, hogyan tudósítsanak az október 3-i eseményekről. A német állam egyesítésének 26. évfordulóját ugyanis ebben az évben Drezdában tartották meg ünnepélyes keretek között... illetve ünnepélyesnek szánták az ökomenikus misét és díszünnepséget a híres-nevezetes Frauenkirchében, de már az előző napok eseményei is nyugtalanságra adtak okot, ugyanis bombát robbantottak egy Moscheeban, pont az ünnepségre előkészített díszterem bejárata előtt. S miután mintegy 2600 rendőrt vezényeltek ki a további zavargások megelőzésére, ennek dacára 45 rendőrautó is fáklyaként lobogott a drezdai éjszakában a belváros szívében.

A rendőri készültséget erre még fokozták, mégsem tudták megakadályozni, hogy amikor a díszvendégek nagy, páncélozott autóikból kiszálltak – Angela Merkel, a kancellárnő, Gauck köztársasági elnök, Lambert, a parlament elnöke, s a baloldali pártok vezetői, mint például Claudia Roth, Trittin, Hoffreiter és a többi híresség – az összegyűlt tömeg, Drezda polgárai hangos füttykoncerttel, „Hau ab! (tűnj el!) és „Merkel muß weg!", valamint „Volksverräter!" kiáltásokkal fogadták a német kormány tagjait és vezető politikusait.

A botrány óriási volt, mert a tévécsatornák is élő adásban közvetítették az eseményeket.

Eszter, aki egész idő alatt úton volt, most először hallott a „felháborító" eseményekről, ahogyan Schröder, a főszerkesztő jellemezte a történteket. A vezető német sajtóorgánumok már meg is találták a baj okozóit, s egyérteműen a rendőrséget tették felelőssé, amiért azonnal nem oszlatta szét a szitkozódó tömeget.

A rendőrfőnök azonban szemrebbenés nélkül azzal az érvvel védekezett, hogy a demokráciában az ő megítélése szerint szabad véleménynyilvánítás van, vagyis nem lehet megtiltani.

Sokáig folyt a vita a szerkesztőségi gyűlésen, mégsem találtak megoldást, miképpen lehetne a történteket valahogyan „megszelídíteni, vagyis ártatlan és buta, ízléstelen elcsuszamlásnak minősíteni, melyet egy jelentéktelen „csőcselék" provokált ki.

– Mindenesetre a felbujtókat felelősségre kell vonni, bíróság elé kell állítani! – jelentette ki Schröder bizonytalan hangon.

– Nem lehet az egész drezdai lakosságot börtönbe csukni! – kiáltott közbe Meyer, a segédszerkesztő bosszús hangon. – Igenis a kormánynak, a politikusoknak végre ki kell lépni az üvegbúra alól, ahová visszahúzódtak, s meg kellene hallgatni a népet is, amelyet ilyen önkényes módon hamis útra vezettek. A migránsok meghívása előtt vajon megkérdezték-e a népet vagy akárcsak a parlamentet, hogy be akarják-e fogadni a muszlim tömegeket, amelyek elárasztják az országot?! Nem – emelte fel hangját Meyer úr paprikavörössé vált arccal.

– Jó, jó, hagyja már abba, mert még itt üti meg a guta! Nem bírom hallani sem ezt a migráns-muszlim dumát, felmegy nekem is a vérnyomásom, ha csak megemlítik valahol – bosszankodott Schröder vérben forgó szemmel.

– Az lesz a vége, hogy megint csak nekem kell valami okosat kitalálni, hogy valahogy mégis „elítélő hangon” tudósítsunk a dologról, de ne háborítsuk fel az olvasóink, vagyis a nép... illetve az előfizetők igazságérzetét sem – legyintett kezével tehetetlen dühében a főszerkesztő.

Hirtelen a sarokban csendesen üldögélő Eszterhez fordult.

– Maga, maga fog nekem a kezemre dolgozni, hogy összehozzunk valami marhaságot. Egyébként mi van a cikkével, melyet a kitoloncolásokról akart írni? – váltott gyorsan témát a feldühödött főszerkesztő. – Adja le majd az irodámban – utasította Esztert, s felállt nagy dérrel-dúrral a székéről.

– Nem tudom leadni – válaszolta halkan Eszter.

– Még nem készült el vele? Hát mit csinálnak itt magunk? Senki sem dolgozik már a szerkesztőségben?! – lángolt fel haragja újfent.

– Nem is fogom megírni... nincsen semmi értelme – jelentette ki Eszter most már határozottabb hangon.

– Micsoda? Hogy nem csinálja meg? Hogy nincs értelme? – lépett Eszterhez Schröder felháborodva.

– Aki már egyszer betette lábát ide, Németországba, azt a Jóisten sem tudja visszaküldeni a nyomorba, ahonnan szörnyű viszontagságok árán és életét is sokszor kockára téve bevánszorgott ide, a számára földi paradicsomba. Ha kitoloncolják, 2-3 hónapon belül ismét megpróbálja az illegális beszivárgást, és legtöbbnek sikerül is, mert a határainkat nem védi senki. Nem tudom, ez feltűnt-e már valakinek is?

– Mit beszél? – nézett Schröder kerekre tágult pupillákkal Eszterre.

– Azonnal jöjjön be a szobámba!– kiáltott fel rekedt hangon, és kiviharzott a konferenciateremből. A kollégák megdöbbent arccal nézték Esztert. Azonban senki sem mert megszólalni; sajnálkozó arccal álltak fel helyükről, s lassan, tétova léptekkel hagyták el a termet. Csak Meyer úr emelte fel hüvelykujját a győzelem jelképeként.

Schröder dühösen rohant végig a folyosón, Esztert maga mögött hagyva. Amikor Eszter belépett a főszerkesztő szobájába, a bekapcsolva felejtett televízió olyan hangosan bömbölt, hogy önkéntelenül megállt az ajtóban. „Tűnj el!” „Hazaáruló!”, „Húzd el a csíkot! – zúgott a Drezdából közvetített híradóban az összeverődött, dühösen tüntető tömeg, amikor a kancellárnő, Angela Merkel kiszállt páncélozott autójából, és a testőrök falsora mellett igyekezettgyors léptekkel, ijedt arccal az újonnan felépített Frauen dómba, ahol Németország egyesítésének 26. évfordulóját kívánták ünnepélyes ökomenikus mise keretében megünnepelni. A feldühödött tömegből sokan le is köpdösték a kancellárnőt.

Még hangosabban bömbölt a feldühödött tömeg, amikor Gauck, a köztársasági elnök szállt ki kocsijából, akit „Hazaáruló!”, „Aljas hazug!”, „Húzd el a csíkot” kiáltásokkal fogadtak. De nem járt jobban a Merkel-féle kormány többi tagja sem, akik fejüket behúzva, sietősen tűntek el a dóm széles kapuja mögött.

Különösen az igazságminiszternek, Heiko Maasnak és a zöldek tündérkéjének, Claudia Rothnak jutott ki a vaskos jelzőkből. A tüntető tömeg első soraiban állók közül sokan megvetően ki is köptek a koalíciós kormány megszeppent tagjai felé.

Eszter megkövülten állt az ajtóban, Schröder leszédült az íróasztala előtt álló székébe, s a fejét fogta. – Ez már a polgárháború kezdete! – suttogta maga elé. Csak amikor megdöbbenéstől szinte lebénulva ismét felnézett, akkor vette észre az ajtóban álldogáló újságírónőt.

– Maga meg mit akar? – rivallt rá ijedt szemekkel.

– Azt mondta, fontos beszélnivalója van velem, most azonnal – mondta akadozó hangon Eszter, maga is teljesen megzavarodva a TV-ben látottaktól.

– Látja, itt már nincs miről beszélni – mondta rekedten krákogva a máskor olyan magabiztos főnök. – Elmehet!

Mint az alvajáró, hagyta el az irodát, támolygott végig a hoszszú folyosón, s csak amikor kilépett az utcára, lélegzett fel, mint aki nagy veszélytől menekült meg.

„Ha most nem is mondta – futott végig az agyán – ha most, a megdöbbentő képsorok megzavarták is, de holnap már biztosan az íróasztalomon lesz a felmondásom." Teljesen céltalanul barangolt végig a jól ismert utcákon, majd hirtelen elhatározással bement egy illatszerboltba, maga sem tudta, miért.

Sokáig nézelődött, minden határozott vásárlási cél nékül a pultokon tetszetősen elhelyzett parfümök, arckrémek, mindenféle dezodorkészítmények és egyéb, szépséget ápolókészítmények között, míg végül is egy tetszetős kivitelű, sokat reklámozott hajlakkal a kezében beállt a sorba a pénztár előtt.

Csak egy pénztár volt nyitva, s a fizetésre várók sorfala csak lassan mozgott előre. Már csak ketten voltak előtte, s rakták ki árujukat a mozgó szalagra, amikor hirtelen megtorpant az előtte állók sora. A kasszát kezelő fiatal hölgy mérges hangja Eszterig is elhatolt.

– Hogyan képzelik, hogy nem veszem észre, hogy átcserélték az árcédulákat? Azt hiszik, hogy ilyen egyszerűen átverhetnek! A 18 eurós parfümre a 0,99 centes árcédulát ragasztották, a legdrágabb L'oreal arckrémre egy hamis, 0,50 centes, a legdrágább borotvahabra 1,50-es árcédulát ragasztottak. Hát ennyire hülyének néznek minket, hogy ezt a csalást nem vesszük észre? – kiáltozott felháborodott hangon a pénztárnál ülő fiatal nő.

Eszter csak akkor nézett oda, s látta, hogy három fekete bőrü, sötét hajú fiatalember próbálkozott ezzel a trükkel értékes árukat kicsempészni az üzletből. – Vagy kifizetik a kiszabott, valódi árat, vagy hívom a rendőrséget!

A három migráns erre nem mutatott hajlandóságot, egymás között vitatkoztak arab nyelven, míg végül is a pénztárosnő megunta a vitát, és hívta az üzlet biztonsági őreit. A pénztár előtt sorban álló emberek élénk érdeklődéssel és némileg csodálkozva figyelték a további fejleményeket.

A biztonsági őr már tolmáccsal érkezett – úgy látszott, gyakori, mindennapi problémákról lehetett szó, amelyre már jól fel volt készülve a divatcsarnok vezetősége is.

A tolmács sokáig próbált szót érteni a három suhanccal – nem lehettek idősebbek, mint 18-20 évesek a fiúk –, állítólag valamennyien szíriai asylumkérelmezők, de a tolmács is csak annyit tudott a biztonsági őrnek mondani, hogy a nevezettek tagadnak minden csalási szándékot, és a németeket hibáztatják, amiért ilyen alacsony árakkal akarták őket arra csábítani, hogy vásároljanak ilyen cikkekkel, holott nincsen pénzük rá. Mert nem adnak nekik a németek elég pénzt, mint ahogyan megígérték, végül is vendégül hívták őket, hogy ide jöjjenek Germániába, és így többszörösen is becsapták őket, hajtogatták.

Közben a biztonsági őrnek feltűnt, hogy az egyik migráns hátán egy megtömött hátizsák is lógott.

– Nyissa ki! – parancsolt rá. Erre mind a hárman futásnak eredtek, a hátizsákot is hátrahagyva. Amikor a biztonsági őr kinyitotta a hátizsákot, csak úgy ömlött ki belőle a szappanok, mosószerek, dezodorok és vitaminkészítmények sokasága. Érdekes módon főleg C-vitaminos és Multivitaminos fiolák kerültek napvilágra, összesen több mint 200 darab.

Miután a biztonsági őr jegyzőkönyvbe vette az esetet, a pénztársonő felkiáltott:

– De a felcserélt árcédulás árukat magukkal vitték! Hogyan számolok el én most a nagy hiánnyal! Az én fizetésemből fogják levonni! – siránkozott.

– Nyugodjon meg, átadjuk az ügyet a rendőrségnek. Azok majd előkerítik a tolvajokat, akárhová is menekültek – mondta az ősz hajú, egyenruhás úr.

– Ezt mondják mindig! – siránkozott a fiatal pénztárosnő tovább. – De ezeknek már bottal üthetik a nyomukat! Úgy eltűnnek ezek, hogy senki sem találja meg őket, akár egész Európát is kutatja át az Interpol. Mert senki sem tudja kicsodák, micsodák, honnan jöttek és mit akarnak. Egyik nap irakiaknak, a másik nap szíriaknak vallják magukat, de semmi papírjuk nincsen, hát azt mondanak, amit akarnak – dörmögte maga elé az idegileg teljesen kikészült pénztárosnő.

Így hát madjnem egyórás sorbaállás után Eszter is kifizethette végre a kezében tartott hajlakkot. Senki sem háborgott, türelmetlenkedett a pénztár előtt várakozók közül, mert ilyen és hasonló esetek szinte napirenden voltak már akkor Németországban.

Másnap, amikor bement a szerkesztőségbe, arra volt felkészülve, hogy rövid levél fekszik az íróasztalán: a felmondása.

Annál meglepőbb volt, hogya főszerkesztőhelyettes már az ajtóban azzal fogadta:

– Itt van az én emberem!

Eszter körülnézett, hogy kihez beszél, de nem volt senki a háta mögött.

– Kolléganő, egy nagyon izgalmas feladattal bízom meg! – közölte vele ragyogó arccal. – Van itt az az eset az iskolai mecsetlátogatással. Biztosan hallott már róla – nézett biztatón Eszter csodálkozó szemébe.

– Nem, nem hallottam, tegnap este nem néztem televíziót – válaszolta bizalmatlan hangon.

„Mit akarnak már megint rám sózni?" – ijedt meg, s elfordult Meyertől, mintegy jelezve, hogy nincs kedve a témába mélyedni.

– Röviden arról van szó – támaszkodott az íróasztal sarkára Meyer –, hogy az egyik müncheni gimnázium10. osztályát földrajzóra keretén belül elvittek egy mecsetbe, hogy megismerkedjenek a muszlim vallás lényegével, szokásaival. Csakhogy az egyik tanuló szülei nem engedélyezték fiuknak – mellesleg bigott katolikusok –, hogy betegye lábát egy mecsetbe, tehát hiányzott aznap az iskolából. Erre mi történt? Az iskola multi-kulti igazgatónője a szülőkre 300 euró büntetést szabott ki, mivel a gyermekük igazolatlanul hiányzott aznap az iskolából. Na, mit szól hozzá? Jó kis botrányt váltott ki az eset országszerte – dörzsölgette kezét elégedetten a főszerkesztőhelyettes.

– És nekem mi közöm van ehhez? – nézett rá Eszter dühösen. – Maga fogja ugyanis felderíteni a bizarr esetet, s ír belőle egy izgalmas cikket a holnapi kiadásba – szögezte le Meyer. – A pontos adatokat, a szülők és a tanuló címét, már itt találja az íróasztalán. Sok szerencsét az interjúhoz! – nevetett kárörvendő mosollyal a főszerkesztőhelyettes. – Estig készen legyen a cikk, hogy holnap lehozhassuk! – s már el is tűnt az ajtóban.

„Hát ez rosszabb még egy felmondásnál is!" – keseredett el Eszter.

A szülőkkel való interjú kapcsán kiderült, hogy fiukat elküldték ugyan az iskolába, de azzal a kéréssel fordultak a földrajztanárhoz, hogy egy másik osztályba helyezze a tanulót a mecsetlátogatás ideje alatt. El is ment a fiú, de az iskola igazgatónője felháborodásában minden indoklás nélkül hazazavarta a tanulót. A nevezett tanuló apja Eszternek így nyilatkozott:

„Mi köze van a földrajznak, mint tantárgynak egy mecset meglátogatásához? – mondta az apa, felháborodását nem is leplezve.

– Úgy tudom, a gimnázium igazgatónője a mecset megtekintésével egy idegen kultúrával való megismerkedést akarta elősegíteni – felelte Eszter. – Legalábbis ezt mondta.

– Mióta nevezünk „kultúrának" egy tőlünk távol álló vallást? Itt egy vallási irányzatról van szó, de semmi esetre sem csak egy idegen kultúráról – szögezte Eszternek a kérdést a dühös apa, aki mint tudományos munkatárs dolgozott egy filozófiai intézetben. – Nézzen csak bele a lexikonba, s kiderül, hogyan tanítjákaz ún. aleviták mecsetjében a „hitetlenekkel" való kapcsolatokat, vagyis ellenségnek tekintenek minket. S oda engedjem el a fiamat? – kiabált egyre felháborodottabban a jó megjelenésű és intelligens benyomást keltő férfiú.

– Nálunk a vallás és az állam már régóta elkülönült, s ezért úgy gondolom, hogy az iskoláknak neutrálisnak kellene maradniuk vallási kérdésekben – fűzte hozzá a kisírt szemű anya, aki eddig csendesen üldögélt a karosszékében. A 300 eurós büntetés, amit kiszabtak ránk, teljesen eltúlzott, s úgy tűnik, hogy példát akarnak statuálni a muszlim migránsokat minden eszközzel támogató politikusok. Mintha a más okokból iskolát kerülő tanulók még sosem hiányoztak volna az iskolából! – sírta el magát a kétségbeesett anya.

– Nagyon is világos, hogy ebből politikai ügyet akarnak csinálni. Vagy hallott már arról, hogy egy muszlim tanulót kényszerítettek volna egy katolikus templom meglátogatására? – kiáltott közbe az apa. – Mert a keresztény kultúra igenis az európai kulturánkhoz tartozik, s Európa történelmének gerince – szögezte le kimerülten a tanuló apja. A főszereplő bűnös, a fia, nem volt jelen az interjúnál.

Eszter szinte szó szerint idézte az interjúban elhangzott érveket és véleményt rövid cikkében, s a végén azt sem hallgatta el, hogy az oktatási minisztérium állásfoglalása szerint a gimnázium igazgatónője járt el helyesen, a mecsetlátogatás igenis kötelező a földrajzórák keretén belül. Sőt idézte a baloldali vezető politikus javaslatát is, hogy második nyelvként be kellene vezetni a német iskolákban az arab nyelv tanítását, mert az nagy mértékben elősegítené a szír menekültek integrációját a német társadalomba.

A cikkét még az esti órákban leadta a szerkesztőségben.

Legnagyobb csodálkozására minden korrektió nélkül meg is jelent „Hét" című újságjuk másnapi számának második oldalán.

Eszter végre egy kissé fellélegzett. Mégsem dobhatják ki olyan egyszerűen az állásából, ha cikke a hetilap második oldalán megjelent.

Másnap, november 8-án végigizgulta a Duna World tévé egyenes közvetítésén a parlamentben folyó vitát a magyar alaptörvény módosításáról, amelynek nem kevesebb tétje volt, minthogy Magyarorságra semmiféle idegen bevándorlókat nem lehet semmilyen címen „erőszakosan" betelepíteni a magyar parlament beleegyezése nélkül.

A szavazás eredménye elképesztő módon félresikerül. A Jobbik nevű jobboldali párt vezetője, Vona Gábor, összeállt az MSZP, vagyis Gyurcsány Ferenc pártjával, s nem szavazták meg az alaptörvény módosítását, vagyis nem szavazták meg Magyarország védelmét a kötelező „migránsbetelepítések" ellen, holott ők terjesztették elő elsőként az alaptörvénybe foglalt ellenállást az EU szándékainak megakadályozására, mely szerint 160.000 illegális migránst kell szétosztani az EU országai között.

Magyarországra kb. egy nagyváros, pl. Szeged lakosságának megfelelő számút akartak erőszakkal betelepíteni. Vona Gábor és pártja bár a kötelező betelepítés ellen voksolt, de ezt az ún. „letelepedési kötvények" megszüntetéséhez kötötte, vagyis zsarolta a Fidesz-kormányt és Orbán Viktort. A parlament végül is 131 szavazattal, kettő voks híján nem fogadta el az alaptörvény módosításáért megindított kérvényt. Az árulók, Vona Gábor és Gyurcsány tehát megakadályozták ennek a létfontosságú törvénynek beiktatását, mely megakadályozhatta volna, hogy bárki a magyar parlament beleegyezése nélkül illegális bevándorlókat telepítsen Magyarország területére.

Eszter elkeseredve és csalódottan vetette be magát az ágyába. Sokáig nem tudott elaludni, a csalódás oly hihetetlen volt, felfoghatatlan az árulás. Közben persze zajlott s a végéhez közeledett az amerikai elnökválasztás is. Németországban s az egész világsajtóban mindenki meg volt róla győződve, hogy csakis az amerikai demokrata párt jelöltje, Hillary Clinton nyertheti meg a választást, s az első női amerikai elnök elsöprő győzelmet fog aratni. Annyira biztosak voltak ebben a németországi közvéleménykutatók, a sajtó, a televíziós adások kommentárjai is, hogy arra vetemedtek, miszerint nyilvános fórumokon az amerikai republikánus párt jelöltjét, Donald Trumpot, mint nevetséges bohócot, szélhámost, nőket meggyalázó szexistát, rasszistát gyalázták, s nyilvánosan kijelentették, hogy aki ezt a nevetséges pojácát választaná meg, csak idióta lehet. A német külügyminiszter, Steinmeyer, az ország első számú diplomatája „Hassprediker"-nek, vagyis gyülölködő néplázítónak bélyegezte Donald Trumpot.

Amikor Eszter másnap, november 9-én – egyébként a születésnapján – felébredt, s még félálomban bekapcsolta a televíziót, nem hitt saját szemének és fülének. Új amerikai elnöknek ugyanis nem Hillary Clintont választotta meg az amerikai nép jelentős többsége, hanem Donald Trumpot.

Szinte élvezte, ahogyan kitört az elképedés, a szinte botrányszerű felháborodás egész Németországban. Akik eddig ócsárolták az amerikai republikánus elnőkjelöltet, most azt sem tudták hamarjában, hogy is szívják vissza az eddigi sértéseket és gyalázkodásokat az új amerikai elnökkel szemben. Mint egy bomba, robbant a hír november 9-én világszerte, s a balliberalis politikusok pánikhangulatukat alig tudták leplezni! A világ a feje tetejére állni látszott szemükben, egyetlen éjszaka alatt.

A német Spiegel, a balliberálisok fóruma, a legolvasottabb német portál az amerikai elnökválasztás számukra elviselhetetlen kimenetele miatt szó szerint magából kikelt hangon számolt be reggeli szerkesztőségi e-mailjében, és 12 tudósítóját küldte ki szertét Németországba, hogy kiderítsék, „Miért örülnek a fehér amerikai férfiak Trump győzelmének". A tudósítók nem hittek saját fülüknek sem, amikor Trump állítólag azt üzente nekik: „Nyaljátok ki a seggemet ti ott fenn: a hazug sajtó, a politikusok, minden libsi". S az amerikai emberek többségének pont ez kellett!

Persze a szociáldemokrata sajtó szerint „a buta amerikai népnek joga van bután is szavazni".

A dél-németországi lapok vezércikke „Amikor a hazugságok nyerik meg a választásokat" címmel botránkozott meg azon, hogy a németek által favorizált demokrata jelölt, Hillary Clinton elvesztette a már jó előre neki megjósolt amerikai elnöknőséget.

Az osztrák lapok szerint a választás eredménye egy erőteljes állásfoglalás az Amerikában uralkodó „Washingtoni Elit" és az ún. poltikai korrektség elve ellen. Eszter továbbra is szorgalmasan böngészte a világsajtó első reakcióit Trump győzelmével kapcsolatban.

A neves újságok sorra feltették a kérdést, miért tévedtek ennyire a közvéleménykutatási mutatók. Hiszen valamennyien szinte 100%-os biztonsággal Clintonné győzelmét jósolták meg előre, s miért tévedtek megint ennyire, hiszen a brexitről is azt állították egyöntetűen, hogy lehetetlen, Anglia nem fog kilépni az Európai Unióból. Vagy szándékosan közöltek téves adatokat? A „Hét" szerkesztőségében is nagy volt az izgalommal vegyes megbotránkozás. Eszter nagyon megkönnyebbült, amikor nem rá osztották ki a vezércikk megírását, amelynek óvatosságból a neutralitás jegyében kellett állást foglalnia, ahogy Schröder kiadta a parancsot, s leginkább Trump „lehetetlen" ígéreteit boncolgassa, melyeket Trump a választási kampánya során kihirdetett.

Szegény Meyer úrra esett a választása, de a szerkesztői ülésen együtt fogalmazták meg lapjuk neutralis állásfoglalását, s tulajdonképpen nagyon ügyes kitérés volt egy határozottan negatív vélemény helyett.

Meyer ugyanis kidomborította cikkében Trump nézeteit a világ jelenlegi problémáiról. Mint például: hogy a német kancellárnő, Angela Merkel migránspolitikáját katasztrofálisnak tartja. Ő nem fogja beengedni a szíriai muszlimokat Amerikába.

És az angolok brexitjét Trump melegen üdvözölte, mint az angolok leghelyesebb politikai lépését az utóbbi évtizedekben.

Trump azt is kijelentette, hogy a NATO-t felül fogja vizsgálni, és kötelezni fogja a NATO-partnereket – Japánt, Dél-Koreát, Németországot –, hogy a katonai biztonságukért nagyobb anyagi áldozatot vállaljanak, mert Amerika nem fogja továbbra is a költségek 72%-át viselni, mint eddig.

Amerika kereskedelmi egyezményeit is felül fogja vizsgálni, és szükség esetén felbontani, ha azok Amerika szemptontjából hátrányosak. Ezért fel fogja bontani például a NAFTA-t, és a még nem ratifikált TPP-t is.

Az illegális bevándorlást főleg Mexikóból egy, az országok határánál felépített magas betonfallal fogja megakadályozni, s minden illegálisan Amerikában tartózkodó személyt ki fog utasítani, különös hangsúllyal a muzulmánokra.

Az ún. „klímaváltozásban" nem hisz, ez a „zöldek trükkje", hogy ezzel csökkentsék a munkahelyek számát az USA-ban.

Ami a legmeglepőbb volt választási hadjárata során, hogy Vlagyimir Putyint nagyon dicsérte, s a jövőben jobb kapcsolatokat akart kiépíteni Oroszországgal. A polgárháború sújtotta Szíriában a választott elnök, Assad mellet foglalt állást, és az oroszoknak szabad kezet fog adni az ISIS és az ellenállók, az ún. mérsékelt szabotőrök elleni harcban.

Meyer segédszerkesztő mindezeket szorgalmasan felsorolta és részletesen taglalta vezércikkében, Schröder főszerkesztő legnagyobb megelégedésére.

Közben a Clinton-klán, élén Soros Györggyel, a magyar származású zsidó milliárdossal, megindította Amerikában a „szivárványszínü" forradalmat Trump ellen. Clintonékkel összefogva több mint 200 amerikai városban szerveztek meg erőszakos tüntetéseket, melyeken kirakatok betörése, autók felgyújtása, rendőrök megtámadása, lövöldözések (egy rendőrt lelőttek) napirenden voltak, főleg az ún. „fekete életek számítanak" című mozgalom keretén belül, melyet a Soros-alapítvány is finanszírozott.

A megdöbbenést és tanácstalanságot Németországban csak az oldotta fel némileg, hogy Barack Obama még jelenlegi amerikai elnök váratlanul „nem hivatalos, úgynevezett „búcsúlátogatásra" Berlinbe érkezett.

Ezt a rendkívüli eseményt természetesen kellőképpen meg kellett ünnepelni a német sajtóban is. A szívélyes találkozást Obama és Angela Merkel között Eszternek kellett három hasábos cikkben kellőképpen méltatni.

Eszter nagyon örült, hogy végre valami pozitívnak minősített eseményről is írhatott, s figyelemmel kísérte Obama egész „nem hivatalos" búcsúlátogatását Berlinben. Ami feltűnt mindenkinek, hogy Angela Merkel olyan rajongó, boldog mosollyal ölelte át a még hatalmon levő amerikai elnököt, hogy szinte már kínosnak tűnt ez leplezetlen rajongás és odadás.

Barack Obama természetesen a berlini legelőkelőbb szállodában, s annak is legelőkelőbb lakosztályában szállt meg, melynek páncélozott ablakaiból a Brandenburgi Kapura esett a pillantása, és ahol már számos neves személyt – királyokat, az angol királynőtől az orosz államelnökig és sok híres és hírhedt popsztárt – kényeztetett el legkiválóbb személyzete és sokcsillagos szakácsai révén.

Igaz, a jelenlegi sztárszakácsnak nagyon megnehezítette munkáját az amerikai biztonsági emberek, úgynevezett élelmiszerellenőrök állandó ellenőrzése és beavatkozása a menü összeállításába.

De végül is egész sikeres volt Obama három órás közös vacsorája Angela Merkellel. A hatfogásos menüből természetesen nem hiányozhatott a berlini „curry wurst" egy különlegesen kreált formája sem. Amikor Barack Obama állítólag kissé bizonytalan léptekkel vonult vissza a 15 000 eurós lakosztályába, Angela Merkel már vidám dalokat zümmögött páncélozott autójában egészen hazáig, a kancelári palotáig.

Másnap hivatalosan találkoztak a kancellári irodában, ahol Obama nem győzte dicsérni Angela Merkelt, mint mindig is nagyon megbízható partnerét az USA-nak, és a migránsválságban kiemelkedő humanitárius és európai vezető szerepét. Ezen kívül egekig dicsérte a német kancellárnőt a globalisació érdekében kifejtett sikeres munkájáért és eltökéltségéért. Trump választási győzelmét csak mellékesen említette meg, mint kellemetlen meglepetést, s az Európai Unió összefogását sürgette a transzantlati szövetség jelenlegi formájának megtartásáért.

Mánap össze is futottak az Európai Unió alapító tagjai, a francia, olasz, spanyol és brüsszeli államelnökök a berlini kancellári hivatalban, ahol zárt ajtók mögött taglalták, miképpen is fogjanak össze az új amerikai elnők, Trump riasztó és megbotránkoztató tervei ellen.

Mindezt Eszter szép formában és nagyon pozitívan ecsetelte cikkében, s még Schröder, a nagyfőnök is elismerően bólintott, amikor aláírásával engedélyezte a cikk megjelenését.

Eszter végre felsóhajtott, s úgy érezte, hogy megint „rehabilitálva" volt.

Annyira el volt foglalva Obama amerikai elnök búcsúlátogatásáról szóló cikke lehető legpozitívabb színben való ecsetelésével, hogy ez a munka az egymást követő iszlámista terrorcselekményekről is elvonta a figyelmét. Pedig akkor zajlott éppen al-Bakri, egy afgán „menekült" botrányos esete. A magát kiskorúnak valló asylkérelmezőt, akit úgy pátyolgattak, támogattak a különböző menekültsegélyező civil szervezetek, mint valami hímes tojást, furcsa meglepetésekkel szolgált. Egy névtelen feljelentés révén derült ki, hogy a neki kiutalt és szépen berendezett lakásában nagy mennyiségü robbanóanyagot rejtegetett, gyűjtött össze.

A kiszálló rendőrség különleges osztaga házkutatás során a nagymennyiségű robbanóanyagot ugyan megtalálta, de al-Bakri eltűnt, nyoma veszett.

Széleskörű nyomozás indult meg országszerte, a nyomozók azonban hiába fésültek át az egész kőrnyéket, al-Bakrit mintha a föld nyelte volna el, pedig csak a berlini pályaudvaron ácsorgott és bandatagjaira várakozott, hogy azok segítsék elrejteni. Találkozott is három honfitársával – szintén afgán menekültek –, akik a nekik kiutalt háromszobás lakásban kényelembe is helyezték. De, mint ahogy később kiderült, ezért a segítségért és további menekülési terveinek megszervezéséért meglehetősen nagy összegü pénzt követeltek al-Bakritól, akivel úgy mellékesen még csak a berlini repülőteret akarták közös erővel levegőbe röpíteni. Mivel al-Bakrinál mindössze 1600 eurót találtak, megkötözték, s abban a reményben, hogy ha feladják a rendőrségen, majd megkapják az elfogásáért kitűzött fejpénzt, vagyis százezer eurót.

A rendőrőrsön először nem is adtak hitelt a feljelentők szavainak, csak amikor az okostelefonjukon megmutatták a lakásukban megkötözött al-Bakri fényképét, akkor csaptak riadót.

Al-Bakrit minden nehézség nélkül elfogták, börtönbe (külön, egy biztonsági cellába) zárták, ám a szoros megfigyelés ellenére, még az első éjszaka al-Bakri a trikója segítségével felakasztotta magát. A sajtó nagybetűs hírekben kürtölte ki a német rendőrség és a titkosszolgálat teljes csődjét.

Egy másik, még ennél is tragikusabb eset során azonban szinte a csodával határos módon sikerült a német rendőrségnek és titkosszolgálatnak leleplezni egy iszlámista, szintén kiskorúnak álcázott afgán gyilkost.

A magát afgánnak valló, állítólag kiskorú menekült a menedék kérelmét, mivel 17 évesnek vallotta magát, azonnal elfogadták, és Freiburgban, egy ún. „Gutmenschen" családba (jó ember családba) gondozásba adták, ahol mindene megvolt, kényeztették a szegény, sokat szenvedett, háborús, kiskorú fiút. Bevették egy egyetemisták által vezetett integrációs klubba is, ahol a német nyelv és kultúra alapavető szabályaival próbálták megismertetni a sokat szenvedett menekült fiatalokat. A klubot egy 19 éves német orvostanhallgató leány vezette. Egy szép napon ezt a 19 éves egyetemista lányt egy közeli folyóban holtan találták meg az arra tartó sportolók és futók.

Az eset nagy port kavart fel, mivel a leány apja az Európai Parlament képviselője, és ezen felül a brüsszeli menekültügyi bizottság elnöke is volt.

A nyomozók teljes sötétségben, teljesen nyom nélkül fogtak neki az eset kiderítésének, annál is inkább, mert a boncolás során kiderült, hogy a leányt megerőszakolták, majd megfojtották, és már holtan dobták be a kis folyóba a part közelében.

Sosem derült volna ki, hogy a gyilkos a sokat dédelgetett, állítólagosan kiskorú afgán menekült fiú volt, akit egy a közelben lakó jóhiszemű család fogadott be családtagként.

Az egyik nyomozó azonban a folyócska partján levő bozótból pár ágat a laborba küldött vizsgálatra, s lám, mit találtak? Egy feltűnően hosszú hajszálat, melynek a vége ki volt szőkítve. A DNA-vizsgálatok alapján így rátaláltak az afgán fiatalemberre, akinek feltűnő, kissé kiszőkített frizurát csinált a helybeli fodrász. A nyomozás során az is kiderült, hogy a fiatalembert Husszein K.-nak hívták Görögországban, és 2013-ban már börtönben volt, mert egy fiatal lányt lelökött egy sziklacsúcsról a tengerbe, de a lány szerencsére nem fulladt a hullámzó vízbe, csak megsérült.

Az afgán menekült börtönbe került, 10 évre ítélték, de onnan megszökött, s az ún. „balkáni úton" eljutott Magyarországig, ahol a fóti gyermekotthonban gondozták, s onnan elszökve érkezett el vágyai színhelyére, Németországba. A német börtönben az is kiderült, hogy nem 17 éves, tehát nem kiskorú, hanem a gyilkosság idején már 22 éves volt.

És elérkezett a karácsony, az ajándékvásárlások, karácsonyi vásárok időszaka. Szinte minden valamirevaló városkában, de leginkább a nagyobbvárosokban, mint Münchenben, Hamburgban, Drezdában, Nürnbergben és főleg Berlinben világhíres, ún „Christkindlimarkt"-okat, vagyis „karácsonyi vásárokat" építettek fel, minden elképzelhető csecsebecsével, karácsonyi díszekkel, mézeskalácsokkal, bethlehemi jászolokkal, amelyek a világ minden tájáról idecsalogatták a turisták ezreit is. Németországban a karácsonyi vásároknak nagyon régi tradíciója van.

Csodásan kivilágított, csillogó-villogó karácsonyfákkal és feldíszített sátrak tömegével várja a kíváncsi látogatókat; meg lehet itt csodálni a házi készítésű süteményektől, csokoládéba mártott gyümölcsöktől, mézeskalácsoktól kezdve a forralt bort kínáló italboltokig, a csábos illatú kolbász- és hurkasütőkig, vagyis mindent, ami szem-szájnak ingere.

A szivárvány minden színében pompázó karácsonyi díszek mellett mesefigurákat, szobrocskákat, kis betlehemi jászolokat kínálnak ilyenkor eladásra művészi kivitelben a híres kézművesműhelyek.

A hangulat ilyen vásárokon igen vidám, karácsonyi énekek, hangos fúvószenekarok mellett szórakoznak a forralt bortól kipirult arcú és jókedvű vásárlók, bámészkodók és messziről jött látogatók. Körhinták forognak csilingelve, örömtől átitatott gyermekek kacagása tölti meg az általános hangzavart.

Senki sem gyanította, hogy a berlini karácsonyi vásár milyen tragédiába torkollik majd...

Eszter egy új vendégkollégával, az Olaszországból akkreditált Graziano Massinivel Berlin utcáit járta, kicsit büszkén bemutatva a kollégának a német főváros nevezetességeit: Bundestag kupolás, masszív épületét, a modern stílusban épült kancellári palotát, a híres Pergamonmuseumot, és megkóstoltatta vele az Alexanderplatzon a világhíres, berlini „curry wurstot" is.

Már jócskán besötétedett, amikor a Breitscheidstrassén felépített, fényes kivilágításban tündöklő karacsonyi vásárhoz értek. Hatalmas tömeg bolyongott a díszes sátorvárosban, a hangos, vidám zenét már messziről lehetett hallani.

De hirtelen hangos sikoltozásra, kiabálásra lettek figyelmesek. Ezt követően a megindult, ijedten menekülő embertömeg szinte elsodorta őket. Az emberek futva, sikoltozva menekültek a tér minden irányába. Senki sem tudta pontosan megmondani, miért menekülnek ennyire zihálva a szél minden irányába, majd mentőautók tömegének hangos rikoltása töltötte be az utcát. Mögöttük, előttük megszámlálhatatlan számú rendőrautó szirénázva, villogó vészlámpákkal száguldott a vásár irányába. Valami szörnyü dolog tőrténhetett, ezt mindenki érezte.

Csak másnap derült ki, hogy iszlamista terrorakció következtében számos halott és még több sebesült került ki a vásárt látogató közönség soraiból, amikor egy behemót, nagy szállítóteherautó teljes sebességgel belerohant a vidáman ünneplő tömegbe. A terrortámadásról először a közbiztonsági szervek szinte semmit sem közöltek, sőt jó darabig azt is kétségbe vonták, hogy terrortámadásról lenne szó, inkább valami véletlen szerencsétlenségről, közúti balesetrőlbeszéltek. Egy lengyel rendszámú, hatalmas kamion véletlenül hajtott be az utcába, s nem tudta, hogy ott karácsonyi vásár zajlik éppen. A furcsa csak az volt, hogy a kamion lengyel sofőrjét fejbe lőtték, s holtan összerogyva találták meg a kormányrúd mögött. Aztán egy figyelmes járókelő állítólag látott egy másik személyt kiugrani a vezetőfülkéből, aki szélsebesen menekült el a sötétség leple alatt az Alexander-tér irányába. A figyelmes szemlélő még követte is ezt a menekülő alakot, de egy útkereszteződésnél elvesztette szem elől.

A rendőrök később állíólag mégis elfogták ezt a gyanús személyt, egy 28 éves, Afganisztánból frissen érkezett „asylumkérelmezőt", vagyis illegális migránst.

Kétnapos kihallgatás után aztán szabadlábra helyezték bizonyítékok hiányában. Tehát mégsem ő lőtte le a lengyel kamion sofőrjét, s nem ő gázolt el szándékosan békés járókelőket, melyek közül tizenketten meghaltak, és 25, részben nagyon súlyos sebesült mentettek ki a szörnyű tett színhelyéről.

Még napokig vitás volt, hogy iszlámista terrortámadásról, vagy inkább nagyon szerencsétlen balesetről volt szó – legalábbis a média, de még a biztonsági szervek is ebből indultak ki.

Leplezni akarták, hogy Németország szívében, Berlinben egy ilyen terrorcselekmény lehetséges lett volna.

A harmadik napon jelenkezett az Al Jazeera rádión keresztül az ISIS, és vállalta a felelősséget az elkövetett támadásért, mondván, az ő hősi harcosuk követte el a merényletet. Most már nem lehetett tagadni az iszlám terrorcselekményt, most már csak meg kellett volna találni ezt a iszlámista „hőst", mert hogy nem a lengyel sofőr volt az, az most már a napnál is világosabb volt, annál is inkább, mert a lengyel sofőr már halott volt, amikor a kamion rárontott a gyanútlanul szórakozó tőmegre, ahogyan a törvényszéki orvosok megállapították.

Aztán váratlanul valahogyan ráterelődött a gyanú egy tunéziai migránsra, Anis Amri nevezetűre, akinek asylumkérelmét már elismerték, s aki már 2012 óta járta keresztül-kasul az európai országokat. Először Olaszországban tűnt fel, ahol felgyújtott állítólag egy iskolát, s ezért börtönbe is zárták, de hamar kiengedték, s akkor azon nyomban átszökött Németországba.

Ott, mint elismert menedékjoggal rendelkező szíriai menekült élt, de mint kiderült, 14 német menekülthivatalban jelenkezett be, mindig más néven és más identitással: hol szíriai, hol iraki, hol afganisztáni menekültnek adta ki magát, és 14-szer vette fel havonta a menekültek segélyét, tehát tizennégyszer 384 eurót, azaz havonta 4376 euróval rendelkezett! Ebből kőnnyen lehetett Németországban, sőt egész Európában ide-oda utazgatni, és munka nélkül jól élni.

De ez sem volt neki elég, úgy látszik, mert ugye közismerten evés közben jön meg az étvágy: még a kábítószerkereskedelembe is jócskán belekeveredett, s egyszer elkapták, bezárták, és ki akarták, mint bűnözőt utasítani Németországból, de mivel a papírjai eredeti hazájából, Tuniszból csak nem akartak megérkezni a sürgetések ellenére sem, hát megint csak kiengedték.

Ekkor érett meg Amis Amriban az elhatározás, hogy engedelmeskedik az ISIS felszólításának és iszlamista hősként fogja az európai történelem egyik leggyászosabb eseményét végrehajtani, nem beszélve a 12 szűzlányról, mely a Korán szerint járt neki a túlvilágon.

Most már az ide-oda kapkodó és tehetetlennek látszó német politikusok, biztonsági szakértők és belügyminiszterek sok-sok nevetséges mulasztás után hajtóvadászatot indítottak Anis Amri után. Közben az iszlámista terrorista hős menekülés közben minden akadály nélkül utazgatott Európában. Belgium után Svájcban tűnt fel, majd onnan Olaszország felé vette útját, minden probléma nélkül átjutva a nagyon biztonságosan őrzött schengeni határokon, végül Milánóban egyik este az állomáson egy unatkozó segédrendőr igazoltatni akarta, s legnagyobb csodálkozására az arab külsejű egyén előrántott igazolványa helyett egy nagy pisztolyt, és rászegezte a meghökkent olasz rendőrre, aki meglepetésében önvédelemből azonnal lelőtte a gyanús személyt, nem is sejtve, hogy az Európa-szerte lázasan keresett iszlámista terroristát, Anis Amrit lőtte le.

Érdekes módon másnap megérkeztek Anis Amri iratai is a tuniszi hatóságoktól a német hatóságokhoz, tehát ki lehetett volna őt most már toloncolni eredeti hazájába, Tuniszba.

Amikorra, minden ellenkező híresztelés és „elkendőzési" kísérlet ellenére nem csak a német, de a világsajtóban is tagadhatatlan tényként kikürtölték a szörnyű terrorcselekményt, végül is a német vezető politikusoknak is tudomásul kellett venniük és felelősséget kellett volna vállalniuk a történtekért. De mivel Anis Amri 14 identitással vágta át a német hatóságokat, tehát 14-szer volt bejelentkezve Németország legkülönbözőbb nagyvárosaiban, így Berlinben is, senki sem volt hajlandó felelősséget vállalni a hanyagságért, sem a BAMF (menekültügyi hivatal), sem a szövetségi államok belügyminiszterei, a német kormány felelős belügyminiszteréről, de Maiziere-ről nem is beszélve. Holott kisebb botlásokért is visszaléptettek nem egy neves politikustaz elmúlt időszakokban.

Míg a politikai botrány az ügy körül egyre fokozódott, a berlini lakosok virágcsokrokat, égő gyertyákat helyeztek el a szörnyű tett színhelyére, így emlékezve az ártatlan áldozatokra. 2016. december 19-e után a berlini Breitscheidplatz egy virágerdővel, égő gyertyákkal elborított tömegsírra emlékeztetett. Olyan hangok is helyet kaptak az interneten, hogy „Frau Merkel das sind Ihre Leichen", vagyis ezeknek az ártatlan embereknek a haláláért a kancellárnő helytelen, önkényes migránspolitikája a felelős.

Visszérkezve Münchenbe Eszter első útja lapja szerkesztőségi ülésére vezetett, ahol a főnök, Herr Schröder vitte a szót, és azon töprengett a szerkesztőség egész stábja, milyen formában vigyék az olvasók elé a szörnyű eseményt. Az olasz vendégújságíró, Graziano Massini, a hosszas vitát végighallgatva hangosan megjegyezte:

– Ilyesmi Moszkvában sosem történhetett volna meg!

– A főszerkesztő, Schröder felkapta a fejét.

– Hogyan? Miért olyan biztos ebben? – szegezte neki a kérdést bosszankodó hangon.

– Mert Putyin elnök nem engedné be sosem a világ minden szemetét ellenőrzés nélkül! – vágta rá dühösen Massini. – Én jártam a mai Oroszországban, ott rend és fegyelem uralkodik. Még csak rövid ideje vagyok itt a maguk országában, de néha az az érzésem, hogy az önök kormánya vagy nevetségesen naiv, vagy maga sem tudja, hogy mit cselekszik.

– Igen? Vagy nagyon is jól tudja, mit cselekszik! – jegyezte meg Özgentürk, a fiatal gyakornok rejtélyes arccal.

– Ennek elbírálása nem a mi feladatunk – szakította félbe a vitázókat Schröder. – Nekünk az a feladatunk, hogy az eseményeket, bármilyen szörnyű következményei is vannak, és még lesznek a közeljövőben, lehetőleg minden túlzás nélkül kommentáljuk. S úgy gondolom – fordult Graziano Massinihez –, hogy ön, kedves kolléga, a kívülálló szemével lesz képes a legjobban, minden túlzás és elfogultság nélkül ecsetelni és leírni a szomorú eseményeket.

És Massini becsületére legyen mondva, úgy írta le cikkében a szörnyű merényletet, ahogyan Eszterrel együtt átélték azon az estén, a berlini karácsonyi vásárban. Ami még meglepőbb volt: Schröder szóról szóra, minden változtatás és javítás nélkül le is közölte cikkét.

Eszter és Massini, a vendégújságíró következő megbízatása a berlini török, Fussilet nevű mecset bezárásának körülményeit és okait feltáró cikksorozat megírása volt. Eszter csak annyit tudott, hogy valami rejtélyes kémkedési ügyekbe keveredtek a mecsetet vezető, Törökországból kihelyezett és Törökország által fizetett imámok. Hosszas utánajárás után az is kiderült, hogy nemcsak a berlini Fussilet mecsetről volt szó, hanem az egész Németországra kiterjedő török, DITIP nevű muzulmán szervezetről.

Ennek az egész országra kiterjedő szervezetnek az imámjait Törökországból küldték Németországba, fizetésüket is a török államtól kapták, s feladatuk nemcsak a Németországban élő török muzulmán hívők vallási gondozása és felügyelete volt, hanem „titkos" feladataik közé tartozott, hogy a hívők listáján megjelöljék azokat a törököket, akik Erdogan, a török miniszterelnök politikájával szembehelyezkedtek, tehát „terroristaként" lettek a török nagykövetségre lejelentve.

Ha a listán szereplő, kettős állampolgársággal rendelkező török hívő meggondolatlanul családi látogatásra határozta el magát és be merte tenni a lábát Törökországba, biztos lehetett benne, hogy azonnal a börtönben köt ki. Természetesen senki sem sejtette előre, hogy szerepel a neve ezen a titkos listán.

Amíg Eszter Massini kollégája segítségével, együttes erővel kibogozta ennek a „titkosügyi" szolgálatnak bonyolult szálait és módszereit, sok ellenállásba ütköztek. A DITIB már évtizedek óta folytatta ügynöki tevékenységét az állami kémelhárító szervezetek orra előtt, így rendkívül kínos és kellemetlen volt a német biztonsági szolgálatok ismételt teljes csődje, amikor a sajtóban feltárták több oldalról is ennek a kártékony szervezetnek a tevékenységét. Természetesen ügynöki tevékenységük felfedezése előtt ezek a beszervezett imámok azonnal eltűntek valahol Törökország legsötétebb zugaiban.

Eszter és Massini közös cikke is nagy port vert fel, és Schröder, a főszerkesztő a sikeren felbuzdulva újabb feladattal bízta meg őket.

Célzottan a berlini Fussilet nevű mecset végleges letiltásának és bezárásának körülményeit kellett kipuhatolniuk. Olyan rémhírek keringtek ugyanis országszerte, hogy ez a szalafistákat beszervező és kiképző mecset célzottan radikalizálta szalafista híveit, főleg a fiatal muzulmán férfiakat, és küldte el szervezett hálózata és sok pénze segítségével Szíriába, hogy az ISIS-nek (az Iszlám Államnak) friss dzsihádista harcosokat biztosítson. Kiderült, a berlini karácsonyi vásár terroristája, Anis Amri is rendszeres látogatója volt a berlini Fussilet nevű mecsetnek. Mire az állambiztonsági szervek felfigyeltek rájuk és egy éjszaka során átkutattak országszerte több mecsetet, irodákat, turisztikai társaságnak álcázott üzleteket és több mint 143 magánlakást, addig az egyébként jól ismert a berlini utcákon is szabadon prédikáló és ingyen Koránt osztogató vezető szalafisták úgy elillantak az országból, mint a kámfor.

A sokat hangsúlyozott „német biztonság" hiányosságairól felsőbb utasításra mélyen hallgatott a hivatalos média, úgyhogy Eszter és Massini részletes feltáró cikke sem lett leközölve, hanem Schröder főszerkesztő legalsóbb fiókjában tűnt el örök időkre.

Graziano Massini bosszúsan dörmögte Eszter fülébe:
– Ez hát a híres nyugati demokrácia és a sajtószabadság! Még sokkal rosszabb itt a szabad sajtó helyzete, mint nálunk, Olaszországban, ahol a sajtó és a rendőrség már régen a maffia kezében van!

Erdogan török miniszterelnök hasonló módszerekkel hallgattatta el a sajtót; egyszerűen letartóztatta és börtönbe záratta a neki nem tetsző újságírókat, betiltatta az ellenzéki újságokat.

Ez természetesen nagy felhördülést váltott ki a nyugati, vezető, „szabad sajtókörökben", s a felháborodás a tetőfokára hágott a „mainstreem" körökben, amikor Erdogan le merte tartóztatni és börtönbe záratni a Y. Ülcen nevű kettős (török-német) állampolgársággal rendelkező újságírót (aki egyebként a híres német Die Welt című napilap vezető újság szerkesztőjeként is dolgozott), mégpedig terrorizmus vádjával.

A felháborodás sajtókörökben olyan mértéket öltött, hogy diplomáciai összetűzésre került sor, melynek kapcsán a német külügyminiszter, Sigmar Gabriel „baráti látogatást" tett a berlini török nagykövetnél, sajnos minden eredmény nélkül. A török–német diplomáciai csatának az sem kedvezett éppen, hogy nem engedték Erdogan minisztereit Németországban kampányolni a török választások előtt. A török népszavazás célja presiduális rendszer bevezetése volt, mely Erdogant egyeduralkodóvá tenné, vagyis diktátori posztra emelné.

Németországban, ahol mintegy 3,5 millió török élt, s kettős állampolgárok lévén Törökországban is szavazati joggal rendelkeztek, tehát úgy gondolták a török államférfiak, hogy jogosan szavazási kampányt indíthatnak meg Németországban is, s nagyon elcsodálkoztak azon, hogy fellépésüket német területen különböző kifogásokkal nem engedélyezték.

Erdogan elnök erre „lefasisztázta" Németországot, és náci mószerekkel vádolta meg személyesen Angela Merkel kancellárt is. Abban igazat kellett neki adni, hogy a német kormány nevetséges kifogásokkal tiltotta meg a törökök választási hadjártát: hol azzal, hogy a helyiség, amelyben a nagygyűlést tartani akarták, nem tűzbiztos, vagy hogy nincs elég parkolóhely a közelben, s így a közbiztonság veszélybe kerülhet.

Diplomáciai szinten is annyira elmérgesedett a viszony Törökország és Németország között, hogy félő volt, hogy Erdogan felbontja az ún. migránsszerződést is, és szélnek ereszti azt a pár milliónyi illegális bevándorlót Európa felé, amely időközben felhalmozódott a törökországi szükségtáborokban.

Még le sem csillapodott az egymásnak való üzengetések tűzharca a két NATO-ország között, amikor Londonból jöttek a szörnyű hírek: a Khalid Mossoud nevű iszlámista harcos bérelt autóval végigszáguldott a londoni Westminszter hídon sétáló embertömegen, egyenesen a londoni parlament bejáratáig, ahol az őröket késsel addig szurkálta, döfködte, amíg egy rendőr önvédelemből le nem lőtte a terroristát. Legalább 45 halott; ötven, részben súlyos sebesült, és teljes káosz uralkodott London centrumában és a parlamentben, amely éppen ülésezett.

A váratlan terroristatámadás félelembe borította az egész várost, egész Angliát.

– Nem lesz itt már sosem nyugalom? El van veszve egész Európa? – bosszankodott Graziano Massini a szerkesztőségi rendkívüli ülésen. Senki sem vállalkozott arra, hogy elrepüljön tudósítóként Londonba, a tett színhelyére – nem félelemből, hanem kimerültségből. Maga Schröder főszerkesztő volt kénytelen magára vállalni ezt a nehéz szerepet.

– El kellene menni valami nyugodt, csendes helyre – sóhajtott fel Eszter búskomor arccal.

– Jöjjön el velem Olaszországba, meghívom a ragyogó, napsütéses Toszkánába – ajánlotta fel Graziano.

– Ezt maga sem gondolja komolyan – nevetett fel Eszter, mint valami jól sikerült tréfán.

– De, egészen komolyan gondoltam, jövő héten indulok haza meglátogatni a családomat.

– Nem hiszem, hogy nagyon örülnének, ha beállítanék csak így, teljesen ismeretlenül – húzódozott Eszter, bár őszintén szólva igen nagy kedve lett volna elmenni valahová, mindegy, hogy hová, csak el innen, ebből a szörnyü kavarodásból, bizonytalanságból, ahol naponta ijesztő bűncselekmények történtek, s mégis hallgatni kellett róluk, mert „egyedi eseteknek" lettek titulálva, ha véletlenül mégis fény derült rájuk.

– Nézze, Eszter, a családom igen szerény körülmények között él, és biztos vagyok benne, hogy megtiszteltetésnek éreznék, ha egy német újságírónő, aki mellesleg jó nevű írónő is, megtisztelné őket a látogatásával – bizonygatta a visszautasítástól kissé csalódott arccal Graziano.

Eszter legfőbb aggálya nem is az volt, hogy ő ismeretlenül állítana be egy olasz nagycsaládba, hanem mert fogalma sem volt róla, hogy Graziano milyen helyet is foglal el ebben a „nagycsaládban", amelyről oly sokszor áradozott. Felesége van, sok gyermekkel, szülőkkel, nagyszülőkkel, testvérekkel s azok feleségeivel és gyermekeivel? Sosem beszélt erről részletesebben.

– A feleséged nem tartaná kissé furcsának, ha beállítanál velem? – puhatolózott Eszter igen óvatosan, hogy véletlenül se bántsa meg Graziánót.

– Oh, dehogyis! Őt megnyugtatná, hogy ilyen csinos kolléganőm van – nevetett fel Graziano. Ettől sem lett okosabb Eszter, és továbbra is furcsa érzéssel ugyan, de végül is beleegyezett az „olasz nyaralásba", és elfogadta Graziano meghívását.

Graziano büszke olaszként Velencéig vette meg a repülőjegyeket.

– Velencét látni, és meghalni! – nevetett fel Eszter, amikor a velencei repülőtéren végre megtalálták a bőröndöket, s kitaláltak az emberektől nyüzsgő repülőtér forgatagából.

Graziano, mint házigazda, azonnal tudta, hol tud elkapni egy vaporettót, s a sok izgalom után kinyújtózva élvezték a lassú, nyugalmas, hosszadalmas csónakázást egészen a híres Rialtó hídig. Mesziről már látták a magasba ívelő híd szilluetjét, Velence egyik büszkeségét, amikor a gondolás leállította a csónakot a Canale Grande egyik félreeső öblében.

– Nem mehetünk innen tovább! – jelentette ki krákogva, rekedt hangon.

– Miért nem? – csodálkozott el Graziano. – Hiszen itt, ahol megállt, nincs is kikötő, ki sem tudnánk szállni.

– Most jelezték az okostelefonon, hogy valami terroristák fel akarják robbantani a Rialto hidat. Szigorúan tilos még a közelében is kikötni – jelentette ki dühösen a gondolás, egy megfáradt arcú, sovány és görnyedt hátú öreg férfi. – Amióta fél Afrika elindult ócska gumicsónakokon Lampedusa felé, s a mentőhajók kihalásszák őket a tengerből, elárasztják egész Olaszországot, azóta már nincs nyugalom, nincs biztonság ebben az országban sem – sóhajtott fel a gondolás, és kétségbeesve, vállát vonva leült csónakja fenekére.

Graziano nagy zavarában így mentegetőzött Eszter előtt:

– Elnézést, de nem tudtam, hogy mi folyik már itt, nálunk is! Eszter pedig úgy érezte, csöbörből vödörbe esett...

Ott ültek tehát némán a csónakban a Rialto híd ezüstösen csillogó, tökéletes íve előtt, amíg a Canale Grande mindkét partján a fényesen kivilágított vendéglőkben, bárok teraszán üldögélő vendégek, turisták meg békésen szürcsölték koktéljaikat, kávéjukat. Hirtelen hangos szirénázás vetett véget ennek a békés nyugalomnak. A vendégsereg menekülni kezdett, mindenki rohant, amerre csak látott, és Eszter és Graziano ott szorongtak tehetetlenül a kikötött vaporettó fenekén.

Eszter, aki amióta Velencébe értek, oly könnyűnek érezte magát, mint aki egy másik, békés világba lépett át, most borzongva és félve húzódott meg a vaporettó mélyében. Hiába – suhant át agyán –, sehol sincs nyugalom, biztonság ebben a felbolydult Európában ? De miért bolydult fel ilyen hirtelen és váratlanul? Honnan és miért zúdul ez a fenyegetően hatalmas tömeg az eddig békés Európába?

Hosszas várakozás után végre kiszállhattak a vaporettóból. Az a hír járta, hogy iszlám terroristák akarták felrobbantani Velence gyöngyszemét, a Rialto hidat. Kofferjeiket maguk után húzva bandukoltak lassan és lesújtva a számukra előre lefoglalt szállodába.

A szálloda ősrégi halljában nemesfából széles lépcsők, faragott ajtók vezettek a szobákhoz. A hall mellett levő étteremben vidám társaság vacsorázott és szórakozott, mintha mi sem történt volna.

Miután elfoglalták szobáikat, s kipihenték az út és a félelmetes események fáradalmait, Graziano kopogtatott Eszter ajtaján.

– Nem lenne kedve lejönni vacsorázni? – kérdezte félénken, zavart hangon.

– Ami azt illeti, bizony a sok ijedtség ellenére is korog a gyomrom! – kiáltotta Eszter.

Szótlanul mentek le az étterembe. A vendéglő tele volt jókedvű, nevető, hangosan csevegő emberekkel. A fehér zakós pincérek ide-oda cikáztak az asztalok között, a telt tányérokat a fejük fölött egyensúlyozva. Többnyire nagy családok ülték körül az asztalokat hangosan beszélgetve, gesztikulálva, nevetve, veszekedve. A gyermekek vidáman ugrándoztak az asztalok között, hangosan vihogva, borospoharakat felborogatva, anékül, hogy ez bárkit is zavart volna.

Graziano feltartotta két ujját, s máris rohant hozzájuk egy kis, bajuszos pincér.

– Coctail, signorina? – kérdezte meg Esztert legbűvösebb mosollyával.

Miért is ne? – gondolta Eszter. Száraz Martinit rendelt kevés vermuttal.

– Ugyanazt nekem is! – mormogta halkan Graziano.

A martinis poharakat a kis pincér hamarosan és ügyesen tette le az asztalukra.

– Egészségünkre! – emelte meg poharát Eszter.

– És arra, hogy ezt is túléltük! Eszter, nagyon sajnálom, nem volt szándékom, hogy ilyen veszélyes helyzetbe hozzam, ezt elhiheti – mentegetőzött Graziano szomorú mosollyal.

Amikor asztalra került a megrendelt pasta is, a beszédes kis pincértől tudták meg, hogy a négy terroristát (már évek óta Olaszországban élő koszovói iszlámista férfiakat) még időben sikerült elfogniuk a rendőröknek, mielőtt felrobbantották volna a Rialto hidat.

Vacsora után még egy sétára indultak el a kanális mentén. A hűvös esti levegő jótékonyan hűtötte le Martinitól és vörösbortól kipirult arcukat. Lassan bandukolva egy kis térre, piazzára értek, ahol árnyékos, régi kőépületek között csak egy szökőkút friss csobogása verte fel az éjszaka csendjét.

– Ilyen békés volt mindig is, és ilyen békés lehetne még most is a világ! – jegyezte meg keserű mosollyal Graziano. – Ezt az ősi, békés nyugalmat és biztonságot szerettem volna magának megmutatni, Eszter, de sajnos, úgy néz ki, már elkéstem vele. De holnap továbbutazunk szülővárosomba, a toszkánai Montalcinóba, ahol remélem, még nyugalmasak és békések a viszonyok – ígérte biztató mosollyal Graziano.

Montalcino olyan varázslatos, olyan bájos kis városka volt, amilyet Eszter még sosem látott. Amikor a bérelt kis Fiat autóval beértek a főterére, harangszó kondult meg éppen, embercsoportok ültek csevegve a házak előtt és a parki padokon, ahol gyermekek kergettek nagy hévvel, hangosan kiáltozva egy futball-labdát. A fasor mellett, a széles úton egy idős házaspár totyogott kézen fogva, mintegy jelképezve, hogy itt, a sugárzóan kék ég alatt az idő szinte végtelen, s az élet is megállni látszott.

A kis Fiat hörögve, fuldokolva, s nagy port felkeverve végül megállt egy nagyon kanyargós, keskeny utcácska végén a domb tetején, ahol egy évezredek óta álló öreg templom húzódott meg a hatalmas fák árnyékában, s ahonnan csodálatos kilátás nyílt a dombról az alatta meghúzódó völgyre és mezőkre, melyek mintha sehol sem érnének véget, s elvesznek, beleolvadnak a semmibe.

Az öreg, rozoga templom zárva volt, így leültek egy fehéren virágzó nagy almafa alatt meg húzodó padra pihenni.

– Milyen mélyreható itt a csend! – sóhajtott fel Eszter, nagyot szippantva a virágzó fától illatos levegőből.

Graziano váratlanul átölelte a vállát és szinte suttogva mondta:

– Látja, itt kellene az embernek élni... tudna itt élni, Eszter?

Eszter annyira elmerült a táj szépségének élvezetében, a vadvirágoktól színes mezők, a szőlőskertek zöld sorain felcsillanó napfény ragyogásában, hogy ijedten rezdült fel. Szép lenne, ha itt és így élhetne az ember, hunyta le átszellemült arccal a szemét.

Aztán tovább robogtak az okkerszínű falusi házak kanyargós, szűk utcáin, míg végül egy különösen széles, nagy ház előtt Graziano megállt, kiszállt az autóból, és udvariasan kisegítette Esztert is.

– Itt van a házunk, itt él a családunk már évszázadok óta.

És nagy örömkiáltásokkal, ölelésekkel és örömkönnyekkel szemükben kitódult az egész Massini család apraja és nagyja. Voltak vagy húszan, vagy talán még ennél is többen. Mama, papa, testvérek, feleségek és gyermekek, unokák sokasága, mind ragyogó szemekkel és mosolygós arccal, nagy hévvel, szinte egyszerre beszélve és gesztikulálva, hadonászva.

Az első természetesen az volt, hogy Grazianót vették körül, kérdezgették, ölelgették, tapogatták, mint valami hozzájuk visszatévedt, rég elveszettnek hitt csodát. Körbejárt a grappás üveg is, koccintgatni kellett mindenkivel, s csak ezután keltette fel a háziak figyelmét a Garziánóval érkezett vendég.

Ez újabb örömre és csodálkozásra adott alkalmat: mindenkit be kellett mutatni Eszternek külön-külön, ami nemcsak udvarias kézfogással járt, hanem meleg öleléssel a nők részéről, és barátságos vállveregetéssel a család férfitagjai részéről.

Ez eltartott jó ideig, mert igen nagy családról volt szó.

Eszter nem is tudta megjegyezni a neveket, nem tudta megkülönböztetni a hirtelen kavarodásban az arcokat.

Csak az üdvözlést követő, hosszadalmas vacsoránál, amikor a nagy család körülülte az udvaron megterített hosszú, nagy asztalt, csak akkor próbálta Eszter megkülönböztetni a família tagjait.

Az asztalfőn ült a család feje, a nagypapa, vagyis a „Nonno",
egy jóságos, de fáradt, barázdás arcú, nagyon sovány, és szinte
törpe nagyságúra zsugorodott férfi. Tőle jobbra ült legidősebb
fia, Maximo, egy terebélyes, de ültében is alacsony termetű, ko-
mor tekintetű, ötven év körüli férfi, aki a család birtokait ke-
zelte, földjeit, szőlőit művelte. Felesége vele szemben, nagyon
csendes, de megfáradt arcú, vékonyka asszony, Viola, aki állan-
dóan 4 kiskorú gyermekén tarotta szemét, akik külön, egy ún.
„macskaasztalnál" étkeztek.

A Maximo mellett ülő, magas, jóképű, fekete bajszos férfi,
Adriano, foglalkozása szerint a helyi tűzoltók parancsnoka, lát-
hatólag nagy tekintélynek örvendett a családban. Vele szemben
ülő felesége, Claudia, büszke tekintetű, ragyogó fekete szemekkel
a család legszebbjének számított. Három gyermeke – ugyancsak
szép, kerek arcú, fekete göndör hajú fiúcskák – elevenségükkel
tűnt ki; csapkodtak, verekedtek, kiabáltak, hangosan röhögcsél-
tek, ami azonban senkit sem zavart, senki sem szólt rájuk, vagy
igazította őket helyre. A gyermekek, úgy tűnt, teljes szabadsá-
got élveztek, a számtalan kutyával és macskákkal egyetemben.

A legérdekesebb arcú férfi az asztaltársaságban „Nonno"
harmadik fia volt, Luciano. Nemcsak mert az egyedüli volt, aki
itt, a sötét hajúak társaságában világosszőke volt, és hullámos
haja a válláig ért. Még feltűnőbb volt acélkék, ábrándos, lágy
tekintetű szeme, és arányos, magas, atlétikus termete. Később
tudta meg Eszter, hogy Nonnónak ez a fia egy svéd nővel való,
rövid ideig tartó kapcsolatából származott, ennek ellenére a csa-
lád egyenjogú tagjának számított, annál is inkább, mert egye-
temet végzett, „akadémikus" volt, s a filmvilágban próbált sze-
rencsét, bár mindeddig nem túl nagy sikerrel. Felesége nem volt,
de két gyermekéről ismert, sikeres filmszínésznőktől, egyedül
gondoskodott.

Graziano volt a legfiatalabb testvér, aki hűtlenül, és túl ko-
rán elhagyta a szülői házat s a családot, külföldre húzta a szíve
s újságírásból tartotta fenn magát úgy-ahogy, de mivel a legjob-
ban hasonlított a csodálatosan szép, szentként tisztelt „Non-
nára", vagyis korán elhalt anyjukra, neki mindent megbocsá-

tottak, még azt is, hogy sosem nősült meg, ami még nem lett volna olyan nagy baj a mai időkben, de gyermeket sem nemzett egyetlenegyet sem.

Ezért figyelték, lesték sokatmondóan, de titokban, csak rejtett oldalpillantásokkal Esztert, mert ő volt az első nő, akit Graziano elhozott, és bemutatott a családjának. A vacsora sokáig elhúzódott, mert az olaszok nemcsak sokat esznek, hanem isznak, társalognak, tréfálkoznak, közben összevesznek, szitkozódnak és kibékülnek, majd váratlanul ölelgetik és csókolgatják egymást a családi viták hevében. A teljes káoszban Nonno az, aki igazságot oszt a vitatkozók heves csatájában, és mindenki elfogadja döntő ítéleteit.

Eszter teljes kábulatban, a grappa és szicíliai vörösborok élvezete után szinte boldog lebegésben esett az ágyba. Valami különös boldogság, megnyugvás, szent béke honolt a lelkében. „Így és itt kellene élni!" – ez volt az utolsó gondolata, amíg mély álomba nem zuhant.

Másnap Graziano, mint jó vendéglátó, elvitte Esztert Portofinóba.

Portofino az olasz Riviéra „királynője", amely egy szelíd lejtőn, a dombos vidék és a zöldeskék színű tenger között épült, s tele volt pálmákkal, különleges délszaki növényekkel, virágokkal, s ahol örökzöld növények szegélyezték a pompás, fenséges villákat és a Splendido nevű hotelt, ahol Graziáno foglalt szobát számukra.

A szobához nagy, széles balkon tartozott, ahol kényelmes, puha karosszékekben ülve élvezték a csodálatos kilátást: a világhírű halászfalu körvonalait, a narancs- és rózsaszínre festett házakat a dombok tetején, a kikötőben a hullámzó tengeröbölből visszatükröződő napfény csillogását, a fehér bóbitájú vitorlások siklását a zöld-kékes vízen, és a zöld koszorúba font, terebélyes fáktól eltakart kővárat a domb tetején.

Graziano másnap, hogy Esztert meglepje, csónakot bérelt, s nagy hévvel evezett. A csónak hangtalanul siklott a tó smaragdzölden csillogó, lágyan hullámzó vizén. A csend és a békés nyugalom nem lehetett volna tökéletesebb, és a boldog megelégedés érzése sem. Messze voltak a fenyegetö rossz hírektől és eseményektöl: a dortmundi robbantások, a dortmundi futballcsapatot ért iszlámista támadástól... minden olyan messze volt, annyira nem volt fontos ezekben a békés pillanatokban. És akkor megszólalt váratlanul Eszter mobiltelefonja.

– Anyu, ne ijedj meg, hanem örülj, akárhol is vagy a világon éppen ebben a pillanatban. Gyermekem született, nagymama lettél! – hangzott lányának kissé rekedtes hangja a telefonon keresztül. – Anna a neve, egy csodálatos kislány!

Itt megszakadt a telefonösszeköttetés, de megszakadt a romantikus hangulat is Grazianóval és Portofinóval.

– Rossz hírek? – kérdezte Garziano Eszter csodálkozásban megkövült arcára pillantva.

– Nem, egyáltalán nem – felelte Eszter kissé zavart mosollyal. – Úgy gondolom, valaki nagyon buta tréfával próbál szórakozni velem. Nem érdemes vele foglalkozni – mosolygott derűsre igazított arccal.

Visszatérve a hotelbe mégsem hagyta nyugton a furcsa telefonüzenet. Amikor Graziano lement a hotel ebédlőjébe megrendelni a vacsorájukat, gyorsan kiment a balkonra, s onnan próbálta felhívni Astridot, Hamburgban élő leányát. Sokáig csengett a mobiltelefon, s már majden feladta, hogy valamiképpen elérje lányát a messzi Hamburgban, amikor egy ismeretlen hang kérdezte:

– Hier Klinikum Eppendorf, was kann ich für Sie tun?

Eszter zavarában hebegve-dadogva kérdezte, hogy beszélhetne-e Astrid Bartával.

– Ein Moment... ich schaumal nach... Astrid Barta, ja, sie liegt in der Gynekologie, Zimmer 22 – felelte a barátságos női hang.

– Können Sie mich mit Ihr verbinden? – kérdezte Eszter csodálkozástól szinte elhaló hangon.

– Natürlich... Kleinen Moment, ich verbinde – kattant nagyot a telefon.

– Halló, halló, wer ist am Apparat? – hallotta messziről Astrid hangját.

Astrid, na, hála Istennek, végre.

– Astrid, mi van veled? Miért vagy a klinikán? – kérdezte Eszter ideges, elfuló hangon.

– Drága anyuci, hát vajon miért van a klinikán egy boldog kismama, aki tegnap szülte meg első gyermekét? Borzalmas volt a szülés, sosem mondtad, hogy ilyen szörnyű fájdalmakkal jár! De valahogy mégis túléltem, anyucikám, s van egy csodálatos, három kiló hatvan dekás, 56 centiméteres unokád, egy gyönyörü kislány. De hiszen már megtelefonáltam neked... igaz, hogy nagyonzavaros volt a telefonösszeköttetés – áradozott Astrid. – Hol vagy most tulajdonképpen?

– De hát hogyan... nem is tudtam, nem is mondtad, amikor Hamburgban voltam, hogy terhes vagy! – mondta szemrehányóan Eszter a telefonba.

– Hát persze, hogy nem mondtam, meglepetésnek szántam, remélem sikerült!

– Oh, istenem, engem már annyi meglepetés ért az életben, kislányom... de azért nagyon örülök, és gartulálok. Ha szabad kérdeznem, ki az apa? – tért rá a lényegi kérdésre Eszter.

– Ugyan, anyu... miért olyan fontos az most? Majd kiderül az is még időben, ne izgasd fölöslegesen magad, inkább örülj a kis Annának! – Kattant a telefon, és véget vetett a beszélgetésnek.

Eszter szinte megkövülten még mindig a balkonon állt, amikor Graziano érte jött, hogy lekísérje a vacsorához.

– Történt valami? – kérdezte aggódó arccal. – Olyan furcsán, magadba mélyedve hallgatsz, mint aki valami rossz híren töpreng.

– Ah, semmi... csak a lányom keveredett megint valami furcsa helyzetbe – felelte Eszter mesterkélt nyugalommal. – De ezt már megszokhattam volna, ezek a mai fiatalok olyan könnyelműek, felelőtlenek – sóhajtott fel, s mosolyogni próbált, mert semmiképpen sem akarta Grazianónak elmesélni, hogy ilyen hirtelen és váratlanul nagymama lett.

Vacsora közben nagyon szórakozott volt, nem tudott figyelni Graziano izgatottan előadott híreire: Franciaországban, Párizs szívében, a Champs Elysee-n iszlámista terroristák lövöldöztek, s megöltek egy rendőrt, hármat pedig súlyosan megsebesítettek. Hogy Németországban, Dortmundban egy futballcsapat autóját akarták a levegőbe repíteni... Ezek a hírek, bármilyen szörnyűek is voltak, nem tudták most felizgatni Esztert.

– Graziano, sajnos holnap vissza kell utaznom Németországba – szólalt meg végül is halk hangon Eszter.

– Ezt nem gondolhatod komolyan! – lepődött meg Graziano elképedt arccal. – És mi lesz a tervezett római és milánói kirándulásunkkal? Már mindenütt lefoglaltam a szállodákat – nézett Eszterre szinte megsemmisült arccal.

Eszter tudta, hogy nem elsősorban a lefoglalt szállodákról, hanem kettejük éppen kibontakozó, valamiféle szorosabb viszonyáról volt szó.

– Sajnalom. Nem tehetek másként, majd egyszer meg fogod érteni, miért – válaszolta Eszter szomorú, lemondó arccal.

Másnap visszautaztak Montalcinóba, hogy Eszter illő módon tudjon elbúcsúzni Graziano családjától.

A nagycsalád nagyon meglepődött azon, hogy ilyen korán visszatértek a tervezett olaszországi körútról, ennek ellenére örömmel és dús esti lakomával várták őket. Csak Nonno ült szomorú és csalódott arccal az asztalfőn, de ő is kerülte a mindenkit meglepő fordulat, a hirtelen megszakadt közös kirándulás okáról puhatolózást.

– Mondjad, fiam, Graziano, te, aki a világot járod és elismert újságíró vagy... te érted, hogy mi folyik ott a szíriai háborúban már hat év óta? – terelte el más irányba Nonno a beszélgetés fonalát aggódó, gondterhelt arccal.

– Hát ez nagyon bonyolult dolog – kezdte Graziano húzódozva és láthatóan nem sok kedvvel a magyarázatot –, úgy tűnik fel, hogy minden az úgynevezett „arab tavasszal" vette kezdetét, amikor is az arab államokban végigsöprő forradalmi hullám a demokratikus államrend utáni vágyakozásában elsöpörte egymás után az arab diktátorokat, mint az iraki Saddam Huszszeint, a líbiai Kadhafit, az egyiptomi Mubarakot, s mosta szíriai elnök, Assad van soron.

– Már bocsáss meg, öcsém – szólt közbe Luciano, a felfelé törekvő, de eddig még sikertelen filmrendező –, szerintem mindennek oka és alapja a síita és sunnita ellentét, amely az iszlám valláson belül dúl – avatkozott bele a szőke hajú, kék szemű „bel ami", a szépfiú.

– Igaz, ez a kiindulópont talán – adta fel Graziano.

De Nonno most még kevésbé értette a dolgot, melynek boszszús hangon adott kifejezést.

– Miről beszéltek, mit meséltek nekem itt az iszlámról? Mi köze van az egésznek a szíriai háborúhoz? – csapott ököllel az asztalra a sápadt, barázdált arcú öreg.

– Nagyon is sok köze van, sajnos, az egész közel-keleti válsághoz is – adott igazat Graziano féltestvérének, Lucianónak.

– Hát fiaim, lehet, hogy nemcsak megöregedtem, de kezdek már semmit sem felfogni, ami körülöttem történik. Síita vagy sunnita, nekem olyan mindegy, sosem hallottam róla, sosem foglalkoztam vele... – sóhajtott fel fejét kezébe temetve az öreg olasz parasztember.

Graziano már nyitotta is a száját, hogy megnyugtassa, hiszen a régi, „békebeli" világban, amelyben Nonno élt, ez nem volt téma, sem probléma, de Luciano leintette.

– Majd én... végül is az egyik feleségem muszlima volt – mondta büszkén, szinte dicskedve. – Az egész síita-sunnita probléma Mohamed próféta halála után egy családi öröklési perpatvarból indult ki. Ugyanis Mohamed nem határozta meg, hogy ki legyen az utódja. Csak egy lánya volt, Fatima, aki unokabátyjához, Alihoz ment feleségül, aki természetesnek vette, hogy ő a jogos utóda apósának, hogy ő lesz az iszlám vallásállam feje, a kalifa. De nem számolt Mohamed legutolsó, fiatal feleségével, az özvegy Aysével és annak nagyhatalmú apjával, Abu Bacrával, akik maguknak követelték az utódlás jogát. Abu Bacra és szövetségese, Oman harcot indított Ali ellen, aki magát már önkényesen kalifának kiáltotta ki.

Ezzel megindult a fegyveres háború Ali és Abu Bacra hívei között, melynek során Ali hívei – ezek a későbbi síiták – véres harcban megölték Omant, és megnyerték a csatát. A sok évig tartó háborúzás közben Abu Bacra és Ayse hívei – ezek a sunniták – végül megölik Alit. Ali és Fatima fia, a síita Husszein azonban vissza akarja szerezni apja hatalmát, és Szíriában, a kebalai csatában összecsap kegyetlen harcban a sunnitákkal. Ebben a csatában a sunniták megölik Husszeint, és felkoncolják egész családját, vagyis megbocsáthatatlan bűnt követtek el azzal, hogy megölték Mohamed unokáját, a síita Husszeint, és családjának minden tagját... Ezért a síiták szemében a sunniták istenkáromló gyilkosok maradnak a világ végezetéig, hiába győzedelmeskedtek és alakították meg az Oszmán Birodalmat – lendült bele elbeszélésébe Luciano.

Az asztal körül ülő nagycsalád minden tagja lélegzetvisszafojtva hallgatta a tragikus eseményeket.

– Hogyhogy erről egy szót sem írtak az újságok? – kérdezett bele egy olyan tíz év körüli gyermek a sok közül.

– Ja, fiam, ez nem manapság, hanem évezredekkel ezelőtt történt – igazította helyre Luciano a kérdezőt. Ezen valamennyien megkönnyebbülten felnevettek.

– De akkor sem értem – mormogta szinte mérgesen Nonno –, hogy mi köze van ennek a mostani szíriai háborúhoz!

– Nagyon is sok köze van, mert a síitak és sunniták a mai napig harcolnak egymás ellen – avatkozott bele a beszélgetésbe Graziano is.

– Ez hogyan lehetséges? – tette fel a kérdést Nonno.

– Úgy lehetséges, hogy az arab iszlám államok szétszakadtak egymástól, és a mai napig is kérlelhetetlen ellenségek maradtak. Irán síita állam; Husszeint, Mohamed vér szerinti unokáját szentként tisztelik, a sunnita Irakot gyűlölik, háborúztak is egymással sokáig, nyolc évig, ha jól emlékszem. Irak szövetségese a sunnita Szaúd-Arábia és Katar volt, és a többségben sunnita Szíria is... és most ott, Szíriában harcolnak egymás ellen: egyik oldalon a sunnita Assad, a szíriai elnök hadserege, a másik oldalon a síita felkelők vegyesen: az Al-Kaida, az Al-Nostra, a kurdok, az amerikaik és a nyugati, úgynevezett „demokráciák": Anglia, Németország, Franciaország és Olaszország fegyveres és katonai támogatásával. Mikor Assad már vesztésre állt, akkor léptek be az oroszok, és védelembe vették Assad elnököt, természetesen ők sem hátsó gondolatok nélkül. Beleszól még Törökország és Izrael is a nagy játszmába. A törökök a kurdok miatt, az izraeliek pedig mindenáron vissza akarják kapni a Golan-fennsíkot. Értitek már? – taglalta nagy erőlködéssel, izzadó homlokkal Graziano.

– No, de azt ne hagyd ki, hogy az Assad elleni felkelők Szíria középső és északi részét elfoglalva kikiáltották a dzsihádista Iszlám Államot (ISIS), melynek harcosai az egész világban toborzódtak, és irtják a szíriai keresztényeket és az egyéb „kufarokat" (hitetleneket).

– Lerombolják a híres történelmi emlékeket és egész városokat tesznek romhalmazzá – egészítette ki Luciano felháborodott arccal –, és ők küldik a dzsihádista harcosokat Európába, ők robbantanak fel repülőtereket, vendéglőket, utcán sétáló, ártatlan embereken gázolnak át teherautókkal.

– Hagyd abba, fiam... nem érti ezt meg senki, de nem is lehet, és nem is akarom megérteni. Ne folytasd – hajtotta le a fejét kétségbeesett arccal az egyszerű, öreg olasz parasztember.

– Persze, hagyd abba – szólt bele a heves természetű, szicíliai temperamentumú menye, Claudia, Adriano, a helyi tűzoltóparancsnok felesége –, mert Nonno nem is ezt akarta kérdezni, hanem azt, hogy Eszter miért utazik olyan váratlanul vissza Németországba? Történt köztetek valami? – kíváncsiskodott kezét csípőre téve, Graciano elé állva.

– Miért engem kérdezel? – mormogott elvörösödve és látható zavarral Graziano. – Miért nem Esztert kérdezed? Nekem sem árulta el, hogy hirtelen miért siet ennyire vissza.

Minden szempár Eszter felé fordult.

Eszter figyelmét nem kerülte el az a tény, hogy Graziano egész családja abban a tévedésben élt, hogy közte és Graziano között valami komolyabb szerelmi kapcsolat húzódik meg, s ezért igykeztek annyira Eszter kedvében járni, mert nem tudtak valahogy megbékélni a gondolattal, hogy Nonno legtehetségesebb fia még mindig nem alapított családot, és attól féltek, hogy már nem is fogja ráadni a fejét arra, hogy végre valahol letelepedjen, normális családi életet éljen, ahogy azt a családi tradíció megkövetelné. Pedig már igencsak benne járt a veszélyes korban, s attól tartottak, hogy ötven évesen már amúgy is nehezen tudja majd feladni a csavargóéletet. Ezért reménykedtek valami kései románcban Eszter megjelenésével, mégha nem is olasz származású volt a feltételezett menyasszony.

Éppen erre való tekintettel Eszter nem árulhatta el, hogy ő, a Graziano által kiszemelt és feltételezett menyasszony, már nagymama lett...

Sürgős munkára és fontos konferenciára hivatkozva búcsúzott el a meglepett és csalódásukat nem is leplező, nagyon szimpatikus családtól.

Útja egyenesen Hamburgba vezetett, ott is szinte azonnal a szülészeti klinikára, ahol leánya, Astrid egy kislányt szült állítólag nagy kínok között, ahogyan telefonon beszámolt a szörnyen fájdalmas eseményről. „Miért nem mesélted el nekem soha, hogy milyen szörnyen fájdalmas egy ilyen szülés?" – vonta kérdőre az anyját szemrehányó hangon. „Ha én ezt csak sejtettem volna, hogy milyen állati kínokat kell kiállni, soha, de soha nem hoztam volna világra ezt a kis szörnyet!" – panaszkodott sírva-hüppögve a telefonba.

A klinikán elöször is a kis újszülöttet akarta megcsodálni.

Az ablakon keresztül lehetett bekukucskálni az újszülöttekre, akik kis ágyaikban rúgvakapálva ordítottak torkukszakadtából. Éppen szoptatási idő volt, és a nővérkék egymás után tolták ki kiskocsikon az újszülötteket édesanyjukhoz, a gyermekágyas osztályra.

Eszter valamennyit megcsodálta, s próbálta kitalálni, melyik ordítozástól vörös fejű kis poronty lehet az ő unokája.

Aztán minden elcsendesedett, csak egyetlen csecsemö maradt az újszülöttosztályon. Eszter még szólt is a nővérkének, hogy lám, egy csecsemőt itt felejtettek, pedig az kapálózik-rugdalódzik a legjobban, biztosan már nagyon éhes lehet szegény – mondta Eszter a nővérkének.

– Ez a kis kövér lányka itt nem lesz szoptatáshoz kihordva – felelte mosolyogva a fiatal, bájos arcú nővér.

– Miért nem? – csodálkozott el Eszter.

– Az édesanyja nem hajlandó megszoptatni, pedig van teje elég – válaszolta a fehér fityulás nővérke.

– Nem hajlandó a saját csecsemőjét megszoptatni? – hüledezett Eszter. – Ez hogyan lehetséges?

– Nem tudom, miért, de látni sem akarja. Úgy etetjük cumisüvegből szegényt, pedig ő a legnagyobb csecsemő, több mint 4 kilóval született. Valószínűleg nagyon megkínozhatta az édesanyját. Előfordul az ilyesmi, de később szerencsére minden fájdalmat elfelejtenek a legjobban meggyötört kismamák is.

Eszter ebből azonnal megsejtette, hogy ez a kismama csakis Astrid lehet, és hogy ez a nagy, kövér baba csakis az ő unokája, Anna.

Amikor hazavitte Astridot a kis „szörnyszülöttel" együtt – Astrid csak így emlegette újszülött kislányát –, teljes káoszt, felfordulást talált a lakásában. Először is nekifogott az ágyat áthúzni, takarítani, a piszkos edényeket elmosni, melyek az ételmaradékokkal együtt a konyhában bűzlöttek, s mivel bölcső vagy kiságy sehol sem volt a láthatáron, két karosszéket tolt össze, s azon helyezte el a kis, vörös arcú, hangosan szuszogó Annát.

Astrid, a teljesen kimerültnek látszó kismama belevetette magát a frissen áthúzott ágyba, és nyomban el is aludt.

Amíg Eszter tovább takarított, porszívózott, észrevette, hogy a kis, kövér jövevény figyelmesen szemléli minden mozdulatát. Nem telt el azonban 20 perc sem, amikor elkezdett sírni, majd feltűnően mély hangon, torkaszakadtából ordítozni.

Éhes szegény, most mit csináljak? – tanakodott Eszter.

Nem volt tej, sem cumisüveg, semmi, amivel megetethette volna. Sőt, amikor furcsa szagok kezdtek terjengeni a kis lakásban, rájött, hogy még pelenka sincsen sehol. Astrid egyáltalán nem készült fel az új kis családtag fogadására.

Mit csináljon? Nem hagyhatta egyedül a mélyen alvó Astridot és az ordítozó csecsemőt.

Eszter kétségbeesésében a telefonhoz nyúlt, és felhívta a szülészeti klinika újszülöttosztályát, hogy tanácsot kérjen.

– Küldünk azonnal egy védőnőt – ígérte meg az osztályos orvos.

A védőnő félóra múlva be is csengetett, és fel volt szerelve mindennel, amire egy csecsemőnek szüksége lehet. Eszter teljesen kimerülve roskadt egy székbe. Nagy szerencse volt, hogy

Ruth, az ötven év körüli védőnő már sokévi tapasztalattal rendelkezett, sok mindent látott és átélt már problémás „modern" kismamákkal kapcsolatban, és ezért nem csodálkozott el azon sem, hogy Astrid úgy tűnt, egyáltalán nem készült fel az újszülött fogadására és ellátására.

Eszter aztán Ruth listájával a kezében szaladta végig a boltokat, patikákat, hogy beszerezze a szükséges babaruhákat és egyéb, az újszülött gondozásához szükséges holmikat: pelenkákat, cumisüvegeket, tápszereket, krémeket és hintőporokat, sőt még megrendelt egy kis bölcsőt, pelenkázóasztalt és kis fürdőkádat is az egyik áruházban.

Miután minden szükséges kellék megérkezett, abban reménykedett, hogy Astrid is kikel végre az ágyból, és megszoptatja a babát, vagy lefeji az anyatejet a kis jövevény számára. Azonban Astrid kijelentette: nem hajlandó sem szoptatni, sem az anyatejet lefejni, úgyhogy cumisüvegből kellett továbbra is táplálni Annát, aki szerencsére szokatlan jó étvággyal és megelégedéssel ürítette ki egymás után a tejporokból frissen elkészített mesterséges táplálékot.

Eszternek a kezdeti zűrzavar után már nem is a kis újszülöttel, hanem Astriddal volt nagyobb gondja és problémája. Mivel nem volt hajlandó a bő anyatejet kifejni melléből, bekövetkezett az, amire Ruth előre felhívta a figyelmét: a mellei be fognak gyulladni. Megduzzadtak, kivörösödtek, fájdalmasan keménnyé váltak, sőt mivel nem volt hajlandó orvoshoz sem fordulni, lázas lett, a hideg rázta, és a fájdalomtól keservesen sírdogalt naphosszat:

– Én ökör... én, szamarak szamara! Miért is szültem meg ezt a porontyot? Nézd – mutogatta az anyjának –, milyen nagy a hasam, milyen szörnyen eldeformálódtam. Mennyit szenvedtem és szenvedek, csak mert Ali (most először említette meg a gyermeke feltételezett apjának a nevét), ez az állat rábeszélt, hogy szüljek neki egy fiút. Még ez sem sikerült, mert egy böhöm nagy lány lett belőle, ő meg eltűnt, ki tudja, hová, még a szülés után azonnal; lány nem kellett neki! – kesergett Astrid naphosszat.

Ha Eszter etetés és tisztába tevés után odafektette melléje a csodálatosan gömbölyű és elégedett arcú kislányt, Astrid elfordult tőle.

– Vidd innen ezt a kis szörnyet, aki tönkretette a szép alakomat, hogy úgy nézzek ki, mint egy kövér anyakoca. Látni sem bírom, teljesen arra a csavargó apjára hasonlít! – tiltakozott a kismama keserű könnyeket ontva.

Ruth hetente kétszer is meglátogatta az újszülöttet, megmérte, megvizsgálta, és nagyon elégedett volt a kislány rohamos fejlődésével, de amikor Eszter Astrid elutasító magatartásáról, sőt gyermekével szembeni nyilvánvaló ellenszenvéről számolt be neki, csak csóválta a fejét.

– Sajnos ez a nem ritka gyermekágyi depresszió tünetei – állapította meg Ruth. – Azt javaslom, forduljon azonnal egy jó pszichiáterhez.

Erre aztán csak azért nem került sor, mert Astridot magas lázzal, kómaszerű állapotban végül is mentővel be kellett vitetni a klinikára.

Eszter egyedül maradt az ártatlan kis csecsemővel, s mivel a szabadsága is lejárt, felhívta főnökét, Schrödert, és fizetés nélküli szabadságot kért bizonytalan időre.

Schröder toporzékolt dühében.

– Hol él maga? Nem tudja, mi zajlik itt körülöttünk egész Európában? Hogy szükségünk van minden épkézláb újságíróra, s még így sem tudjuk időben követni és tudósítani a borzalmas események sorozatát? – ordibált a telefonba a főnök.

Végül belátta, hogy legmegbízhatóbb hírzerző riporterére, Eszterre átmenetileg nem számíthat.

– Míg maga békésen az unokáját ringatja, fogalma sincs, milyen szörnyű helyzetben vagyunk, milyen szörnyű helyzetbe került egész Európa! Milyen nagy karriert tudna most csinálni! – sóhajtott fel Schröder, és lecsapta a kagylót.

Ha Eszter be is volt zárva a négy fal közé egy kis, most már elégedetten gügyögő csecsemővel, újságolvasásra és tévénézésre csak jutott időnként ideje. Ha úgy is élt, mint egy magánzárkába kényszerített rab, mégis értesült a hírek révén a Londont egymás után érő terrorcselekményekről.

A megátalkodott, második generációs iszlám terroristáról, aki a Westminster hídon belehajtott furgonautójával a békésen sétáló tömegbe, majd a parlament előtt késsel leszúrt egy fegyvertelenül őrködő rendőrt. Összesen 8 halottja és több mint 30 sérültje volt a terrorcselekménynek.

Ezt követte a manchesteri popkoncerten elkövetett, különösen aljas terrorcselekmény, mert legnagyobbrészt fiatal gyermekek, tinédzserek ellen irányult a támadás, melynek 20 halottja és több mint 50 sérültje volt.

Ezt követte a London Bridge-en, szintén teherautóval elkövetett gyilkosság: a három dzsihádista iszlám harcos nemcsak gyalogosokat gázolt el könyörtelenül, hanem az autóból kiugorva késekkel támadtak a békés járókelőkre, átvágva torkukat, mellbe, hátba szúrva őket, míg a felvonult rendőrök harcképtelenekké nem tették őket. 8 halottja és mintegy 50 sebesültje volt ennek a terrorakciónak.

Azt is olvashatta a napilapokban részletesen és szörnyű képekkel illusztrálva, miként hatoltak be az iszlám terroristák női ruhákba, burkába burkolódzva a teheráni parlamentbe, lelövöldözve a képviselőket, 12 halottat és számtalan sebesültet maguk után hagyva.

Szomorú hír jött Németországból is, ahol Lübeckben, egy menekülteket befogadó táborban egy fiatal szíriai férfi leszúrt egy ötéves kisfiút. Ugyancsak Németországban egy szír férfi késsel támadt az őt segítő hivatali tanácsadójára, aki elvérzett saját hivatali helyiségében.

Nem múlt el pár nap sem, s arról számoltak be nagybetűs címekkel a napilapok, hogy Kijevben felrobbantották az amerikai nagykövetséget.

Mintha egymást akarták volna tetézni az események: Párizsban a Notre-Dame templom előtt kalapáccsal támadt egy dzsihádista az ott őrködő rendőrre: „Ezt Szíriáért!" felkiáltással csapkodott maga körül. A templom körüli tömeget, 900 embert, leginkább turistákat bemenekítették a segítségül hívott rendőrosztagok a templom belsejébe, ahol felemelt kezekkel kellett várniuk sorsukra.

S mindezeket a gyilkos merényleteket „Allahu akbar!" kiáltással követték el. Eszter nem is bánta, hogy nem lehetett személyes megfigyelője és tudósítója ezeknek a merényletsorozatoknak, mert az emberi tűrőképességnek és megértésnek is van valahol határa. Valahol az emberi lélek mélységeiben fellángolhatnak a védekező ösztönök, az ellenállás és a gyűlölet érzése a még oly keresztény érzületű emberekben is.

Amikor Astridot hazaengedték a kórházból, Eszter fellélegzett. Abban a reménykedett, hogy át tudja venni a kis Anna további gondozását, mert a rendkívüli szabadsága is hamarosan lejárt. Sok türelemmel és megértéssel próbálta bevezetni Astridot a csecsemőgondozás mindennapos rejtélyeibe.

Astridon látszott is az elején az igyekezet, hogy anyai feladatait többé-kevésbé átvegye, de már három nap után bejelentette:

– Sosem lesz belőlem jó anya. Én nem bírom ezt a terhet, ezt az állandó figyelést és gondoskodást, az örökös pelenkázást, a napi ötszöri etetést, tápszerek kevergetését, a naponta való tologatást a babakocsiban, az éjszakai sikongatásokat. Semmit sem tudok már csinálni e nélkül a síró, nyöszörgő csecsemő nélkül. Hát kellett ez nekem?! Hol marad az én életem?! Nekem a butikommal és a divatszalonommal kell törődnöm! Az új kollekciót sem tudtam időben megcsinálni; teljesen tönkremegyek, tönkremegy az életem, az eddig élvezett szabad kötetlenségem.

– Pedig én sem maradhatok tovább – jelentette ki Eszter –, nekem vissza kell mennem Münchenbe. Az a csoda, hogy Schröder még nem dobott ki az állásomból.

– Mi volna, ha magaddal vinnéd a kis szörnyeteget? – javasolta Astrid. – Nem lennél olyan egyedül – ravaszkodott.

– Hogy képzeled? Nekem napokra is el kell utaznom a riportok színhelyére, szinte alig vagyok otthon, csak aludni járok haza néhanapján – tiltakozott Eszter, de azzal is tisztában volt, hogy Astridot nem hagyhatja egyedül az óriási, és egyre növekvő és követelőző csecsemővel. Valami megoldást kellett találnia.

Ekkor jutott eszébe Juca néni, aki a Hamburg-közeli Aukrugban lakott, és már évek óta egyedül küszködött az özvegyek magányos életével, sorsával. Eszter a telefonhoz nyúlt, és felhívta a robusztos özvegyasszonyt, férjének nagynénjét és keresztanyját. A magányosan, egy nagy házban élő hetvenéves asszony igencsak elcsodálkozott ezen a hirtelen jött rokoni érdeklődésen a sorsa és élete iránt.

Juca néni egyre szaporodó éveinek dacára még igen jó erőben volt. Erőteljes, jól táplált, kövérkés testalkata ellenére, ha munkáról volt szó, túltett még a fiatalokon is. Egyedül a magányával nem tudott megbirkózni, s bár számos házassági hirdetésre adta fejét, mégsem sikerült új élettársat találnia, mert bizony túl magasra rakta a mércét.

– Tudod, drágám, például az egyik 80 éves özvegyemberről, aki egészségesnek hirdette magát és biztos anyagi körülményeket – saját házat, autót – ígérgetett, a végén kiderült, hogy kerekesszékben ül, és csak ingyen ápolónőt keres. Aztán hirdetnek sportos, művészetet kedvelő nagypapák, akikről kiderül, hogy valami öregek otthonából szeretnének kiszabadulni. Még professzorok is hirdetik magukat, képzeld el, drágám, akik utazni, a világot látni vágynak, és ehhez keresnek jópénzű társat.

– De az én Tiboromhoz hasonló derék embert, igazi, jellemes úriembert manapság már hiába is keresnél, ez a fajta férfi, úgy látszik, már kiveszőfélben van, drágám. Ilyennel manapság már nem lehet találkozni, a Jóisten nyugosztalja szegény Tiboromat, ilyennel csak egyszer találkozik az ember a életben! Senki sem tudná pótolni őt, most már nem is próbálkozom. Minek nekem egy öreg, trotyakos vénember, aki állandóan csak morog, s akit ki kell szolgálni, gatyáit, zoknijait mosni és ápolni? Akkor inkább maradok csak így egyedül ebben a nagy házban – panaszkodott, siránkozott Juca néni szokása szerint.

– Drága Juca néni, nem volna kedve eljönni egy kis kirándulásra Hamburgba? Akkor megmutathatnám a kisunokámat is, Annát – próbálta más témára terelni a szót Eszter.

– Na, ne is mondd! Unokád van? Kislány? Nem is tudtam, hogy az a szépséges Astrid lányod férjhez ment, nem is hívtak meg a lakodalomra sem.

– Hát lakodalom nem volt – köszörülte meg torkát Eszter restelkedve. – Ha volna kedve és ideje, meghívnám a keresztelőre füllentett Eszter zavarában. Mert azt elhatározta, hogy addig nem megy vissza Münchenbe, amíg a kislányt meg nem kereszteltette, még Astrid tudta nélkül is. És Juca néni ideális keresztanyának bizonyulna.

– Jaj, édes szívem, persze, hogy eljövök! – kiáltott fel örömében Juca néni.

Most már csak azt kellett valahogy elintézni, hogy Astrid meg ne sejtse, mire készülnek. Ebben Juca néni megbízható és leleményes szövetségesnek bizonyult. Amikor megjelent szatyrokkal, csomagokkal a hamburgi főpályaudvaron, Eszter alig ismert rá az egykori nagyon csinos, pirospozsgás arcú nagynénikére.

Pirospozsgás arca az idők folyamán igencsak kikerekedett, elhízott, zömök testét bő, rikítóan virágos mintájú ruhákba rejtette, amelyől csak vastag, erőteljes karja és még vastagabb combja, lába kandikált ki.

– Idefigyelj, drágám, jaj de örülök! Én mindent hoztam: a nagyanyám keresztelőruháját, igazi brüsszeli csipke, nálunk a családban mindenkit ebben kereszteltek.

– Oh, kár volt ennyire fáradnia – ölelte át Eszter a sugárzó arcú nagynénit.

Amikor közölte vele, hogy az egész keresztelőnek titokban kell megtörténie, először elborzadt.

– Csak nem kommunista a te Astridod? Vagy csak ateista? Szegénykém, ne búsulj ezen! Olyan világban élünk, amikor például egy francia 15 éves gimnazista elveszi feleségül a harminc éves tanárnőjét, s pár év múlva a végén még meg is választják államelnöknek. Biztosan hallottál erről a Makaróni-féle botrányról... Neked mondjam? Hiszen újságírónő vagy, te már csak jobban tudod még azt is, amit nekünk, közönséges polgároknak nem kötnek az orrunkra.

137

Tehát Juca néni nagyon tájékozottnak látszott a napi politikai eseményekben is, mert itt valószínűleg a nemrég, mindenki meglepetésére megválasztott új francia államelnökre, Emmanuel Macronra célzott.

Sajnos a hamburgi Altona pályudvaron Juca néni megérkezésekor teljes zűrzavar uralkodott. A világ minden tájáról érkezőö vonatok csak öntötték magukból a feketébe öltözött, alarcos fiatal utasokat, akik elárasztották a pályaudvart és környékét, ordítozva hadonásztak és gyújtogatták fel már kora reggel a környéken parkoló magánautókat, de sok rendőrautót is. A lángok magasra csaptak, és füsttengerbe burkolták az utcákat és tereket.

– Uramisten! – csapta össze kezét Juca néni. – Mi történt? Kitört a háború?!

– Fogalmam sincs – kapkodta fejét Eszter is. – Ma van a híres G20-ak találkozója itt, Hamburgban, ezért a sok géppuskás rendőr – próbálta nyugtatni az ijedtségtől reszkető öreg hölgyet.

Hiába kerestek buszt vagy villamost, az utcák kereszteződését fiatal, fekete álarcos alakok „ülősztrákkal” lezárták; a villamosok, buszok, taxik és magánautók előtt elzárva az utakat, teljesen lebénították a közlekedést. A rendőrök rohamban, vízágyúkkal és könnygázzal próbálták felszabadítani a fontosabb útvonalakat.

A civil utasok kapuk alá menekülve, köhögve-prüszkölve, elszörnyedve bámulták a demonstrálók és a rendőrosztagok egyenlőtlen küzdelmét. Több mint 100 demonstrálót cipeltek el kézi erővel, hogy szabaddá tegyék az utat, amelyen állítólag Donald Trump amerikai elnöknek kellett volna a G20-asok kongresszusi épületébe eljutnia. Azonban egy másik fontos útkereszteződésnél, a nagy kiállítócsarnok előtti téren, ahol a tárgyalások központja volt, ismét mintegy 200 demonstráló zárta el ülősztrjákkal az utat. A Köhlbrand híd, amely a hamburgi kikötőt köti össze az Elba szigettel és a 7-es autópályára visz ki, teljesen le volt zárva. A világ legnagyobb hatalmú embere, Donald Trump autókonvoja széles körívben kénytelen volt kerülő úton valahogy elvergődni a híres találkozó színhelyére, a vásárcsarnokba.

Szerencsére Eszter autója még épen állt egy péküzlet előtt, s így kerülő- és egérutakon át mégis csak hazaértek Juca nénivel, mielőtt az igazi „harcok" az utcán kitörtek a szélsőbaloldali, anarchista tüntetők és a mintegy 2500 fővel felvonuló rendőrosztagok között.

A tüntetők betontömbökkel zárták el az utakat a szigorúan őrzött, teljesen kiürített biztonsági gyűrű között, ahol a világ legbefolyásosabb, leghatalmasabb vezetőit szállásolták el, úgyhogy az amerikai elnök felesége, Melanie Trump nem tudta elhagyni, és a „női" programhoz csatlakozni a számára legbiztonságosabban őrzött hotelből sem.

A déli órák körül Hamburg egyes negyedeiben mintha polgárháborús harcok törtek volna ki. A Millerntor téren több ezer tüntető állt szemben a rendőrségi alakulatokkal, utcai barikádokat, autókat felgyújtva, a házak tetejéről köveket és Molotov-koktélokat dobálva a tehetetlennek bizonyuló biztonsági erőkre. A sötétség beálltával füstölt, lángolt már a fél város.

Helikopterek szálltak fel, az egyiket fényrakétával kényszerítették leszállásra a romboló, kövekkel és fémkarókkal dühödten harcoló balliberális felkelők. „Üdvözöljük a pokolban" feliratokkal és harci kiáltásokkal tört be és raboltak ki üzleteket, vertek be kirakatokat, gyújtottak fel autókat. A város kikötőnegyede és a hírhedt „vöröslámpás" utcák (St. Pauli, a prostitució fellegvára) lángban álltak. A rendőrség segítségért folyamodott, utánpótlást sürgetett, sőt arról is komolyan tárgyaltak, hogy bevetik a hadsereg katonáit is az elmérgesedett utcai harcokba.

Az őrjöngő tömeg a város külső kerületeiből elindult a város büszkesége, a most, újonnan felépült és elkészült Elbai Filmharmónia felé, ahol a magas rangú vendégeknek koncerteztek éppen. Beethoven IX. szimfóniáját (Örömóda) játsztották, miközben az utcákon háborús viszonyok alakultak ki, s egyre fokozódtak a harcok a felkelők és a hátráló, tehetetlen rendőrök között, akik láthatóan nem voltak felkészülve ilyen nagyfokú támadásra, ellenállásra.

St. Pauliban és a Reeperbahnon, a kikötői utcák kereszteződéseiben szemétládákból, mindenféle hulladékból, kitört deszkákból, ott parkoló kerékpárokból barikádokat építettek a feldühödött tüntetők, égett, lángolt, füstben úszott a fél város.

A tüntetők győzelemittasan ordították:

– Mi véghezvittük, amit akartunk! Mi itt voltunk, ahol nem kellett volna lennünk!

A megrettent Juca néni még órák múlva is reszketve sírdogált.

– Hát ezt kellett megélnünk! Hát micsoda város ez? Hát milyen ország lett ebből a Németországból?! Hát hogyan lehet itt élni? Én nem maradok itt egy percig sem tovább! Megyek haza, ha majd véget ért ez a háború, vagy micsoda az utcákon... – fogadkozott.

Amikor órák múlva, egy kis konyak segítségével megnyugodott, és amikor Eszter megint előhozta a titkos keresztelés tervét, úgy döntött, marad egyelőre.

– De Astrid előtt egy szót se! Ezt titokban kell megrendeznünk – figyelmeztette Eszter a még mindig kissé megzavarodott nagynénikét.

Sőt Juca néni minden zűrzavar ellenére a titkot, a tervezett keresztelőt meg tudta tartani, sőt papot is szerzett azon nyomban, katolikus kapcsolatait mozgósítva. Úgyhogy Astrid még csak nem is sejthette, megszervezte a titkos keresztelőt, de ami még ennél is örvendetesebb volt: beleszeretett a kis Annába!

– Olyan szép gömbölyű az aranyom, akárcsak magamat látnám kisbaba koromban! – áradozott. És ez volt Eszter igazi célja. Juca néni pár hétig maradt, majd beköltözött – átmenetileg, hangsúlyozta – Astrid hamburgi, modern manzárdlakásába, átvette a csecsemőgondozást, és Astrid elhanyagolt háztartását is ráncba szedte, annak minden tiltakozása ellenére. Csak hétvégeken járt haza, üresen álló, nagy, vidéki házába.

Eszter három hét után nyugodt szívvel utazhatott vissza Münchenbe, és jelentkezhetett újságja szerkesztőségében.

Münchenbe érve még fáradtsága ellenére is feltűnt neki, hogy a földalattiban utazók között még csak véletlenül sem beszélt senki németül. Mintha egy idegen városba tért volna viszsza, az volt az érzése.

Lakása elhagyatott nyugalma, a hónapos por a bútorokon, a fülledt levegőjü szobák még jobban elkedvetlenítették.

A legnagyobb meglepetés azonban a „Hét" címü lap szerkesztőségében érte, ahová kissé félve lépett be, mivel oly sokáig volt engedély nélkül távol munkahelyétől, de senki sem törődött vele, figyelembe sem vették, olyan káosz és hangzavar uralkodott.

Végülis Schrödernek tűnt fel Eszter félénk meghúzódása az újságokkal és papírhalmazokkal borított íróasztala mögött.

– Nicsak! – kiáltott fel Schröder. – Megkerült az elveszett bárány! „Wir haben sehnsüchtig auf Sie gewartet, verehrte Kollegin". Elárulná nekünk, hogy hová tűnt el s mi szél hozta viszsza errefelé? – gúnyolódott a főnök olyan harsány hangon, hogy mindenki elcsendesedett, s csodálkozó szemek meredtek Eszter elvörösödő arcára.

– Hamburgból jöttem, az éjjeli vonattal – rebegte félszegen Eszter.

– Nahát! Pont Hamburgból, ahol a világ legszégyenletesebb belső háborúja dúlt a G20-ak találkozója tiszteletére? Hogy lehet, hogy maga mindig ott kódorog, ahol a világ történelmi kereke rossz irányba gördül? – nevetett fel ideges nyerítéssel Schröder.

– Hát ez nagyszerű! – kiáltott fel Meyer segédszerkesztő örömmel. – Legalább be tud nekünk számolni, mint szemtanú, egy cikksorozat keretében az ottani szégyenletes eseményekről, és egész Németország szégyenletes lebukásáról a világ közvéleménye előtt.

– Ne beszéljen hülyeségeket, hiszen Bucholz kolléga már mindenről részletesen beszámolt újságunk első oldalán – intette le ideges hangon Schröder a sgédszerkesztőt.

– De hát az mégis csak más, ha valaki a helyszínen átélte a szörnyű eseményeket, amelyekre senki sem számított. Végül is 2000 rendőrt sebesítettek meg a tüntetők – szabadkozott Meyer.

– Akkor azt javaslom, küldjük el Esztert – ő most amúgy is jól kipihente magát – Schorndorfba, ott a népünnepélyen a migránsok megint összegyűltek, asszonyokat, lányokat molesztáltak, s a közbelépő rendőröket üvegekkel és kövekkel dobálták meg. Merkel meghívott vendégeitől már a falusi népünnepélyek sem biztonságosak, még ha az menedéket kérőket, mint hímes tojásokat kezelik is. Azok lassan azt csinálnak, amit akarnak, s az ország belső biztonsága teljesen felborulni látszik, lassan minden kontroll nélkül lesz – erősködött Meyer segédszerkesztő.

– Oda már elküldtem Harper kollégát – intette le Schröder idegesen Meyert. – Sokkal jobb ötletem van. Eszter menjen vissza Hamburgba, s kérdezze ki a járókelőket, az „átlag" hamburgiakat, hogy mi a véleményük városuk lánga borításáról, és hogy miért nem tudta a lakosok biztonságát a felvonultatott 2500 rendőr sem megvédeni az erőszakos tüntetők támadásaitól, ahogy azt Scholz főpolgármester nagy hencegve megígérte – jelentette ki Schröder, s ezzel lezárta a vitát.

Eszternek tudomásul kellett vennie, hogy Schröder egyrészt büntetésnek szánta ezt, amiért külön engedély nélkül oly sokáig távol volt családi ügyekre hivatkozva, s most, mint valami kezdő újságírónőt küldi, hogy járja végig a hamburgi utcákat, piacokat „közvéleménykutatás" címen, megszólítgatva a járókelőket. Másrészt viszont a szigorú főnököt Eszter családi problémái talán mégsem hagyták hidegen, s ezért küldte most vissza Hamburgba...

Hamburgba visszatérve először is Anna, az unokája után nézett, s megnyugodva Juca néni mindenre kiterjedő gondoskodásától, végül is kiállt a Jungfern utca sarkára, és sorra kérdezgetni kezdte a járókelőket.

A megkérdezettek többsége nem volt hajlandó nyilatkozni, a bátrabbak azonban annál dühösebben nyilatkoztak:

– A főpolgármesternek vállalnia kellene a politikai felelősséget, és vissza kellene lépnie hivatalából! – hangzott egy idősebb férfi véleménye.

Egy jól öltözött, középkorú nő felháborodva sorolta fel, hogy a felgyújtott sok autó, az égő utcai barikádok, betört üzleti kirakatok és kifosztott áruházak mennyi pénzveszteséget jelentenek. Nem beszélve arról, mennyibe került a városnak a sok rendőr, tűzoltó, biztonsági ember és a hatalmas G20-as nagyurak koncertje az Elbai Filharmóniában.

– Remélem, legalább a szállodai számláikat saját maguk rendezték a milliomos hatalmasságok – kiabálta rikácsolva, s az összegyűlt bámészkodók hangos tapssal kísérték szavait.

Egy diáklány úgy nyilatkozott, hogy „még mindig a félelem borzong minden porcikámban, csontomban!"

Egy házaspár azon csodálkozott, hogy hogyan mert a főpolgármester, Scholz kiállni és bocsánatot kérni a hamburgi emberektől a történtekért, de ugyanakkor nem hajlandó lemondani a jól fizetett hivataláról! Szégyen és gyalázat! Egy jól öltözött, hivatalnoknak kinéző, középkorú férfi határozott hangon jelentette ki:

– A G20-aknak vége! Háborúk a harmadik világban, migránsválság, görög gazdasági katasztrófa, környezetvédelem... mind, mind fontos, megoldásra váró kérdések, melyekről nem csak beszélni, de dönteni kéne! És mi történt a G20-on? Csak beszédek, saját személyük fitogtatása, semmitmondó ígérgetések. S mi lett az eredmény? Tehetetlenség, randalírozás, dühös szemrehányások és vádaskodások... így ez nem mehet tovább!

Végre egy munkás is hajlandó volt kinyitni a száját. Kaftánban, szerszámosládával a kezében hangosan emelt panaszt a város vezetősége ellen, hogy már évtizedek óta szemet huny és kesztyűs kézzel bánik a Hamburgban öszegyűlt balliberális, erőszakos anarchistákkal, fizetett foglalkozású tüntetőkkel, akik mintegy az „állam az államon belül" élnek, és terrorizálják a lakosságot. Kiemelten emlegette a hírhedt Rote Florában lebzselő balliberális házfoglalókat, mint az erőszak gyűjtőhelyét és gyújtopontját.

Na, ha én ezt mind leírom egy az egyben, nagy szemeket mereszt majd Schröder – latolgatta magában Eszter. Vajon le meri-e majd közölni is?!

Mire visszaért Münchenbe, már senkit sem érdekeltek a hamburgi események, mert kitört a diplomáciaiválság és politikai harc Német- és Törökország között. Pont egy szerkesztőségi megbeszélés kellős közepébe toppant be, s még be sem lépett a konferenciaterembe, már az ajtó előtt hallotta Schröder főszerkesztő hangos kirohanását.

– Ha ez így megy tovább, nincs elég munkatársunk, akit tudosítóként a helyszínre küldhetnénk! Harpert el kell küldeni Schorndorfba a legújabb migránstámadások által megzavart népünnepély körülményeinek tisztázására. Az ottani polgármester nagyon is gyanús módon próbálja az eseményeket szépítgetni. S most itt van már megint a diplomáciai háború Németország és Törökország között, csak mert Erdogan merészelt egy német, „emberjogi aktivistát" lefogatni és börtönbe zárni terrorizmus gyanújával. De igaz is, mit keresnek ezek a német és más nemztiségű „Menschenrechtlerek", vagyis emberi jogokért síkra szálló és lázító, túlbuzgó aktivisták Törökországban? Mi közük van ezeknek Törökország belső ügyeihez?! És ha becsukják őket, akkor miért követeli azonnal a német külügyminiszter, Sigmar Gabriel, hogy bocsássák szabadon ezeket a furcsa és gyanús német személyeket, akiket senki sem hívott Törökországba, hogy ott a török lakosság „emberi jogaiért" küzdjenek, és lázítsanak a törvényesen megválasztott kormány ellen. Sőt, a német külügyminiszter megfenyegeti a törököket gazdasági szankciók beveztésével és a német turisták kitiltásával.

– Na, kibújt a szög a zsákból, ezt mindenki felfogja, aki még egy kicsit is gondolkodni tud ebben a kaotikus Európában – kiabált és hadonászott Meyer, a segédszerkesztő. – Az is biztos, hogy én nem fogom betenni a lábamat Törökországba, hogy erről a diplomáciai botrányról beszámolót készítsek!

– Jó, akkor, kolléga, maga fog Hamburgba utazni – csendesítette le segédszerkesztőjét Schröder.

– Miért? Hiszen Eszter most jött vissza Hamburgból. Mi történt ott már megint? Az ember nem győzi a fejét kapkodni az egymást követö iszlámista támadások miatt!

– Ha már úgyis tudja, miért kérdezi? – támadt rá dühösen Schröder. – Július 28-án egy hamburgi élelmiszerboltban – EDEKA nevűben – egy 26 éves arab „menekült" támadt rá sarló alakú, hatalmas késsel a békés német bevásárlókra. A rendőrség megpróbálja elhallgatni a támadó személyéről és támadásának okáról a lényeget. Azt is csak nehezen vallotta be, hogy „Allahu Akbar" kiáltással leszúrt egy 50 éves, ártatlan bevásárló férfit, és megsebesített sarló alakú, hatalmas késével hét másik vásárlót. Közben régóta ismert volt az arab férfi szélsőséges iszlámista nézeteiről és a szalafistákkal folytatott intenzív tevékenységéről.

– Az is kiderült közben, hogy 2015-ben „háborús menekültként" szökött be Németországba, állítólag az Arab Emirátusokból, ahol semmilyen háború sem zajlik. Identitását semmilyen papírokkal nem tudta igazolni, ezért asylumkérelmét elutasították, és kitoloncolásra, hazatérésre kötelezték. Egy hamburgi menekültbefogadó táborban lakott, de a német bőséges szociális támogatásról nem volt hajlandó lemondani és hazautazni – vetette közbe jól értesülten a fiatal újágíró, Özgentürk.

– De ha már minden úgyis kiderült, akkot minek menjek én Hamburgba? – ellenkezett még mindig Meyer.

– Azért, mert a televízióban a rendőrfönök és a politikusok még mindig azt találgatják, hogy mi volt tettének kiváltó oka. Mintha az nem lenne már eléggé világos! De nem akarják bevallani azt a napnál is világosabb tényt, hogy terroristacselekményről van szó. Most, az országos választások előtt ez ártana Merkelnek és a CDU-nak.

– És én derítsem ezt ki? És írjam meg, hogy egy, a rendőrség által már 2015 óta közismert iszlámista terroristát már megint csak nem vettek komolyan, és nem akadályozták meg, hogy ártatlan embereket öljön meg? – berzenkedett felháborodott hangon Meyer.

– Igen – szólt határozott, erélyes hangon Schröder –, pontosan ez lesz a feladata, újságunk feladata, hogy fényt derítsen a politikusok és a rendőrség és a titkosszolgálatok felelőtlen mulasztásaira.

– Az az érzesem van, hogy nemcsak több rendőrre, hanem még több, az igazság feltárására hivatott újságíróra is szükség lenne, ha ez így megy tovább – adta meg magát Meyer.

– Nem bánom. Vegye maga mellé Özgentürköt is – enyhült meg befejezésül Schröder hangja.

Eszter örült, hogy a hosszú vita után végre leadhatta a cikkét a hamburgi eseményekkel kapcslatos véleményekről, s igyekezett éppen hazafelé, amikor az U-Bahnon csengeni kezdett a mobiltelefonja.

Legnagyobb meglepetésére Graziano Massini jelentkezett, egykori munkatársa, akiről, mióta oly váratlanul el kellett hagynia vendégszerető kedves családját, nem hallott semmit. Igaz, ő sem kereste a vele való kapcsolatot, ami hálátlanságnak is látszhatott.

Graziano olyan kedvesen és közvetlenül érdeklődött felőle, mintha csak tegnap váltak volna el.

– Münchenbe jövök hamarosan, lehet, hogy már a jövő héten – újságolta. – Nagyon örülnék, ha újra láthatnánk egymást. Majd bejövök az újságjuk szerkesztőségébe.

– Nagyszerű! – örült meg Eszter is Graziano jövetelének.

– De én nem csak a szerkesztőségben szeretnék veled találkozni – kérte kissé furcsa, rekedtes hangon Esztert.

– Megbeszéljük. Ha megérkeztél, összeülünk kedvenc kávéházunkban, a Luitpoldban, és elcsevegünk – ígérte meg Eszter.

Eszter már alig várta, hogy végre otthon alaposan lezuhanyozhasson, hogy saját ágyában alhasson, és rögtön mély álomba is zuhant.

A telefon csörgésére riadt fel, s még félálomban az órára meredt. Hajnali 5 órát mutatott a mutató.

Ijedten nyúlt a telefonkagyló után; el sem tudta képzelni, ki hívja fel és miért hajnalok hajnalán. Első gondolata az volt, hátha a kis Annával van valami baj. A telefonkészülék másik végén Schröder főszerkesztő dörmögő, kellemetlen hangja jelentkezett.

– Mi az? Maga csak nem aludt, amikor Konstanzban gépfegyverrel lövöldöznek?

– Ki lövöldözik, hol és miért? – nyöszörögte kábult hangon Eszter.

– Persze, maga sem követi figyelemmel a legújabb terroristaakciókat, jellemző! A német polgárok nyugodtan alusszák álmukat, miközben iraki és palesztin iszlámisták nyilvános bárokban lövöldöznek!

Eszter még mindig ásítozva, szemét dörzsölve hallgatta Schröder elrettentő szavait.

– Konstanzban, egy Grey nevű nyilvános bárban, mely tele volt mulatozó vendégekkel – ugye tánc a kitörő vulkán tetején, ez jut az ember eszébe önkéntelenül is – szóval hajnali 4 óra 30 perckor berontott oda egy palesztin hapsi, és lövöldözni kezdett a mit sem sejtő vendégekre, csak úgy, találomra. Egy halottról és 78 súlyos sebesültről tudnak eddig. Szedje össze a cuccát, és indulás azonnal a tett színhelyére, Konstanzba, a fotós a kamerával már útban van a lakásához.

Eszter még alig tette le a kagylót, már szólt is a lakás csengője: a fiatal fotós fiú már az ajtó előtt toporgott.

– Jöjjön be, de én még sehogy sem vagyok – motyogta izgatottan Eszter, s úgy, ahogy volt, pizsamában először is egy jó erős feketekávét főzött, s megkínálta vele az álmos szemmel hunyorgó fiút is.

Konstanzba érve sokáig keresgéltek, míg a város ipari negyedében rátaláltak a Grey nevű bár környékére, mert a közelébe senkit sem engedtek, a rendőrség már lezárt minden utcát, óriási felkészültséggel vonultak fel, helikopterek köröztek, mint áldozatukra lecsapó karvalyok az égen.

Annyit sikerült megtudni, hogy az iraki palesztin támadó a rendőrséggel is tűzharcba keveredett, egy rendőrt súlyosan megsebesítve, míg végül is a rendőrség különleges osztagai is a helyszínre értek és tűzharcban lelőtték a támadót, aki végül is a kórházba szállítás közben elhunyt.

A riporterek hada ott zsongott-kerengett a jól elzárt tetthely körül, de senki sem tudott meg semmi biztosat sem a támadóról, sem a támadás okáról, de leginkább az izgatta a kedélyeket – és nem csak a rendőrséget –, hogy honnan került egy amerikai M16-os standard, háborús célokra gyártott, gyorslövetű gépfegyver egy Németországba menekült arab menedékkérelmező kezébe.

Hosszas várakozás és kérdezősködés után Eszternek sikerült megtudnia, hogy a 34 éves palesztin, már elismerten asylumra jogosult férfi 1991 óta élt Németországban. Igaz, megjárta közben fél Európát minden akadály nélkül, s a rendőrségnek sem volt ismeretlen a személye, mivel számos bűncselekmény miatt – testi sértés, kábítószerkereskedelem, rablás és lopások, betörések – már jelentős kartotékot vezettek róla, és bár a börtönt is megjárta már, nem tarották megfigyelés alatt, mint „veszélyes elemet". Az esemény nagy port vert fel, azonban amikor Eszter visszaért Münchenbe, és leadta részletes tudósítását Schrödernek, az csak legyintett.

– Hiába volt minden fáradozása... a hivatalos szervek és a politikusok – a miniszterelnök, a kriminálpolizei, a staatsanwaltschaft stb. – egy gyorsan összehívott sajtóértékezleten kijelentették, hogy nem volt iszlámista terrorcselekmény, privát okok miatti ámokfutásnak nyilvánították a bűncselekményt – mérgelődött Schröder. – Persze nagyban folyik a választási kampány, ilyenkor nagyon rosszul jönne egy iszlámista terrorcselekmény... nem vallhatják be, hogy a sokat hangoztatott „sikeres integrációról" ne is beszéljünk, ha 20 év alatt sem sikerült ezt a fickót megnevelni.

Eszternek már olyan mindegy volt... lassan hozzá kellett szoknia, hogy teljesen hiábavaló az igazság keresése, kutatása ebben az országban. Itt már olyan tökélyre jutott a demokrácia és a sajtószabadság, hogy már csak azt lehet megírni, amit „felülről" diktálnak, vagyis titkos cenzúra után engedélyeznek.

Sietett haza, mert este kilencre fel kellett készülnie a Grazianóval való találkozásra. Hosszasan állt a tus alatt, haját frissen mosva, főnözve, s hátul, a nyakán összefogva divatos kis kontyba csavarta, s még ki is sminkelte magát, amire már régen nem volt példa. Természetesen csak nagyon diszkréten hangsúlyozta ki szemét a fekete tusfestékkel, s szempilláit pödörgette felfelé. A türkizszínű nyári ruháját vette fel, amely kiemelte szemének zöldeskék csillogását. Nagyon csinos akart lenni, tetszeni akart Grazianónak.

A Donisl a Marienplatz sarkán München egyik legkedveltebb vendéglője.

Amolyan sörkertszerűség, jó polgári konyhával és tipikus müncheni atmoszférával, amelyhez természetesen a sramlizenekar is hozzátartozik.

Graziano türelmesen várt rá. Egy kerek, rusztikus, fából faragott asztalnál ült egy félköríves ablak bemélyesedésében.

Olaszországi körútjuk óta nem találkoztak. Eszternek csak most tűnt fel, hogy barnás bőrszínével, sötét göndör hajával és csillogó, sötétbarna őzikeszemeivel egészen csinos, attraktív férfi volt a sápadt arcú müncheniek között. Amolyan nők bálványa típus, megejtően kedves mosolyával. Nagyon csábos, hódító jelenség volt női szemmel nézve. Eszter e mögött a mosoly mögött mindig valami hamisságra gyanakodott. Éppen ez a megejtő varázs tartotta mindig vissza attól, hogy érzelmi kapcsolatra merészeljen gondolni egész olaszországi vendégeskedésének ideje alatt is, amelyet Graziano családjánál, Monalcinóban töltött.

– Nagyon csinos ma este, Eszter, mint mindig – állapította mega férfi, amikor leült vele szemben az asztalhoz.

– Vegye le kérem, a sötét napszemüvegét, nem szabadna eltakarnia különlegesen szép, zöldeskék jáspis szemét – nézett Eszterre igéző mosolyát megvillantva.

– Miért beszél most ilyen feltünő angol akcentussal? Eddig ez sosem tűnt fel nekem – jegyezte meg Eszter.

– Mert jobban elfogadnak itt Európában az emberek. Az olaszokat különben nemigen kedvelik. De talán azért is, mert angol college-ban érettségiztem, talán onnan maradt vissza, én magam már nemigen veszem észre – szabadkozott restellkedve. Aztán hosszasan mesélt a családjáról, hogy Nonno sokat szenved a gyomorfekélyével; hogy legidősebb bátyja állását vesztette, pedig megszületett harmadik kisfiuk, Lorenzo, akivel sok gond van, mert valami genetikai rendellenességgel született, orvostól orvoshoz, klinikáról klinikára járnak, ami sok pénzbe kerül.

– Észrevettem, hogy valami bántja, vidám mosolya mögött a szeme olyan elgondolkodó, szomorú benyomást kelt. Miért? A családi problémák miatt? Vagy más oka is van? – kérdezett rá Eszter.

– Tulajdonképpen nincs rá semmi személyes okom, ha úgy vesszük. Nagyon szeretek itt, Németországban nemcsak dolgozni, hanem turistaként nyaralni is. Nagyon szép, kulturált ország, csak éppen lépten-nyomon éreztetik az emberrel, hogy „Ausländer". Ha nem is direkt módon, de valahogy mindig megérzi ezt az ember – mosolygott kissé ironikusan Graziano, és töltött Eszter poharába a már az asztalon álló, jégbe hűtött pezsgősüvegből.

Nem lehet őt nem kedvelni és nem szeretni – állapította meg magában Eszter. Jó modora van, világlátott és tapasztalt, attraktív férfi, nagyon talpraesett, és ehhez még ezek a meleg, barna őzikeszemek...

– Mondja, nem volna kedve velem táncolni? – tette fel a meglepő kérdést a férfi.

– Én és a tánc? Nem, semmi tehetségem hozzá – szabadkozott Eszter.

– Ezen lehet segíteni – villant rá Graziano igéző mosolya. – Jöjjön el velem a Bayerischer Hofba szombat este, ott lesz a filmművészek évi nagy bálja!

– Nekem báli ruhám sincsen, akár hiszi, akár nem! – szabadkozott nevetve Eszter.

– Ez nem kifogás… egy nőnek mindig van egy sikkes kisestélyije, ne is tagadja.

– Ne udvaroljon ilyen nyíltan és szemtelenül nekem! – fenyegette meg ujjával Eszter tréfásan a meghökkent férfit. – Sajnos most is sürgősen el kell mennem, a szerkesztőségben már várnak, és még át is kell öltöznöm. Engedje meg, hogy én fizessem ki a számlámat – állt fel székéből Eszter.

– Szó sem lehet róla! Igazán sajnálom, hogy ilyen hirtelen el kell mennie – szólt csalódottságát nem is leplezve Graziano. – Legalább engedje meg, hogy hazakísérjem.

– Mehetünk gyalog is, nem lakom messze, egy kis séta jót fog tenni – javasolta Eszter, s csendesen, szinte szótlanul sétáltak végig az angolparkon keresztül, az Isar folyó mentén, a Herzog parkig.

Eszter házának kapuja előtt Graziano hirtelen karjaiba vonta Esztert, és csókot lehelt az arcára. Eszter úgy érezte magát hirtelen, mint egy éretlen bakfis az első randevúján. A csókjának kellemes íze volt.

Persze, hiszen kávét is ittunk, azért olyan kellemes illatú még mindig a szája – villant át agyán, s akkor furcsán sóhajtozni hallotta saját magát. Graziano egyre szorosabban ölelte magához, érezte, mint fonódik a medencéjéhez szorosan követelőző vágya… s akkor elöntötte a forróság és oldódni kezdett benne az ellenállás, önkéntelenül simult Graziano forró, kemény testéhez.

– Ne küldj el megint, Eszter! Nagyon, nagyon szeretném, ha az enyém lennél végre! – suttogta forró lehelettel a fülébe, s fülcimpáit csókolgatta, majd olyan kitartóan kereste ajkát, hogy

Eszter levegőhöz sem tudott jutni, s szinte öntudatlanul húzta még szorosabbra magához a férfi izzó testét.

– Én is szeretném... gyere végre! – húzta befelé a nyitott ajtón át.

A szerkesztőségi konferencia, ahová oly sürgősen várták, teljesen kiment az agyából. Az együtt eltöltött éjszaka hihetetlenül rövidnek tűnt. Graziano nem rontott rá hevesen, mint ahogyan az olasz férfiakról hírlik, nem volt az az egoista „latin", szoknyvadász, aminek Eszter gondolta. Nagyon figyelmesen és gyengéden közeledett hozzá, hogy aztán, mint egy tűzhányó, robbanjon fel a szerelem lázában. Eszter meglepődve érezte a férfi a testének izmos rugalmasságát, melléhez tapadó puha bőrét, erélyesen követelőző ajkát, ahogyan testén végigkúszott, s a beteljesülés mámorának végtelenül hosszú perceit.

Hajnalban Graziano szinte észrevétlenül osont ki a hálószobából, s friss péksüteménnyel és istenien illatozó kávéval s egy kis csokor kékes-lila ibolyával ébresztette fel Esztert, mielőtt hosszú csókkal elbúcsúzott tőle.

– Holnap délután még az enyém vagy, ugye? – tette fel kissé bizonytalan hangon a kérdést. – Szeretnék elmenni az Alte Pinakothekbe, Rubens festményeit eredetiben megcsodálni. Ugye eljössz velem?

– Minden vendégem, aki Münchenbe jön, oda kívánkozik. De nagyon szívesen járom végig már talán századszor is a festményektől roskadozó termeket – ígérte meg Eszter mosolyogva, és a szeme gyermeki örömmel fénylett.

Másnap bent az újság szerkesztőségében már az ebédszünetben hangosan csengetett a mobiltelefonja. Graziano már a kiadó kapujában várta. Együtt ebédeltek a Seehaus vendéglő teraszán, amely egy tó partján épült, s nézték a tavon sikló csónakokat és a büszke tartású hattyúk vonulását a fodrozódó, zöldeskék vízen. A nap aranyban fürdette a magas jegenyefák leveleit, az ég kékje beletükröződött a tóba, s megtört sötéten örvénylő hullámain. Minden olyan békésnek és szelídnek tűnt, akárcsak a múlt éjszaka óta alelkükben visszhangzó boldog percek emléke.

– Csodálatos voltál! – súgta fülébe közelebb hajolva a férfi.

– Nem értelek, Graziano – mondta Eszter, s a szíve még mindig a torkában dobogott, ha a férfira pillantott. – Te igazi olasz don Juan vagy, az ilyen one-night stand-ek neked nem jelenthetnek túl sokat, hiszen jössz-mész a nagyvilágban.

– Te nagyon rosszul ítélsz meg engem – nevetett fel fehér fogait megvillantva Graziano. – A művészeti galéria megtekintése után, ma este... együtt lehetnénk megint? – kérdezte rekedt, bizonytalan hangon.

– Inkább várjunk ezzel még pár napot. Ne félj, az érzéseim nem hűlnek ki olyan hamar, mint gondolnád. Szép volt veled! – nyugtatta Eszter óvatosan, s behunyta a szemét, befelé figyelve, ahol a szép emlékek árnyai éltek.

2017. augusztus 17-e volt, és azon a délutánon, úgy 17.00 óra körül egyszer csak a pincérek nyugtalanul kezdtek ide-oda rohanni a tányérokkal és a forrón gőzölgő kávéscsészékkel a Seehaus teraszán.

– Barcelonában terrortámadás zajlik – vitték a friss hírt egyik asztaltól a másikig. – Halottak és sebesültek százai hevernek a belváros utcáin!

A vendégek riadtan sereglettek a belső teremben álló televízió köré, s megdöbbenve hallgatták a híreket a barcelonai terrortámadás szörnyű eseményeiről. Az első híradások szerint Barcelona központjában, a közkedvelt sétáló- és bevásárlóutcán, a la Ramblason hajtott végig 80 kilométeres sebességgel egy fehér furgonautó, szándékosan átgázolva a híres promenádon békésen sétáló embereken, turistacsoportokon.

Az első felmérések alapján abból indult ki a rendőrség, hogy 14 halottat és legalább 120, részben súlyos sérültet követelt ez az elképesztő terrortámadás. Eszter már az autóban ült Grazianóval, amikor a rádió közölte, hogy nem sokkal az első terrortámadás után a mintegy 100 kilométerre fekvő Cambrils városában is hasonló autós gázolást kíséreltek meg, de a rendőrség ezt meg tudta akadályozni, ugyanis lelőtte az autóban ülő négy fiatal terroristát. Az Iszlám Állam „Amak" nevű televíziós csatornája nagy örömmel és büszkén vállalta azonnal, hogy az ő katonái követték el a terrortámadást.

Nem lett semmi az Alte Pinakothek megtekintéséből: Eszter és Graziano rohantak be az újság szerkesztőségébe. Ott is már a feje tetején állt minden! A konferenciateremben már ott szorongott a szerkesztőbizottság minden tagja, s azon tanakodtak, mennyire valósághűen, elkendőzés nélkül hozhatják majd le az újság első oldalán ezt a szörnyű eseményt. Milyen hosszú legyen a cikk, és milyen elrémisztők a címlapra feltett fényképek? A vita igen szenvedélyesen zajlott már; volt, aki úgy vélte, nem lehet eléggé hangsúlyozni és elrettentő példaként lehozni a legújabb felháborító iszlámista terrorcselekményt, mások már csak fásultan, belefáradva a szinte naponta ismétlődő különböző terrorcselekményekbe, szótlanul és komor arccal meredtek maguk elé.

– A spanyol rendőrség szerint valószínű, hogy a támadást egy jól szervezett marokkói terrorsejt hajtotta végre, előre megfontolt tervek alapján – rohant be a folyosóról Özgentürk a legfrissebb hírrel. – Állítólag a három nappal korábbi robbanás is az ő számlájukra megy, mert az Alcanar nevű városkában felrobbantott, összeomlott házban fiatal marokkói menedékkérők laktak. Az összeomlott házban 120 gázpalackot és sok más robbanóanyagot találtak. Ez lehetett a terroristák laboratóriuma, ahol robbanószerkezetekkel kísérleteztek – kiáltotta izgatottan a fiatal újságíró.

– Csendet kérek! – kiáltotta öklét a halántékához szorítva Schröder, a főszerkesztö.

A hirtelen beállott csendben hangosan berregve megszólalt Graziano mobiltelefonja.

– Pronto! – jelentkezett be, mivel átmenetileg a Della Sera olasz újságnál volt korrespondensként alkalmazva. Kezével intett, hogy hosszabb beszélgetésre számít és kisietett telefonját a füléhez szorítva a folyosóra. A konferencián tovább folytatódott a heves vita, melynek végén Schröder úgy döntött, ő személyesen fog azonnal Barcelonába repülni.

– Hála Istennek! – könnyebbült meg Eszter, hogy nem őt küldték el megint a parázsló események forgatagába. Akkor bánta csak meg, hogy mégsem, amikor Graziano közölte vele,

azonnal Barcelonába kapott kiküldetést, valószínűleg hosz-
szabb időre, amíg a szörnyű eseményeket a spanyol rendőrség
fel nem tudja göngyölíteni, és tisztázni a terrorsejt működésé-
nek minden részletét.

– De utána nagyon hamarosan visszajövök Münchenbe –
mondta erőltetett nyugalmat színlelve. – Már csak az Alte Pi-
nakothek miatt is! – mondta sejtelmesen mosolyogva, és mé-
lyen Eszter szemébe nézve búcsúzott el tőle.

Eszter mégsem úszta meg szárazon a terroristatámadások
okozta viharokat. Már másnap, augusztus 19-én jött a hír, hogy
Finnországban, Turku városában késsel támadt egy marokkói
migráns a belváros forgalmas utcáin közlekedő, békés emberek-
re „Allahu Akbar!" kiáltással. Egy halottról és 8 súlyos sebesült-
ről számolt be a finn rendőrség.

Amikor Schröder hangját meghallotta a telefonjában, rög-
tön tudta, hogy azonnal utazhat Finnországba, az ismeretlen
Turku városába...

Amikor éppen visszaért a turkui riport elkészítése után Mün-
chenbe, még aznap este egy fehér lakókocsi állt meg a háza előtt.
Az ablakból úgy látta, a sötétben valaki nyitogatja az ajtókat,
motoszkál a lakókocsi körül. Már arra gondolt éppen, hogy je-
lenti a furcsa jelenséget a rendőrségnek, mivel a Herzogparkban
tilos volt teherautókat, lakókocsikat leparkolni még rövid időre
is, pláne nem ilyen bizonytalan időkben, amikor a közbiztonság
nagyon gyenge lábon állt Münchenben is. Már éppen tárcsázta
110-es telefonszámot, amikor a ház csengője élesen hasított a
levegőbe, olyan kitartóan, hogy Eszternek ijedtében még a mo-
biltelefonja is kiesett a kezéből.

Félve settenkedett a bejárati ajtóhoz, és óvatosan próbált ki-
kémlelni a kis kukucskálóablakon. A folyosón nem égett a vil-
lany, de a sötétben is ki tudta venni, hogy egy sötét ruhás alak
áll az ajtaja előtt, s szünet nélkül nyomkodja a csengőt. Mivel
akkoriban a világsajtó tele volt egy orosz újságírónő ellen elkö-
vetett orvtámadással, mely gyilkossággal végződött, reszketve
állt a bejárati ajtaja mögött, és mozdulni, pisszenni sem mert,
a szíve azonban, úgy érezte, hangosan dübörgött a félelemtől.

– Eszter, én vagyok. Nyisd ki az ajtót, látom, hogy ég nálad a villany – ismerte fel Graciano hangját.

A megkönnyebbüléstől elernyedt, szinte lebénult a szívére szorított keze.

– Graciano? – kérdezte rekedt, még mindig ijedtségtől reszkető hangon. – Hogyan kerülsz ide? Azt hittem, még Barcelonában vagy!

– Szerencsére túléltem ezt az idegtépő kiküldetést is – nyugtatta meg Graciano hangosan felcsattanó, megkönnyebült nevetéssel.

Eszter még mindig félelemtől remegve omlott a karjaiba.

– Nos, mi újság volt Turkuban? – kérdezte tréfára fordítva a szót Graciano, látva Eszter még mindig ijedtségtől elkerekedő szemét. – Nos, siess, késztísd magad, ne állj itt ilyen ijedten, mert teljes készenlétben és minden jóval megpakolva áll a lakókocsim a házad előtt. Indulunk a svájci körútra – újságolta kezeivel örömteljesen gesztikulálva Graciano.

– Már megint történt valami szörnyű terrortámadás, most már a békés, nem Európai Uniós Svájcban is? Nekünk kell megint riportot készíteni? – kapkodott levegö után Eszter a meglepetéstől.

– Szerencsére nem, mi most szabadságra megyünk, és itthagyjuk ezt a káoszban fortyogó Európai Uniót egy jó időre! Csak mi ketten... érted? A kikölcsönzött, bérelt lakókocsival, amely indulásra készen itt áll a házad előtt, körüljárjuk a békés svájci tájakat, hegyeket-völgyeket, tavakat. Elegem van már az egész cirkuszból, csak veled szeretnék együtt lenni olyan helyen, ahol senki sem zavarhat meg minket – árulta eltervét Graciano.

– De hát most kezdődnek a német választások. Megindult a választási hadjárat. Ilyenkor senkit sem engednek el szabadságra a mi újságunknál – aggodalmaskodott Eszter.

– Mindent elintéztem! Indulunk, fütyülünk a német választási hadjáratnak álcázott cirkuszra – jelentette ki ellentmondást nem tűrő hangon Graciano.

– De nekem fontos tárgyalásra kell mennem. A férjem, aki jelenleg még mindig vizsgálati fogságban van az offshore ügyei miatt, szóval a férjem válni akar. Holnap reggel 8 órakor kez-

dődik a tárgyalás, oda el kell mennem – nézett rá riadt, kétség-
beesett arccal Eszter.

– Elkísérlek – nyugtatta meg Grazianio. – Ha egy nappal ké-
sőbb indulunk el, az sem számít.

A bírósági tárgyalás nagy megázkódtatás volt Eszter számá-
ra. Olyan régóta nem látta már a férjét, Bélát, hogy alig ismert
rá erre a korán megöregedett, sovány, ráncos, gondterhelt arcú
férfira, aki vele szemben ült. A tárgyalás szünetében pár szót
sikerült váltaniuk egymással. Béla őszinte sajnálkozását fejez-
te ki, hogy csalódást okozott Eszternek, és nem akarja, hogy
Eszter is belekeveredjen ezekbe az ellene koholt, „kellemetlen
adócsalási" ügyekbe.

S két nappal később – mivel a tárgyalás elhúzódott – Barta
Béla a válóper során nagylelkűen odaajándékozta feleségének
a müncheni házat. Eszter a felajánlott tartásdíjat elutasította,
csak közös leányuk, Astrid, és unokájuk, a kis Anna további
anyagi támogatását kérte férjétől.

Megkönnyebbülve és megnyugodva, mint egy nem evilági
álomban ringva, boldogan indultak neki a tervezett svájci kör-
útnak, kirándulásnak, melynek során végigjárták, végigkem-
pingezték a nyárutót Svájc természetben még érintetlen, teljes
szépségében kitárulkozó hegyeiben, völgyeiben.

Csónakáztak a szelíden hullámzó tavakon, megcsodálták a
fehéren ragyogó gleccserek csúcsait, élvezték az átható csendet
a hó borította hegycsúcsok, az örök jég birodalmában.

Sem a rádiót, sem a televíziót nem kapcsolták be a két hét
alatt, úgyhogy a német parlamenti választásokról semmit sem
hallottak, semmit sem tudtak.

Pedig nem akármilyen választási hadjárat zajlott a német ber-
kekben. Még a legidősebb emberek sem emlékeztek ilyen orszá-
gos, parlamenti választásoknak álcázott színjátékra. Nem volt
szó vagy vita az egyes pártokon belül vagy pártok között sem gaz-
dasági kérdésekről, sem az adótörvényekben szükséges változta-
tásokról. Egy kis családpolitikai hőzöngésen, a nagy konszernek
megadóztatásának szükségességén, a digitális strukturák sür-
gős javításán kívül semmilyen izgató témát nem pendített meg

sem a magát már a kancellári székben érző Martin Schulz, sem a 12 évi önkényeskedés után távozni nem akaró Angela Merkel, aki őszintén, szinte csodálkozva vallotta be, hogy „nem tudná, mit is csináljon másképp, mint eddig tette", hiszen a németeknek jól megy és jól élnek, s ez így kell, hogy maradjon továbbra is. Az illegális menekültek inváziójának témáját forrón kerülték, úgy Merkel, aki nem volt hajlandó beismerni nagy tévedését a 2015-ös migránsinvázió kiváltója és okozójaként, sem Martin Schulz, a hatalomra törő SPD-kancellárjelölt, aki szintén kerülte a legégetőbb kérdést, a tömeges illegális bevándorlást okozó zűrzavart. Mint ahogyan az infrastruktúra, a közlekedés és családi otthonok építésében mutatkozó problémákat is messzemenően elkerülték.

A fő téma az ún. „szociális igazság és egyenlőség" megteremtésének általános, nem konkretizált szólama volt. Hangzatosan fújta valamennyi párt egységesen az ország belső biztonságának szükségességét, a rendőrség létszámának emelését. Elhallgatva a kisemberek elégedetlenségét, a nyugdíjasok elszegényedésének problémáját. Az illegális migránsok számának visszaszorítását és az ország külső határainak védelmét is egyedül az új jobboldali, konzervatív párt, az AfD követelte, és nyíltan tiltakozott a Merkel-féle „minden maradjon úgy, ahogy van" politika ellen.

Természetesen azonnal kikiáltotta a hivatalos sajtó az AfD-t náci pártnak, és veszélyesnek a demokráciára, mivel „aláásni probálja a demokratikus egyenlőség elvét". Üldözési hadjárat indult meg szerte az országban a párt vezetői, Alexander Gauland és Alice Weidel ellen.

Amíg az egykori néppártok – az SPD, a CDU és CSU – „altató, nyugtató" hadjáratot folytattak, addig az AfD-t „protestpártként" bélyegezték meg, amely a kisemberek elégedetlenségét kihasználva „hamis patriotizmussal" vakítja meg választóit, megnyergelve és kiemelve az iszlám reális veszélyeit, és ami még súlyosabban esett latba, a német nemzeti kultúra védelmezőinek mezében fellépve állítólag tudatosan „megtéveszti és megfélemlíti" a választókat.

A választások nagy csalódást okoztak elsősorban az SPD-nek, mely majdnem 20% alá esett vissza. A CDU és CSU, tehát az Unió is a legrosszabb eredményt érte el 1946 óta: 34%-ot, de mégis a legtöbb szavazattel rendelkezett, s így hatalmon maradt, tehát Angela Merkel továbbra is a kancellári székben terpeszkedhetett. Az AfD mindenki nagy ijedtségére 13%-al bevonult a parlamentbe.

Eszter összecsapta a svájci „Blik" újságot.

– Tényleg igazad volt, semmit sem vesztettünk azzal, hogy ezt a cirkuszt nem csináltuk végig, megspóroltuk magunknak ezeket a légből kapott frázisokat és üres ígérgetéséket – mondta Grazianónak, átnyújtva a becses svájci lapot. – Már Shakespeare leírta, hogy „Sok hűhó semmiért", s mivel az SPD állítólag az oppozícióba kívánt visszavonulni, csakis egy „Jamaica" koalícióval (unió a zöldekkel és az FDP-vel) tudna a – meggyengült Merkel kormányt alakítani – latolgatta a lehetőségeket Graziano.

Sajnos az együtt eltöltött, kéthetes szabadság túl hamar véget ért.

Eszter kénytelen volt visszatérni a mindennapok taposomalmába. Már másnap 9 órára ki volt tűzve a szokásos hétfői sajtóértekezlet a szerkesztőség konferenciatermében.

Amikor Eszter kissé elkésve, Graziano kíséretében megjelent, már együtt ült az egész társaság. Hangos örömrivalgással köszöntötték őket.

– Ti szerencse lovagjai, nem is tudjátok, miből maradtatok ki! – kiáltozták. – Egész Európa forrong és fő a saját levében, ti meg szabadságra mentek. Nem is tudjátok, miből maradtatok ki! – kiáltozták egymást túltromfolva az újság szerkesztőségének munkatársai.

A nagy örvendezésnek és zajongásnak Schröder főszerkesztöő megjelenése vetett véget. Komor arccal, rosszkedvűen ráncolva homlokát ült le az asztalfőn a „trónjára".

Idegesen lapozgatni kezdett az előtte tornyosodó papírhalmazban.

– Buchholz, hogyan áll az ügy a francia és kanadai feltételezett terrortámadás ügyében? Mit sikerült kinyomoznia? – tette fel első kérdését a főnök.

– A Marseille-i késes támadásról, amelynek kapcsán két ártatlan nőt szúrt le egy szíriai menekült, kétséget kizáróan kiderült, hogy az ártatlan nők terrortámadás áldozatai lettek. Több ártatlan embert az „Allahu Akbart" ordítozó támadó csak azért nem tudott leszúrni, mert egy katona még időben lelőtte. A kanadai rendőrgyilkost is elfogták még időben – jelentette Buchholz. – A börtönben derült ki, hogy az Iszlám Állam katonája.

Schröder idegesen lapozgatotttt az előtte levő dossziéban.

– Ha már a gyilkosságoknál tartunk, melyek sajnos szinte mindennaposak az illegális bevándorlók által elárasztott európai országokban, hogyan áll az ügy a meggyilkolt kétéves pakisztáni kislány ügyében? – fordult Meyer helyettes szerkesztőhöz komor arccal Schröder.

– A kislánynak állítólag a saját édesapja vágta el a torkát, amíg válásban levő felesége a rendőrségre szaladt segítségért. Amikor a rendőrök megjelentek a lakásban, holtan találták a kétéves kislányt, elvérzett. A pakisztáni, rabiátus és közismerten agresszív, verekedő hajlamú férfi, aki családjával 2015-ben lépte át illegálisan az ausztriai, majd onnan a német határt, tulajdonképpen már régen ki volt utasítva az országból, de csak most kezdték el körözni Európa-szerte – számolt be Meyer a sajnálatos és megrázó legújabb eseményről.

– Az ügy azonban még bonyolultabb – vágott közbe Buchholz, akinek „száguldó riporter" volt a csúfneve. – A ravasz pakisztáni a német asylumpapírjaival végigutazta minden baj nélkül fél Európát, és csak egy hét múlva tudta elkapni Spanyolországban az Interpol.

– Hát igen – sóhajtott fel Harper, az öreg róka, aki segédszerkesztőként már sok mindent megélt. – Sajnos az illegális menedékkérők nemcsak a mi költségeinkre éldegélnek itt, de magukkal hozták hazájukból nemcsak a gazdasági, hanem családi, kulturális és vallási problémáikat is.

Schröder bosszúsan legyintett, s már szóra nyitotta volna ajkát, amikor Harper megszakítás nélkül folytatta:

– Mert nézzük csak a legújabb botrányos esetet, Schwerinben. Hosszas tanakodás és habozás után, mely rendőrségünkre sajnos nagyon is jellemző napjainkban, elfogtak egy 19 éves szíriai fiút, aki 2015-ben a balkáni úton, a nagy migránshullámon lovagolva érkezett el egészen Németországig akadály nélkül, s azonnal asylumot is kapott, mint kísérő nélküli kiskorú, ezér tszinte azonnal jelentős anyagi támogatást, lakást kapott, német nyelyvtanfolyamot végezhetett ingyen, és ugyancsak ingyen járhatott villamossal, földalattival, taxival, ingyen a nyilvános fürdőkbe, teniszórákra és egyéb sportintézetekbe. S mégis, ez a fiatalember szép lassan és titokban megvette, összegyűjtötte a robbantószerek készítéséhez szükséges anyagokat, állandó kapcsolatban állt az internet által a legvadabb dzsihádistákkal, s szorgalmasan arra készült, hogy előre kitervelt robbantásokkal pályaudvarokon, koncerteken, repülőtereken minél több „Kafirt", vagyis hitetlent tudjon megölni. A német belügyminiszter hiába nyilatkozta, hogy „Elfogtuk, elég későn ahhoz, hogy a lakásán a bizonyítékokat megtaláljuk, de elég korán ahhoz, hogy a tervezett robbantást megakadályozzuk". És kérem, egy ilyen szándékosan előre kitervelt gyilkos nevét nem közölték a „személyes szabadsága" megsértésének elkerülése miatt. Hát kérdezem én, hol élünk? – háborgott Harper úr, s vörösödő feje már a gutaütéshez állt közel.

– Ha már az öldökléseknél tartunk. Azért ami New Yorkban történt, az semvolt semmi! Az üzbég ürge lottón nyerte el az ún. „zöldkártyát" amellyel munkát vállalhatott az USA-ban, mi több, a családját, gyermekeit is maga után hozhatta. S erre fel hálából mit csinált ez a szerencse fia? Sayfullo S. felvette a kapcsolatot a dzsihádistákkal, az Iszlám Állam harcosaival, s egy szép napon bérelt egy kis furgonautót és végigsöpört vele 100 km/óra sebeséggel a New York-i, híres biciklis és sétáló-kocogóúton, elgázolva az arra sétálókat, kocogókat, kerékpározókat. Nyolcan azonnal, még a helyszínen meghaltak, több mint 20-an súlyosan megsebesültek, s ha egy fiatal rendőr – amikor

kiugroxftt a pasi a furgonjából, mert összeütközött egy beka-
nyarodó iskolabusszal – nem lövi hasba, késsel a kezében to-
vább öldökölt volna. Most kórházban operálják, ápolgatják, de
ez nem volt neki elég: azt kérte, hogy a kórházi szobájában az
ISIS zászlaját is tűzzék ki! – robbant ki Harper úrból a felhábo-
rodás iszonyú haragja.

– Hát igen, vannak elképesztő dolgok, igen, vannak még hi-
bák bőven! – motyogta Schröder maga elé. – De nálunk, itt Né-
metországban egyre többen remélik, hogy talán mégis hamaro-
san megváltozhatnak a politikai viszonyok. Érzik, hogy ez így
nem folytatódhat tovább, ahogyan azt Merkel kancellárnő még
mindig reméli és szeretné.

– Hiába reménykedik akárki. Merkel megmondta őszintén,
hogy „én nem tudom, mit csinálhatnék még jobban" – kiáltott
közbe Özgentürk, a fiatal gyakornok.

– Majd az új kormányban, a „Jamaica" koalícióban, úgy le-
het, minden megváltozik – jelentette ki Schröder. – Legalábbis
sokan ebben reménykednek.

– Hiába reménykednek, ha a tárgyaló felek – a CDU, CSU, az
FDP és a Zöldek – sehogy sem tudtak egyetlen fontos politikai
kérdésben sem megegyezni eddig, pedig már két hete veszeked-
nek – jegyezte meg Meyer úr fejét csóválva.

– Ugyanis legkésőbb 30 nappal a választások után állnia
kellene az új kormánynak, különben kormány nélkül egész Né-
metország politikai krízisbe kerül – volt Schröder véleménye. –
Vagy ha nem tudnak megegyezni, akkor a köztársasági elnök-
nek, Walter Steinmaiernek vagy új választásokat kell kiírni, de
ezt senki sem akarná, abban biztos vagyok, vagy a CDU, CSU
mégis ráveszi az SPD-t, s egy újabb ún. „nagykoalíciót" hoznak
össze. Természetesen Merkel kancellársága így vízbe esne, amit
meg akar kadályozni mindenáron.

A konferencia nagyon elhúzódott, ezt csak akkor vették ész-
re, amikor megszólalt a déli harangszó.

Schröder már felállt székéből, mely a konferencia végét je-
lentette, s mindenki fellélegzett, amikor a fiatal török asszis-
tens felugrott.

– Még az esseni és a hamburgi zavargásokat nem említettük! – kiáltotta, és Schröder elé ugrott a heves vérű Özgentürk. – Ott valami „Zombie Walks" partikat tarottak Halloweent ünnepelve, s több mint kétszáz fekete-afrikai menekült vegyült a tömegbe, molesztálva, provokálva és kizsebelve a felvonulókat, úgy, hogy a rendőrségnek le kellett zárni a pályaudvart és környékét. 1230 személyt, legnagyobbrészt arab és észak-afrikai kinézetű férfit vettek őrizetbe. A rendőrfőnök tagadta, hogy a kölni szilveszteri szexuális botrányhoz hasonló jelenetek játszódtak volna le. Odautazzak, derítsem ki, mit próbálnak már megint elhallgatni, eltussolni? – ajánlkozott a lelkes fiatal újságíró túlbuzgón.

– Nem, hagyjuk ezt, reménytelen a rendőrségtől akármit is megtudni. De nem esett szó a katalóniai függetlenségi nyilatkozatról és annak súlyos következményeiről sem. Oda viszont sürgősen aláírom a kiküldetését, már holnap indulhat.

– De hová is repüljek? Barcelonába vagy Belgiumba? Mert hogy Puigdemont katalóniai elnök oda volt kénytelen menekülni a spanyol elfogatóparancs elől.

– Természetesen Belgiumba – igazította helyre a fiatal kollégát Schröder bosszús arccal.

– Igen, de volna itt még valami izgalmas. – Özgentürk a fiatalok hevességével nem hagyta magát ilyen egyszerűen lerázni. – Állítólag eltűnt 30 000 elutasított asylumkérelmező, csak úgy szőrén-szálán. Senki sem tudja, hová lettek, még a migrációs hivatal sem. Nem kellene ezt egy kicsit megpiszkálni? Tisztázni, hogy Európa melyik sarkában bújnak meg, vagy egyszerűen csak illegalitásba vonulva itt rejtőzködnek még az országban?

– Előbb Belgium, aztán tőlem nyomozhat az eltűntek után is – adta meg magát Schröder –, de figyelmeztetem, amikor kiderült, hogy 20 000 regisztrált kiskorú menekült tűnt el Németországból, csak úgy a semmibe, máig sem derítette ki senki, hogy hol vannak, hová lettek, és már nem is érdekel senkit – vonult ki gúnyos mosollyal arcán Schröder a teremből, amely végre a konferencia végét jelezte.

Már ideje is volt; túl hosszúra sikerült ez a délelőtti megbeszélés.

Eszter és Graziano gondolatokba mélyedve, szinte szótlanul indultak meg megszokott olasz vendéglőjük irányába, mert már erősen korgott a gyomruk.

– Min töprengsz olyan mélyen magadba gubózva? – kérdezte meg nagy sokára a komor képpel lépdelő Esztert Graziano.

– Nem tudom… sehogy sem tudom felfogni, sehogy sem értem – rebegte Eszter szinte suttogó hangon.

– Nem vagy vele egyedül. Sokan vagyunk így, csak lógunk a levegőben, a teljes bizonytalanságban, és nem tudjuk, hogyan tovább – mormogta Graziano is, komoran maga elé ejtve a szavakat. Mint tört cserépdarabok, hulltak le közéjük a súlyos szavak.

– Én úgy érzem – nyögte ki Eszter – én nem tudom ezt így tovább csinálni! Nem vagyok képes rá, hogy ilyen szörnyű események, hírek nyomában futkossak szüntelenül.

És Graziano értetlen arcára pillantva szinte haragosan kiáltotta:

– Nem tudok továbbra is állandóan a politikusok kontrollja, a „mainstreem", a „politikai korrektség diktátuma" által irányított újságíróként élni és dolgozni. Megérted? Szinte naponta a szörnyű események helyszínére sietni, keresni-kutatni a hazugságok tengerében, és azt az egy szalmaszál-igazságot megtalálni, amiről senki sem akar tudomást venni.

– Értem, hogy mire gondolsz. Mert ha az igazságot mi, független újságírók ki is tudnánk sokszor deríteni, nem írhatunk róla, vagy ha leírjuk, nem közlik le, mert csak a politikai elit által hivatalosan diktált és elfogadott „mainstreem" sajtó kap helyet a neves újságok hasábjain – mondta Grazianóo szinte suttogva és bizalmasan. A szeme szikrázott a gyűlölettől.

Hiába rakta eléjük a vigyorgó olasz pincér a felséges ízű és zamatú pastákat, Eszter eltolta magától a tányért.

– Hányingerem van, érted? Miért is nem maradtunk a békés, csendes Svájcban mindörökre?

– És nekem holnap a katalóniai politikai válság tűzfészkébe, Barcelonába kell utaznom. A katalóniai függetlenségi törekvéseknek még koránt sincs vége, hiába börtönözték be a spanyolok a katalóniai parlament vezetőit – mondta Graziano tompán és rosszkedvűen.

Miután Graziánónak a müncheni repülőtéren hosszas búcsúzkodás után könnyekkel szemében, mosolyogva igyekezett integetni, teljesen letörve érkezett meg újságja szerkesztőségébe, ahol azon folyt éppen a vita, hogy ki volt a hibás a négy párt közül (CDU, CSU, FDP és a Zöldek) a tervezett „Jamaica" koalíció csúfos bukásáért. Eszter minden érdeklődés nélkül hallgatta a vitát, teljesen érdektelenül ült az íróasztalánál a közös munkateremben, de hiába próbált dolgozni egy tervezett cikken, nem tudott semmire sem koncentrálni.

Miközben a munkatársak az előállott kormányválság okait, Merkel kancellárnő teljes csődjét taglalták, aki képtelen volt három hónappal a választások után is egy valamirevaló kormánykoalíciót összehozni.

– És most ugyan mit tud a kancellárnő csinálni? – vetette fel a kérdést Meyer, a segédszerkesztő. – Az SPD eleve kizárta, hogy még egyszer részt venne egy nagykoalícioban, és inkább oppozícióba vonul vissza.

– Nem sok lehetősége kínálkozik egy valamirevaló kormányt összehozni, az biztos! – volt Bucholz, a száguldó riporter véleménye is.

– Vagy mégis ráveszi Martin Schulzot egy nagykoalíció öszszefoltozására, vagy kisebbségi kormányt alakít a Zöldekkel – volt Harper kolléga véleménye. – Akkor viszont Martin Schulz, az SPD főnöke biztosan megbukik, mert nem állja a szavát és ígéretét, miszerint az SPD oppozícióba vonul, s ezt nem bocsátják meg neki a választói – kiáltott közbe Özgentürk.

– Szerintem nem lesz ebből semmi... új választásokat kell majd kiírni, ez elkerülhetetlen lesz ebben az áttekinhetetlen káoszban – jelentette ki magabiztosan Meyer úr.

– No de várjunk csak, uraim! – emelte fel ujját Harper úr. – Merkel a köztársasági elnökhöz fordult segítségért, aki nemcsak, hogy Merkelnek köszönheti a megválasztását, hanem a tetejében még SPD-külügyminiszter is volt. Majd az rákényszeríti volt pártját, az SPD-t, hogy szavát megszegve mégis csak koalícióra lépjen a Merkel-féle unióval, s így Merkel mégis hatalmon marad, majd meglátjátok.

Eszter elengedte a füle mellett a heves vitát, nem vett részt benne, mert elege volt már az egész német politika zűrzavarából. Amíg körülötte tombolt a német rádióban, televízióban minden valamirevaló napilapban, sőt még a bulvársajtóban is a vita, találgatás, spekuláció, hogy miképpen oldja meg Angela Merkel a német kormányválságot, akinek esze ágában sem volt lemondani a hatalmi posztjáról, habár egyes tekintélyes lapok már nyíltan „Merkel tekintélyének szabadeséséről", vagy másutt „Kanzlerdämmerungról" írtak a nagybetűs címoldalakon.

Eszter jött-ment, mint egy alvajáró, tette a dolgát, de nem vett részt ezekben a találgatásokban, töprengésekben, mert ő biztos volt abban kezdettől fogva, hogy Martin Schulz és az SPD előbb-utóbb hanyat fog vágódni Merkel uniója előtt egy-két miniszteri posztért, és a hatalomban való részedesért eladja magát.

Éjszakánként csodaszép álmokban újra átélte a Grazianóval megtett svájci körútjuk minden szép emlékét. Ahogyan Graziáno megállt Eszter háza előtt a Wolkswagen lakókocsival; ahogyan megcsodálta a praktikus berendezést; ahogyan elcsodálkozott, hogy ilyen kicsi helyen hogyan fért el a tökéletesen kialakított kis konyhai rész, a kis zuhanyzókabin és WC, a kihúzható asztal a két kényelmes ülőszékkel az autó vezetőfülkéjében, melyet ha megfordítottak, akkor az étkezőasztalhoz szolgáltak ülőalkalmatosságnak.

A lázas bepakolásra a rejtett fiókokba, besüllyesztett szekrényekbe, polcokra. Aztán az első éjszakára, az autó tetején felhúzható sátorban, a puha, kényelmes matracokon…

Eszter sosem volt nagy híve a kempingezésnek a vadonban, s a természetben való barangolásnak, távol a civilizált világ megszokott előnyeitől. A vándorlás, a turizmus kényelmetlensége mindig elriasztotta ettől. De Grazianóval minden más volt, minden olyan újszerű és izgalmas, még az is, hogy minden új kempinghelyen újra kellett sátort verni, drótokat húzni, és állandóan improvizálni… mintha az első emberpár lettek volna egy nagy, rejtélyes vadonban.

Graziano úgy osztotta be útjukat, hogy naponta csak 20-30 kilométert tettek meg a lakóautóval, legtöbbször jól kiépített autópályán. Első megállóhelyük Schaffhausennél volt, ahol megcsodálhatták a világhírű rajnai vízesést, majd a neves filozófus, az antropozófia megteremtőjének és apostolának, Rudolf Steinernek etno falujában pihentek meg. Ebben a különös építészeti stílusban kialakított faluban, Dornachban tartottak hosszabb pihenőt. Valamikor itt élt és alkotott Rudolf Steiner, aki a miszticista és ezoterikus, spirituális világnézet megalapozója volt, és mint pedagógus, az ún. „Waldorf" iskolarendszer megteremtője. Rudolf Steiner inspirálta a modern képzőművészetet és szobrászatot is. Különös érzés volt szoborkertjében sétálni, a munkásságának emlékére alapított múzeumát, könyvtárát megcsodálni, tanulmányozni, és az első „Waldorf-iskola" mintáját megszemlélni.

Máskor álmában ismét a lucerni tóparton jártak, ahol újszerű, modern sportesemények kellős közepébe csöppentek. Eszter ott látott először „bungi-ugrásokat": bátor fiatalok mitegy 200 méter magasból ugrottak le, csak egy kötéllel biztosítva a mélységbe. A levegőben sárkányrepülők cirkáltak, a tó vizén vitorlásverseny zajlott, másutt „rollblederek" mutatták be nyaktörő mutatványaikat: mint egy modern, jövő századbeli mesében, úgy érezhették magukat.

Sokszor álmában újra a Jungfrau tetején sétált a kristálytiszta, puha hóban, 4500 méter magasságban, ahol úgy szikrázott a napfényben a hó, hogy a fényképezőgép lencséje automatikusan lezárt. A legmagasabb svájci hegy tetején kialakított üvegpalotában pihenni, kávét inni, uzsonnázni, ebédelni lehetett, a meterológiai intézet modern berendezését megcsodálni, majd a jégbarlangba rejtett jégszoborkiállítást megbámulni.

Máskor a Majola hágó hajtűkanyarjain át az örök gleccserek világában járt ismét, ahol évszázados hótakaró alatt mély csend és béke honol a tájon, ahol még a madár sem jár, csak a komor felhők őrzik az örök hómezők titkát. St. Moritzban, a gazdagság tárházában, a hegyoldali mezőn békés birkanyájak legelésztek. Sűrűn váltakoztak az álombeli képek. Most hirtelen a Julien hágón keltek át, a Rätoromanok/svajci etnikum/ birodalmába értek, mely olyan kopáran, komoran fogadta őket, mint egy kietlen élettelen, holdbéli táj. Semmi növényzet, sem bozót vagy bokor, semmi, csak kavics és sziklarengeteg, s ittott mégis előbukkant a rideg, sziklás talajba kapaszkodva egy-egy csodálatos hóvirág.

A valóság szintjén pedig továbbra is zajlottak a belpolitikai viták, és szinte naponta jöttek a rémhírek, mint napsütötte égből váratlanul lecsapó villámok, a sorozatos terrorcselekmények, nemcsak Európában, hanem az USA-ban is. A New York-i Times Square-en egy 27 éves színesbőrű férfi a derekára kötött robbantóövvel próbálta magát a levegőbe röpíteni az amerikai metropolisz legforgalmasabb buszállomásán, Manhattanben, magát és számtalan ártatlan utast megsebesítve. A 27 éves férfiről kiderült, hogy Bangladesből menekültként vándorolt be az USA-ba, s még családját is maga után hozatta, s azután, mint ISIS-dzsihádista, a levegőbe röpítette magát.

Németországban szinte naponta voltak nagy kiterjedésű razziák, szinte minden nagyvárosban, legutóbb Düsseldorfban, Berlinben és környékén, ahol terrorszervezeteket lepleztek le és számoltak fel. A belügyminiszter bevallása szerint ilyen módon három nagy terrorcselekményt tudtak megakadályozni csak az utóbbi három hétben, melyek főleg a karácsonyi vásárokat vették célpontjukba. A rendőri jelentések alapján mintegy 750 veszélyes terroristát tartanak megfigyelés alatt ezidőben, ún. „Gefährdereket", vagyis veszélyes személyeket. Csak most figyeltek fel arra is, hogy kiterjedt, nagylétszámú arab családok – „klánok" – ellenőrzés alatt tartanak egész városrészeket Hamburgban és Berlinben. A bűnözési statisztikák meghárom-szorozódtak 2015, a migrációs beözönlés, a migrációs krízis óta. Mert most már a vezető politikusok is ki merték mondani a krízis szót, amely eddig tabunak számított.

Eszternek már annyira elege volt az állandó negatív szenzációkból és hírekből, hogy a reggeli kávéjához szokásához híven be sem kapcsolta már a rádiót, este lefekvés előtt nem hallgatta meg az esti híreket a televízióban sem.

Így kollégái nagyon elcsodálkoztak azon, hogy halvány fogalma sem volt a botrányról, amely most már a katolikus egyház köreit bolygatta meg. Ugyanis egy hétagú csecsen migránscsalád, melynek elutasították az asylumkérelmét és azonnal kiutasították, nem volt hajlandó elhagyni Németország területét, és a kényszer-kitelepítésnek ellenállva rendőröket is bántalmaztak, vertek össze. A büntetőeljárás elől egy plöni templomba menekültek, ott bújtak el, és kértek ún. „kirchenasylt, vagyis templomi menedéket, és a papok be is fogadták őket, holott erre törvényileg semmi joguk nem volt, mert senki, még a templomok sem állhatnak a törvény felett. Ennek ellenére továbbra is ott tartják és eltartják a héttagú családot, sőt, amint kiderült, az utóbbi időben, egyre több város templomába menekülnek be a visszautasított tiltott határátlépők, gazdasági menekültek, és az egyház nem tágít a belügyminisztérium tiltó rendelkezése ellenére sem, „humanitárius kötelességére" hivatkozva.

Eszter közben megírt egy cikket a Németországban ismét fellángoló antiszemmitizmus veszélyeiről. Miután Trump amerikai elnök Jeruzsálemet Izrael fővárosának ismerte el, fellángoltak a harcok egész Palesztinában, mivel a Hamász párt újabb „antifádát" hirdetett ki, vagyis háborút az izraeliek ellen, magának követelvén Jeruzsálemet. A muszlimok az egész világon hatalmas és erőszakos demonstrációkon tiltakoztak és „Allahu Akbar" ordítás közepette égették el az izraeli, Dávid-csillagos zászlókat, és halált kiáltoztak a zsidókra, hogy „Izraelt el kell pusztítani". Németországban minden nagyvárosban több ezer muszlim migráns demonstrált és randalírozott. Az antiszemitizmus ilyen mértékű fellángolása a holokauszti háttér miatt a németeknek nagyon kínos és kellemetlen volt. Egy vezető politológus professzor a német demokratikus pártvezetők felháborodását látva megjegyezte:

– Mit gondolt Merkel és a körülötte hadonászó politikusok, hogy a muzulmán migránsok, akiket olyan nagy örömmel fogadtak be, a német határ átlépése után levetették a beléjük sulykolt zsidógyűlöletet, az antiszemitizmust?! Úgy tesznek, mintha nem vennék észre, nem akarják beismerni, hogy szándékosan egy muszlim kolonizáció veszélyét zúdították ezzel Európára – jelentette ki a professzor.

Eszter ezt szóról szóra átvette „Az antiszemitizmus fellángolása Németországban" című cikkében. Hogy Schröder, a főnök, ki meri-e nyomtatni, azt nem tudta, de már nem is érdekelte.

Az áltanános európai zűrzavarban igazi meglepetést hozott az osztrák politika szinte 180 fokos fordulata, amikor az osztrák Néppárt fölényesen győzött a választásokon, és koalicíóra merészelt lépni az FPÖ-vel (a valamikor Haider által vezetett Szabadság párttal), és a 31 éves új kancellár, Sebastian Kurz első intézkedései az illegális migráció megfékezésére irányultak. A konzervatív Néppárt és a jobboldali (populistának kikiáltott) Szabadság párt első intézkedése nyomán az Ausztriában élő és dolgozó vendégmunkások otthon, az anyországban, tehát nem Ausztriában élő gyermekeinek csökkentették a gyermeksegélyt az anyaországi nívóra. Kilátásba helyezték, hogy az illegális migránsok a jövőben csak természetbeni juttatásokat (élelmiszer, ruha stb.) kapnak majd, semmilyen készpénzjutattásra nem számíthatnak. A migránsok asylumkérelmük elbírálásának ideje alatt kaszárnyákban lesznek elhelyezve, és este, illetve éjszaka kijárási tilalmat léptetnek életbe a közbiztonság érdekében. Fokozottan fogják őrizni az EU határait, a humanitárius segítséget pedig oda kell elvinni, ahonnan a migránsok elmenekülnek, vagyis a saját országukba.

Természetesen a mainstreem sajtó felhördülése, felháborodása óriási port vert fel Európa-szerte.

Eszternek igaza lett: a német SPD párt elnöke, Martin Schulz vezetésével megkezdte az Unióval „nagykoalíciós" tárgyalásait. A hatalomért, a jól jövedelmező miniszteri, államtitkári és egyéb attraktív politikai posztokért arcátlan, szégyenletes 180 fokot fordult az SPD saját tengelye körül, előzőleg meghirdetett politikai meggyőződését lábbal tiporva.

Eszter egyedüli vigaszai a Grazianóval folytatott hosszas telefonbeszélgetések voltak. S akkor jött egy rövid telefonüzenet Hamburgból: Juca néni kétségbeesett hangon számolt be arról, hogy az immár 10 hónapos unoka, Anna, magas lázzal az Eppendorf Klinikára lett beutalva. Az is kiderült Juca néni zokogással kísért beszámolójából, hogy a gyermek édesanyja, Astrid már hetek óta valahol Törökországban van élettársával, Alival, a szíriai menekülttel. Ő – mármint Juca néni – nem tudja, mit is csináljon, az orvosok nem mondanak neki semmit sem. Teljesen kétségbeesve kérte Esztert, hogy jöjjön, tegyen valamit, mert nagyon félti a kislányt. Valami súlyos betegsége lehet, de ő nem tehet semmiről, ő mindig féltő gonddal vigyázott rá – fulladt hangos, hüppögő zokogásba a szegény idős nagynénike hangja.

Eszter azonnal csomagolt, állását is kockáztatva telefonon a szerkesztőségtől rendkívüli szabadságot kért, és már másnap a Hamburgba tartó repülőgépben ült. Első útja a hamburgi Eppendorf Klinika gyermekosztályára vezetett. Nehezen talált rá, és órákig eltartott, amíg a hermetikusan izolált karanténra, vagyis a fertőző betegségek osztályára, ahol a kis Annát kezelték, végre rátalált. Természetesen arról szó sem lehetett, hogy meg is látogassa a kis beteget, mert a fertőzőosztályra a szigorú elkülönítés szabályai szerint nem engedtek be látogatókat. A folyosón üldögélve várakozott az osztályos orvosra. De hiába figyelt, leskelődött már hosszú percek óta, csak nagy ritkán tűnt fel egyegy sietős lépésű ápolónővér, aki semmiféle felvilágosítást nem volt hajlandó adni.

– Várjon a doktornőre, mindjárt jön! – mormogták, s már el is tűntek a következő ajtó mögött. A doktornő pedig nem került elő, még másfél óra múlva sem.

Végre-valahára feltűnt a folyosó végén egy sovány, magas, fehérköpenyes teremtés, aki nagyon szigorú arccal rohant volna el Eszter mellett, ha az nem állta volna el az útját.

– Doktornő... a kis Anna nagymamája vagyok. Kérem álljon meg egy percre, szeretném megtudni, hogy van az unokám. Milyen betegséggel kezelik? Miért van a fertőzőosztályon? – záporoztak az orvosnőre Eszter kérdései.

Az orvosnő arca idegesen rándult össze, szúró pillantással mérte végig az izgalomtól és fáradtságtól kimerült nőt.

– Pneumonia gyanújával került felvételre – vetette oda röviden az orvosnő –, egyelőre többet nem mondhatok, még folynak a vizsgálatok.

– A tüdejével van baj? – csodálkozott el Eszter. – Biztosan megfázott szegény, tüdőgyulladása lenne? – vallatta volna az orvosnőt, de az máris rohant tovább, s csak úgy útközben vetette oda:

– Jöjjön be holnap a főorvoshoz, akkor már többet tudunk. Ő majd részletesebben tud önnek beszámolni az állapotáról.

– Az állapotáról? Hát olyan súlyos a betegsége? – tágult ki az ijedtségtöl Eszter szeme.

– Egyelőre stabil az állapota, többet nem mondhatok! – szabadította ki magát Eszter karjaiból, aki erőszakkal akarta viszszatartani a barátságtalan nőt, hogy minél többet kicsikarjon belőle, de hiába.

Másnap a várakozás türelmetlen órái, percei után végre be tudott jutni dr. Ravnicky osztályvezető főorvos irodájába. A főorvos, egy ősz hajú, sápadt, sovány arcú, magas, hajlott hátú férfi, hellyel kínálta meg, s mielőtt bármit is mondott volna, hosszasan reszelte a torkát, és nagyokat trombitálva fújta ki orrát egy nagy, lepedőnyi nagyságú zsebkendőbe.

– A kis Barta Anna, az unokája, úgy tudom, a körülményekhez képest jól van – hümmögött és krákogott a főorvos. – De meg kell, hogy mondjam, hogy különleges esetről, illetve betegségről van szó – nézett összeráncolt homlokkal Eszterre. – Sőt, azt kell, hogy mondjam, hogy egy rendkívül különös, ritka betegséggel állunk szemben. Hogyan is magyarázam el? Ön, úgy tudom, újságírónő... kkhhm, ön meg fogja érteni, ha azt mondom, ilyennel még nem találkoztunk itt a klinikánkon, mert még sohasem fordult elő. Az ön unokája a TBC egy különleges formájával fertőződött meg. Jártak vele talán külföldön? Talán Afrikában? – nézett rá az orvos kérdő, de szigorú pillantással.

– Külföldön? Afrikában? – csodálkozott rá Eszter. – Nem, sosem. A lányom, a kis beteg édesanyja, ugyan sokat járt szerte a világban, de tudtommal sosem vitte magával a gyermekét. Astrid, a lányom, jelenleg is külföldön tartózkodik, Törökországban.

171

– Hhmm – reszelte torkát ismételten, látható zavarban a főorvos. – Nem is látogatták az utóbbi időben a lányát itt a hamburgi lakásában idegenek, külföldiek, rokonok Afrikából?

– Nem, legalábbis nem tudok róla, afrikai rokonunk nincsen – jelentette ki Eszter most már türelmetlenül, de aztán eszébe jutott Astrid volt élettársa, egy Líbiából menekült gitárművész, de nem szólt róla egyelőre az orvosnak semmit.

– Szóval a következőt tudom önnek mondani. Mi itt a klinikán magunk sem tudunk rá magyarázatot találni, ugyanis a TBC bacilus egy Európában még sosem észlelt, különös vállfajával állunk szemben – magyrázta akadozó hangon a doktor. Eszter előtt egy pillanatra elsötétült a világ, de aztán összerázkódott, mint aki valami rémes álomból ébredt fel éppen. Az orvos tovább magyarázott:

– Zürichben, a svájci egyetem mikrobiológiai kutatóközpontjában 2006 februárjában regisztrálták először ezt a veszélyes, többszörösen ellenálló TBC-kórokozót, amivel korábban még soha nem találkoztak

– De honnan gondolják, hogy pont az én unokám szedett össze egy ilyen veszélyes kórokozót? És hol? Hiszen úgy tudtuk, nálunk már nem is létezik tuberkulózis, hiszen a gyermekek már csecsemőkorukban megkapják a BCG-védőoltást – vágott az orvos szavába türelmetlenül Eszter.

– Szerencsére a zürichi kutatócsoport kifejlesztett egy genetikai alapon nyugvó gyorstesztet – folytatta a főorvos, Eszter közbeszólását figyelembe sem véve. – Sőt, egy európai riasztórendszert is felépítettek, így könnyebben és gyorsabban tudjuk a betegséget diagnosztizálni.

– De hát hogyan lehetséges, hogy pont Anna kapta meg ezt a veszélyes betegséget a védőoltás ellenére is?

– Sajnos a tömeges migráció következtében a hiányzó ellenőrzések, főleg a prevenciós orvosi vizsgálatok hiányában sok Európában már kihaltnak vélt betegséget hurcoltak be. Ezt a veszélyes TBC-bacilust 21 szomáliai és líbiai migránsnál fedezték fel először 2016-ban, és a kedves, öreg nénike, akire a kislány gondozását bízták, említette, hogy a gyermek édesanyja gyakran fogadott lakásán afrikai bevándorlókat, mivel állítólag azok integraciojával volt megbízva, egy civil jótékonysági szervezet tagjaként. Ezért szükségesnek látjuk, hogy önt is átvizsgáljuk. Az öreg házvezetőnő már átesett a szűrővizsgálaton, ő nem fertőzött, nem bacilushordozó szerencsére. És maga, asszonyom, mikor volt utoljára az unokájával együtt? Magát is meg kell, hogy vizsgáljuk, mint kontaktszemélyt, ez törvényileg is kötelességünk.

– Én sajnos csak születésekor láttam utoljára a kislányt – vallotta be kissé szégyenkező mosollyal Eszter. – Mint újságírónő, szinte állandóan úton vagyok valahol – mentegetőzött Eszter. Emiatt most lelkiismeret-furdalása is volt, és nagyon haragudott önmagára, de elsősorban a lányára, Astridra. Megmosom a fejét alaposan – fogadkozott magában.

– Maga akkor, mint kontaktszemély, nem jön számításba – állapította meg homlokát ráncolva a férfi. – Megnyugtatásul csak annyit mondhatok még, hogy már 4 széles spektrumú antibiotikumot próbáltunk ki a kis betegnél, szerencsére a negyedikre végre, úgy néz ki, reagál, a nevezett kórokozó ugyanis nagyon rezisztens törzsből származik, de ha szerencsénk van, hamarosan meggyógyítjuk a kisunokáját – próbálta nyugtatni a halálra rémült, sápadt asszonyt a főorvos.

– De a tüdejének nem lesz maradandó baja ugye? – kérdezett rá Eszter gyorsan, mert az orvos felállt, hogy befejezze a beszélgetést.

– A tüdejének? Hát, van egy kis bronchitise is, köhécselget, de a TBC-bacilust a liquorban sikerült kimutatni, vagyis az agyhártyát támadta meg elsősorban, vagyis meningitissel kezeljük a gyermeket – jegyezte meg a főorvos. Ekkor megszólalt a mobiltelefonja. – Agyhártyagyulladása van – jegyezte meg elmenőben, és kisietett az ajtón minden további magyarázat nélkül.

Eszter annyira meglepődött, hogy percekig megkövülten állt, s már nem érte utol az orvost, hogy megkérdezhette volna: „Hogyhogy agyhártyagyulladása van? Hogy lehetséges ez? A TBC-bacilus az agyhártyát is megtámadhatja? Egy ilyen kicsi gyermeknél?"

Teljesen megzavarodva és kétségbeesve ült fel a villamosra, még jegyet váltani is elfelejtett az automatából, még szerencse, hogy nem jött ellenőr.

Első útja nem haza, hanem az egyetemi könyvtárba vezetett, s ott előszedett minden orvosi szakkönyvet, amit az agyhártyagyulladásról és a TBC-ről talált, s rémülten vette tudomásul, hogy a kis Anna nagy veszélyben van. Ha csak agyhártyagyulladása van, akkor még szerencséje lenne, de ha agyvelőgyulladás esete állna fenn? Akkor szellemi visszamaradottság is fenyegeti...

Aztán a legújabb szaklapokat kezdte böngészni, az „esetleírásokat", hogy milyen következmények várhatók, milyenek a gyógyulási lehetöségek. Az egyik orvosi hetilapban érdekes statisztikai cikkre lett figyelmes. A szerző arról számolt be, milyen Európában már elő sem forduló, tehát gyakorlatilag kiirtott betegségeket hurcoltak be a tömegesen Németországba, Európába özönlő migránsok. AIDS-t, szifiliszt, gonorrhoeát és egyébb nemi betegségeket, bőrbajokat, főleg a rühösséget, gombás és férges betegségeket... és igen, a TBC is közötte volt, mégpedig a legmagasabb arányban.

Nyugtalan éjszakák, félelemtől és bizonytalanságtól gyötrő nappalok és hetek következtek. És még az idegösszeomlás szélén álló Juca nénit is vigasztalnia kellett, és Astriddal nem tudott telefonon sem kapcsolatot teremteni.

Miután már egy hét is eltelt és Astridról semmi hír nem érkezett, sem telefonon nem volt elérhető, sem az ismerősei, barátnői nem tudták, hogy hol tartózkodik, Eszter kénytelen volt a rendőrséghez fordulni.

A kerületi rendőrinspekción hosszas várakozás után részletesen felvették Astrid adatait, és mint eltűnt személyt, felvették az eltűntek listájára. Kiadták a keresésére országszerte és nemzetközileg is a körözési parancsot.

Közben Eszter naponta bejárt a klinikára, ahol a kis Annát kezelték, órák hosszáig ült a kórterem lefüggönyözött ablaka előtt. A fertőzés veszélye miatt nem engedték ágyához, csak messziről figyelhette a különbözö gumicsövek és drótok hálózatának szövevénye mögött pihegő kis testet, ahogyan a gépek brummogása és szörtyögése közben küszködött az életéért.

Juca néni, aki a szigorú orvosi megfigyelés és orvosi tanács ellenére is hazautazott körülnézni az üresen hagyott háza táján, naponta többször is felhívta Esztert, kétségbeesésében szentmisét mondatott a kis Anna gyógyulása érdekében.

– Csak a Jóisten és a boldogságos Szűzanya tud segíteni rajta – mondogatta.

Nem telt bele három hét, amikor este későn csengettek Astrid lakásásnak ajtaján.

Eszter örvendve sietett ajtót nyitni, abban a reményben, hogy Astrid tért végre haza. Az ajtó nyílásában azonnal felismerte a rendőrök egyenruháját. Ijedt arccal engedte be őket az előszobába.

– Nincs semmi baj – nyugtatta meg a fiatal rendőr, amikor meglátta Eszter halálosan sápadttá vált arcát. – Hírt hoztunk az eltűntnek jelentett lányáról.

Elég hosszú időbe telt, amíg megértette, hogy az algériai rendőrség jelentése alapján Astridot Blida város közelében fogták el, barátjával, egy algériai fiatalemberrel együtt, és előzetes letartóztatás után fogva tartják, mivel vallomásuk alapján Szíriába készültek utazni, az ISIS-ért akartak harcolni... mint dzsihádisták!

Úristen! Eszterben egy világ omlott össze.

Teljes tehetetlenségében első gondolata az volt, hogy elmegy a hamburgi szíriai nagykövetségre tanácsért, hogy miképpen tudná megakadályozni, hogy Astrid Szíria felségterületére tudjon beutazni.

A hamburgi szíriai követség valahol a város szélén volt, és nehezen találta meg, csak több órás villamosozás után.

Meglepetve tapasztalta, hogy a követség előtt géppisztolyos katonak sétáltak föl és alá. A bejáratnál szintén fegyveres őrök sorfala között jutott el az arab, fehér turbános, fehér hoszszú inges, hagyományos öltözékű portáshoz. Mikor eldadogta, milyen ügyben kérné a konzulátus segítségét, hosszú ideig megvárakoztatták egy kellemesen hűvös folyosón, ahol székek hiányában állva vagy a falnak támaszkodva „törökülésben" várakoztatták órákon keresztül, amíg végre a konzul egyik munkatársa beengedte irodájába.

Eszter elpanaszolta problémáit és elmondta kérését: szeretné, ha megtévesztett lányát, Astridot semmi körülmények között nem engednék be Szíria felségterületére.

A harmadrangú diplomata mosolygott, és a fejét rázta:

– Senki sem utazhat be Szíriába vízum és érvényes paszus nélkül – jelentette ki. – Legyen nyugodt, asszonyom.

Ezzel el is tűnt egy mellékajtón keresztül. Eszter hiába várta, hogy valami részletesebb információt kapjon arra vonatkozólag, hogy mitévő is legyen, mit lehetne még tenni. A fehér inges portás végül is minden további magyarázat nélkül kitessékelte Esztert, hiába nyomta az orra alá az újságíróigazolványát.

Miközben Eszter fűhöz-fához szaladt, még a hamburgi Magyar Nagykövetséget is zaklatva, addig Astrid és Ali Bashar Mustafa nevű barátja már a török–szíriai határhoz érkeztek. Továbbjutásukat Szíriába a határmenti őrtornyokban hangszórón ordibáló török katonák akadályozták meg:

– Állj! Megállni! – hangottak a figyelmeztető kiáltások.

Astrid és Ali Bashar erre villámgyorsan földre vetették magukat, mert már hallották is a géppuskák ropogását. Ali Bashar arcát súrolta egy golyó, vér folyt végig az arcán. Astrid meglepődve, ijedten és kétségbeesetten próbálta fehér zsebkendőjével megállítani a vérzést. Négykézláb kúsztak egy tövises, nagy bokor védelme alá. Ott hasaltak ijedtükben egészen hajnalig, amíg a török határőrök abbahagyták rövid időre a tüzelést.

Naivitásukra jellemző, hogy nem sejtették, hogy Törökország, amely már több mint 3 millió szíriai menekültet volt kénytelen befogadni és eltartani, végül is megelégelve a tömeges illegális bevándorlást, lezárta egy magas, három méteres betonfallal több kilométer hosszúságban a Szíriába vezető határt. Ezután csak, akinek érvényes vízuma volt, az juthatott át Törökországból Szíriába és Szíriából Törökországba.

Ali Bashar Mustafa, de pláne Astrid, nem sejtette, hogy a betonfal felállítása óta már mintegy félmillió illegális menekült rejtőzködött a szíriai–török határ mentén, abban a reményben, hogy valahogy az embercsempészek segítségével, 1000 euróért eljussanak Törökországba, s onnan valahogy tovább az Európai Unió valamelyik gazdagabb országába, leginkább a mesés Németországba, ahová Angela Merkel kancellárnő meghívta őket. Ennek következtébn a török határon át Szíriába is egyre kevesebben tudtak „átszökni", és az Iszlám Államnál, mint dzsihádista harcos jelentkezni, vagyis katonának beállni.

Ebben az időben, a hivatalos Assad-kormány az összesen 12 határátkelőhelyből már csak kettőt tudott kontrollálni, a többin csak úgy özönlöttek át Európába a radikalizálódott muzulmán fiatalok. Ugyanakkor velük szembe, éppen ellenkező irányba, Európa szinte minden országában a szalafisták által verbuvált, megtévesztett fiatal férfiak és nők Szíriába igyekeztek, hogy harcoljanak és megvédjék az Iszlam Államot. Legtöbben a kilisi határátkelőhelyen tudtak átjutni, melyet az iszlámisták kontrolláltak. Ali Bashar Mustafa és Astrid is arra felé igyekeztek, hogy mielőbb csatlakozhassanak a dzsihádista harcosokhoz.

Miközben Eszter fűhöz-fához rohangált, hogy leányát, Astridot visszatartsa ettől a végzetes lépéstöl, és megmentse, a szökevények már a cél közelében, Kilisnél voltak.

Senki sem tudott Eszternek biztos segítséget ígérni. Végső kétségbeesésében felhívta Grazianót, aki éppen Törökországba volt akreditálva mint szabad újságíró. Közben lejárt már rég a „rendkívüli szabadsága". Kötelessége lett volna ismét munkába állni, és megint, mint eddig is, utazni, írni, hírt adni a „Hét" című müncheni lap szolgálatában. Schröder továbbra is elvárta, hogy beosztottai „megnyugtató" híradásokat, cikkeket írjanak a Németoszában uralkodó, egyre gyakoribb attrocitásokról, az egyre szaporodó késelésekről, sőt halálos kimenetelű gyilkosságokról, melyeket a „szánalomra méltó", támogatásra szoruló migránsok követtek el német nőkkel, sőt rendőrökkel szemben is.

Schröder főszerkesztőnek már alig volt annyi embere, hogy a szinte naponta elkövetett szörnyű verekedések, késelések helyszínére tudósítókat tudjon küldeni, így Eszternek sem tudott több szabadságot engedélyezni, hogy tovább kutathasson leánya, Astrid után.

Esztert Flensburgba küldte, hogy részletes híradást, cikket írjon arról a felháborító eseményről, melyett egy eritreai asylumkérelmező követett el, akiegy Kölnból Flensburgba tartó vonaton minden ok nélkül késével rátámadt a védtelen utasokra, többeket megsebesítve. Többek között egy rendőrnőnek is az arcába döfte hosszú kését, aki erre szolgálati pisztolyával lelőtte támadóját. Az esemény országszerte nagy felháborodást keltett. Eszternek annyit sikerült kiderítenie a helyszínen, hogy a 24 éves eritreai asylumkérelmező, Mahmood J. 2015-ben, Ausztrián keresztül utazott be illegálisan Németországba, ahol átmeneti menedékjogot kapott.

Közben Graziano többször is felhívta telefonon, és próbálta megnyugtatni Esztert, hogy minden lehetőséget megragadva nyomozni fog Astrid és társa után, máris úton van a török–szírai határzónába.

Eszter alig ért vissza Flensburgból Münchenbe, az újság szerkesztőségében máris új feladat várt rá: Wiesbaden városában eltűnt egy 14 éves kislány, s napok múlva, intenzív keresés után találták meg holttestét egy erdőben elásva. Az a furcsa körülmény, hogy a helyi menekültotthonból egy egész iraki család (összesen 8 személy) a holttest megtalálása utáni éjszakán nyom nélkül eltűnt, természetesen a gyanút rájuk terelte. Hamarosan kiderült, hogy hamis, arab nyelvű papírokkal Düsseldorfból sikerült az egész nagy családnak Észak-Irakba menekülnie, köztük annak a 20 éves fiúnak is, aki a meggyilkolt, 14 éves kislány, Susanne „barátja" volt rövid ideig.

Megnyugtató hír érkezett Anna unokája felől, akinek állapota annyira javult, hogy Juca néni hazavihette a klinikáról.

– Elvittem magamhoz a falusi házamba, ott jobb a levegő, ott biztosabb helyen lesz, mint abban a szörnyű nagyvárosban, Hamburgban – számolt be Eszternek ellenkezést nem tűrő hangon. Eszter megkönnyebbülve fogadta el Juca néni döntését, miközben aggodalma egyre növekedett Astrid eltűnése és hogyléte miatt, s ezért erélyesen tiltakozott először Meyer segédszerkesztőnél, majd szinte minden munkatársával vitába keveredett túlterheltsége miatt.

– Miért mindig csak engem küldözgettek ilyen szörnyű események színhelyére? – panaszkodott Eszter hangos siránkozással, öklét homlokához szorítva.

– Mi az, hogy mindig? – kiáltott Harper úr összefont karral, komoran. – Fogalmad van arról, mi mit dolgoztunk helyetted is, amíg szabadságon voltál? Talán elkerülte a figyelmedet, hogy szinte naponta kellett rohannunk városról városra, országból országba, mivel szinte mindennaposak a késelések, verekedések, betörések, nők megerőszakolása, drogosok, migráns családmaffiák erőszakoskodásai? S te hol voltál?

– De értsétek meg, annyi bajom van! Eltűnt a lányom egy szíriai barátjával, nyomtalanul. Olyan nagy gondban vagyok, semmi másra nem tudok most koncentrálni – mondta könyörgő hangon Eszter.

– Nehogy azt hidd, mi nem érzünk veled együtt, ha nem is beszélünk róla. És te sem tájékoztatsz minket, hogy mit sikerült megtudnod róla, hogy hol van, hol veszett el a nyoma – mondta együttérző, csitító hangon Meyer. – Nézd, vagy a meggyilkolt kislányról és a gyilkosság részeletesebb körülményeiről adsz híradást, vagy Rómába utazol, ahol most alakul meg a hónapok óta tartó politikai káosz után egy Európa-kritikus, jobboldali kormány az ún. „ötcsillagosokból" és a jobboldali populista Legából egy jogász, Giuseppe Conte miniszterelnök vezetésével – ajánlotta fel Meyer Eszternek.

– Törökoszágban nincs semmi? Vagy Szíriában? – próbált alkudozni Eszter.

– Ott mindig van valami zűr – mormogta Meyer. – Szíriát nem komolyan gondoltad, ott nagyon veszélyes, oda csak Antonia Rados, az arab anyanyelvű, híres újságírónő meri betenni a lábát és riportokat küldeni.

– Menjen el helyettem Törökországba – ajánlotta fel nagylelkűen Özgentürk, a fiatal kolléga. – A német válogatott két kiemelkedő futballistája, Özil és Gündogán – mindkettő tősgyökeres török – éppen most, a Moszkvában induló futball-világbajnokság előtt, hűséget esküdtek Erdogan török elnöknek, látványosan kezet fogva vele a TV-ben. Azóta a német szurkolók, ha egy meccsen Özilhez kerül a labda, hangos fütyüléssel tiltakoznak. Erről is lehetne írni... nem?

– Hát igen – sóhajtott fel Meyer, s homlokát ráncolva Eszterre nézett. – Akkor el veled Törökországba!

– Özgentürk, te a megerőszakolt és meggyilkolt kislányról tudósítasz majd. Egyébként a legújabb hír szerint a gyilkost, a 20 éves fiút, Ali B.-t elfogták Irakban, és bevallotta tettét – fejezte be a megbeszélést Meyer.

– De az is kiderült már, hogyan – kiáltott fel Harper. – Szinte hihetetlen, hogy egy német rendőr, bizonyos Dieter Roman, saját költségén elrepült Észak-Irak Erbil nevű városába, elfogta a gyilkost, visszahozta Németországba, s azonnal átadta az illetékes bűnügyi szerveknek.

– Emögött csakis a német titkosszolgálat rejtőzhet – vetette közbe Özgentürk. – De fantasztikus teljesítmény! Szinte hihetetlen ilyen rövid idő alatt mindezt véghezvinni!

– Schröder hol van éppen? – vetette közbe Harper kíváncsi arccal.

– Kanadában. A G7-es találkozóról fog tudósítani. Trump ott is be fog fűteni a nagyokosoknak! Meglátjátok, lesz miről tudósítani bőven – közölte Meyer gúnyos fintorral.

– Onnan meg valószínűleg repül tovább Singapurba, ahol Trump Kim Jong-unnal, a veszedelmes észak-koreai diktátorral tárgyal majd az új atomegyezségről, ha ugyan sor kerül rá, ha ugyan meg tudnak egyezni végre, amit kétlek. Szóval lesznek bőven érdekfeszítő események – jegyezte meg ironikus mosollyal Meyer.

Schröder főszerkesztö június 11-én érkezett vissza Kanadából, a G7-csúcstalálkozóról, és hatalmas terjedelmű cikket közölt le az újságjában a G7-találkozó teljes csődjéről, kiemelve, hogy a világ gazdasági vezetői tehetetlenül vergődtek, hogy valami közös, semmitmondó nyilatkozatot összehozzanak, melynekaláírását a korábban távozó Trump amerikai elnök megtagadta és szokásos módján egy twitter-üzenetben a felelősséget a kanadai elnökre, Trudeau-ra hárítva, aki záró szavaiban megfenyegette Amerikát, hogy „nem hagyja magát ide-oda lökdösni", és a kibontakozó kereskedelmi háborúban ellenlépéseket fog elrendelni Amerika ellen.

Schröder azt is kiemelte cikkében, hogy Trumpnak teljesen jogos volt ez a lépése, mivel a június 12-ére kitűzött találkozója előtt az észak-koreai diktátorral, Kim Jong-un elnökkel, semmiféle fenyegetést, ellenkezést nem tűrhet el Trudeau-tól, mivel ez gyengeségre utalna, és felbátorítaná Kim Jong-unt bizonyos előnyösebb „békeszerződések" kicsikarására.

Schröder cikkének nagy hatása és befolyása volt a német politikai elitre, mert rámutatott Angela Merkel és az egész Európai Unio gyengeségére és kiszolgáltatottságára. Erre Putyin orosz elnök kijelentése, hogy „a G7-esek csak fölöslegesen fecsegtek" tette fel a koronát.

Eszter törökországi útját már nem csak a német válogatottban jól megfizetett két futballista, Özil és Gürdogán Erdogan török elnök melletti látványos hűségesküje indokolta, hanem Sebastian Kurz oszták miniszterelnök elhatározása is, hogy bezáratja a török mecsetek nagy részét Ausztriában, és kiutasít az országából 40 radikális, a török kormány által fizetett imámot is, mivel veszélyes politikai tevékenységük ellentétben áll az osztrák törvényekkel, és veszélyeztetik az ország biztonságát. Erdogan elnök azonnali ellenlépéseket ígért, és új keresztes hadjárat kezdetét vélte látni a muzulmánok elleni legújabb támadásban, akcióban.

A szerkesztőségi megbeszélésen kiadott feladatok azonban már másnap hajnalban érvényüket vesztették, mert európai időszámítás szerint június 12-én hajnalban, Singapurban találkozott a két nagy ellenfél, Trump amerikai elnök és az atomkísérleteivel fenyegetőző észak-koreai diktátor, Kim Jong-un, akik a világ nagy ámulatára látványosan kezet fogtak, és békeszerződést kötöttek, melynek feltétele a Koreai-félsziget teljes atommentessége lenne, s ezt a szerződést az észak-koreai diktátor mosolyogva írta alá macskabetűivel.

Ez a világraszóló szenzáció sem maradhatott részletes tudósítás nélkül, de Singapurba most már sürgősen ugyan kit küldjenek ki?

De itt volt Merkel kancellárnő (CDU) és Seehofer belügyminiszter (CSU) legújabb éles, késhegyre menő vitája a német menekültügyi politika átrendezése kérdésében is. Seehofer, mint belügyminiszter, 63 pontban összefoglalt új tervezetet kívánt előterjeszteni, melynek lényege az Ankercentrumok (zárt befogadóközpontok) kialakítása, valamint a „biztonságos" országokból érkező menekülteknek már a német határnál való kiutasítása lett volna. Angela Merkel nem adta beleegyezését, mivel ez eddigi menekültügyi politikájának, a „Willkommenskulturnak" a végét jelentené.

Aztán itt volt még a 15 éves Júlia meggyilkolásanak esete is Viersen városának parkjában, ahol fényes nappal szúrták le a román származású, kiskorú lányt, gyilkosa pedig eltűnt a rendőrség intenzív nyomozása ellenére is, nyomtalanul.

– Oda Özgentürk menjen, s csak azután esetleg Rómába, ahol az új jobboldali belügyminiszter egy Humán NGO – vagyis emberszerető mentőhajót, az Aquariust, 639 fekete bőrű afrikai menekülttel nem engedett be a szicíliai öbölbe, megtagadva az afrikai migránsok befogadását Olaszországba.

– Nem tudom, hogyan, de majd valahogy megpróbálom – nevetett fel idegesen a még zöldfülű fiatalember, Özgentürk. – Talán engem még beengednek Olaszországba, ki tudja. Én is migráns vagyok tulajdonképpen.

Eszter mélyen hallgatott.

Végül is Schröder repült Singapurba, Harper pedig Berlinbe, a koalíciós kormány első nagy kríziséről tudósítani.

Mielőtt Harper vonatra szállt volna Berlin felé, újabb rémisztő híreket közölt a német hivatalos televízió...

Kölnben óriási razziát tartottak a rendőrség különleges terrorelhárító egységei, egy tuniszi, 29 éves férfi lakását átkutatva gyanús „mérgező anyagok" utánkutatva. A férfit és német feleségét, aki áttért a iszlam vallásra, azonnal letartóztatták. Ugyanazon a napon, június 13-án egy bolgár fiatal fiúkból álló banda Velbert városának erdejében többszörösen megerőszakolt egy 13 éves német kislányt.

Továbbá embercsempészeket fogtak el, akik Indiából és Bangladesből hoztak fiatal férfiakat látszatházasságokmegkötése céljából az erre vállalkozó és megfizetett, német állampolgárságú nőkkel, így csempészve be őket Németországba.

– No, most aztán elég! Mi lett ebből az országból? Tiszta bolondokháza, már a televíziót sem meri bekapcsolni az ember, anynyi disznóság történik szinte naponta. Tiszta anarchia uralkodik Merkel „Willkommens-politikája" óta, hiába probálja elkenni a hivatalos, ún. „mainstreem" sajtó az egyre szaporodó bűnözést, gyilkosságot. Már a vak is látja, milyen káosz uralkodik Németországban, mióta Merkel kancellárnő „meghívta" a világ minden tájárol ideáramló, teljesen ismeretlen szándéku és identitású, középkorban megrekedt kultúrájú csőcseléket – mérgelődött Harper, és az utolsó percben felszállt a Berlinbe tartó ICE gyorsvonatra.

Szerencséje volt, mert Schröder főszerkesztő és laptulajdonos nagyon idegesen, rossz hangultban, és jóval hamarabb ért vissza Singapurból, mint ahogy számítottak, és azonnal felborította a Harper főszerkesztőhelyettes által már kiosztott kiküldetési terveket.

– Semmi Törökország, semmi Róma! – csapott mérgesen az asztalra. – Nincs külföldi kiküldetésekre pénzünk, és semmi értelmét sem látom az ilyen túlzásoknak! – söpörte el egy mondatával a már megbeszélt kiküldetéseket. – Hol van Harper, a főszerkesztőhelyettesem?

– Most utazott el Berlinbe, a Merkel és Seehofer közötti kiélezett koalíciós krízis kimeneteléről tudósítani – válaszolta Eszter, mert csak ő egyedül tartózkodott még késő este is a szerkesztőség irodájában, ahol lázasan készítette elő törökországi útját. – És hol vannak a többiek? – rivalt rá Schröder mérgében elvörösödő arccal.

– Mind úton vannak – felelte félénk hangon Eszter. – Végzik a rájuk kiosztott feladatokat.

– Igen?! – ordított fel Schröder szokatlanul fenyegető hangon. – És kit küldjek most Hannoverbe, ahol egy 16 éves, Annalena nevű kislányt találtak meg holtan, s akit egy magát 15 évesnek valló, afgán kiskorú menekült szúrt le könyörtelenül? És kit küldjek Velbertbe, ahol egy 8 tagú, kiskorú, magukat 14 és 16 évesnek valló, kíséret nélküli, sajnálatra méltó menekültcsapat, egy bolgár menekültekből álló bűnbanda a közeli erdőbe csalt és többszörösen megerőszakolt egy 13 éves német kislányt, s még le is fényképezték szörnyű tettüket? És kit küldjek Kandelbe, ahol a 15 éves Miát egy üzletben szúrta szíven állítólagos volt barátja, egy magát 15 évesnek valló afgán menekült?! És kit Mainzba, ahol a 14 éves Sussannát egy iraki, állítólagosan 17 éves, Ali B. nevű ismerőse ölte meg féltékenységből, s utána 8 tagú családjával, hamis papírokkal sikerült az egész famíliának repülőúton Észak-Irakba menekülniük, ahonnan állítólagos életveszély miatt lopakodtak be hamis papírokkal Németországba?! Kit, kit küldjek ki tudósítónak? Nem győzzük már! Pedig nekünk az lenne az elsőrendű feladatunk, hogya hazai, németországi eseményekről tudósítsunk – dühöngött, és szeme szikrázott a felindulástól és tehetetlenségtől.

– Az iraki Ali szörnyű tettéről Özgentürk kollégánk már tudósítani fog – próbálta Eszter némileg megnyugtatni a főszerkesztőt. Schröder azonban, mintha nem is hallotta volna, még mindig felindulva ismételgette:

– Kit küldjek ki? Kit, ugyan? Hát egyértelmű: magát, Eszter, maga fog tudósítani ezekről a szinte naponként megismétlődő bűntettekről. Ez a maga reszortja lesz ezután! – jelentette ki szinte megkönnyebbülten, és kirohant az irodából.

Eszter teljesen letaglózva roskadt íróasztali székébe. Percekig, sőt órákig üldögélt a közben besötétedő irodájában tanácstalanul és kétségbeesve. Tehát a törökországi útnak lőttek. Nem lesz lehetősége Astrid után sem Törökországban, sem a török–szíriai határ mentén kutatni, keresni, ami most a legfonotsabb dolga és célja lett volna. Teljes letargiájából telefoncsengés verte fel. Graziano jelentkezett, és hosszan beszámolt a török és a szíriai nagykövetségeknél lefolytatott nyomozásáról Astrid után.

– Mikor jössz? Mikor érkezel meg Isztambulba? Meglátod, együtt megtaláljuk a lányodat, ne aggódj! – mondta bizakodó hangon.

– Sajnos nem mehetek, Schröder lefújta a hivatalos kiküldetésemet – sírta el magát Eszter.

És mennie kellett Hannoverbe. És szinte mint egy rémálomban, kóválygott Hannover utcáin, hogy keressen-kutasson olyan szemtanúk után, akik a szerencsétlen kislányról, a 16 éves Annalena haláláról talán valami közelebbi felvilágosítást tudnak adni, miért és hogyan ölte meg őt afgán, kiskorú, állítólag 15 éves asylumkérelmező ismerőse, késével torkát kegyetlenül elvágva.

Eszter elborzadt, amikor a virágokkal, gyertyákkal kezükben csendesen tiltakozó helyi lakosok felvonulásán a több száz ellentüntető – leginkább afrikai és arab fiatal fiúk – hangosan kiáltozva, „Allahu Akbar" szólamokkal próbálta elriasztani a gyászoló lakosságot. Volt az ellentüntetők között sok német „Gutmensch" és német „zöldpárti" siheder is szép számmal. S mindezekről úgy kellett volna beszámolnia, hogy a gyilkos a menekülés és szörnyű szenvedések után „pszichésen" nem viselte el a kislány elutasító magatartását. Az ő kulturkörében, ahol felnőtt és ahonnan jött, a nőknek nincs joguk az elutasításhoz. A nők a férfiak akaratának vannak alávetve.

Aztán továbbutazott Velbertébe, ahol 8 bolgár kiskorú, 14 és 16 éves körüliek, a közeli erdőbe csalogattak és megerőszakoltak egy 13 éves német kislányt, és le is filmezték szörnyű tettüket, sőt közreadták az interneten is. Esztert csak az nyugtatta meg némileg, hogy állandó telefonösszeköttetésben volt Grazianóval, aki egész Törökországot és a török–szíriai határvidéket átkutatta már Astrid után, sajnos egyelőre eredmény nélkül.

Következő cikkét Kandel városából küldte el a szerkesztőségbe, ahol a 15 éves német kislányt, Miát szúrta szíven egy bevásárlóközpontban több száz vásárló szeme láttára egy magát afgánnak valló, állítólagosan 15 éves kiskorú, papírok és igazolványok nélkül illegálisan becsempészett menekült és asylumkérelmező (akiről azonban hamarosan kiderült, hogy már több mint 20 éves is elmúlt, és akit féltékenysége a muzulmán vallási törvények szerint teljes mértékben feljogositotta, és igazolta is ezt a szörnyű tettét).

Eszter idegileg teljesen kikészülve hagyta el a gyászoló és felháborodott lakosságú várost, Kandelt. Örült, hogy Mainzba már kollégája, Özgentürk utazott, Ali B., állítólagosan 17 éves kiskorú iraki menekült szörnyű tettének kiderítése céljából. Ali B. is 14 éves, állítólagos barátnőjét „hűtlenség" miatt ölte meg, s ehhez minden joga meg is volt az izlám saría-törvények szerint. Ennek ellenére 8 tagú családjával, hamis papírokkal a düsseldorfi repülőéren visszarepült Észak-Irakba, ahonnan 2015-ben állítólag „életveszély" miatt meneküt el, és telepedett le egész nagycsaládjával együtt Németországban.

Eszter a Kandelből München felé tartó vonaton kimerültségében éppen elbóbiskolt, amikor Graziano telefonja felriasztotta szendergéséből.

– Hallo, Eszter! Végre Astrid nyomára bukkantam, teljesen véletlenül. Astrid jelenleg a német tengeri mentőhajón, a Mission Lifeline nevű hajón tartózkodik, amely önkéntesen, állítólag humanitárius célból segíti kimenteni a Líbiából ócska gumicsónakokban menekülő, a nyílt tenger hullámain hánykolódó afrikai menekülteket. Ezek a szerencsétlenek az embercsempészek segítségével, a teljesen alkalmatlan felfújt gumicsónakokban próbálnak eljutni Európa területére. Ezt a veszedelmes átkelést fejenként állítólag 2000 euróért lehet az embercsempészeknél megvásárolni. Azonban alig hagyjákel a teljesen túlzsúfolt gumicsónakok Líbia partjait, az embercsempészek máris telefonon jelzik a német fennhatóságú Mission Lifeline hajónak, hogy a menekülők életveszélybe kerültek, s ki kellene őket menteni a süllyedő csónakokból, figyelmeztetve a hajó kapitányát arra, hogy ez egyébként „humanitárius" okokból kötelessége is.

De mióta az új olasz kormány nem engedi be egyik kikötőjébe sem az ilyen ál-mentőhajókat, melyek öszejátszanak az embercsempészekkel, a hajót üzemeltetők, ezek a jóságos német embermentők, akik eddig igen jól kerestek, nagy bajban vannak. Málta sem engedi be őket már a kikötőibe, s így a hajón összezsúfolt, mintegy 230 migránssal nem tudnak mit kezdeni, ellátásuk és további jövőjük igen kétséges – hadarta hangosan taglalva Graziano a tényeket.

– És az egészen biztos, hogy Astrid is ezen a hajón tartózkodik, mint kisegítő? – kérdezett rá izgatottan Eszter.

– Egészen biztos, mert a hajó kapitánya – de a hajó teljes személyzete is – bíróság elé lett állítva Rómában. A névsorban ott szerepel Astrid neve is.

– Hála Istennek! – sóhajtott fel megkönnyebbülten Eszter. – Hála Istennek, hogy nem jutott el Szíriába, a dzsihádistákhoz, ahová mindenáron el akart jutni, hogy harcoljon az igaz vallásért. Borzasztó, hogy ettől a szörnyűséges tévelygéstől sem tudtam visszatartani. Hát milyen anya vagyok én?! – Szavai keserves sírásba torkoltak.

– Te semmiről sem tehetsz, hiszen meg vannak teljesen bolondítva ezek a mai fiatalok, s ez mind a nagyképű, hőzöngő és lelkiismeretlen vezető politikusok hibája! – mondta Graziano komor hangon, és rekedten köhécselni kezdett.

– És hol van most ez a hajó? – kérdezte Eszter izgatottan. – Hol? Melyik kikötőben? Azonnal odautazom, azt sem bánom, ha kidobnak az állásomból, az újságomtól – fogadkozott Eszter túláradó örömében, és némileg mégis megkönnyebbülten, mert végül is egy biztonságos német hajó fedélzetén van a lánya, nem a dzsihádistákkal együtt harcol az ISIS veszélyes frontvonalában, Szíriában.

– Sajnos a nyílt tengeren hánykolodik jelenleg, mert valami homályos és gyanús privát NGO, nem pedig a német állam megbízásából teljesít önkéntes, humanitárius mentőszolgálatot a nyugati Földközi-tengeri utakon, Marokkó, Algéria, Elefántcsontpart és az olasz és spanyol kikötők között. De mióta az új olasz kormány lezárta kikötőit az Afrikából egyre nagyobb tömegben beáramló illegális migránsok előtt, hiába probálkozott a Mission Lifeline hajó Malagán kikötni, ott sem engedték be a hatalmas tengerjáró hajót 230 afrikai menekülttel és kb. 20 fős személyzetével együtt. Sehol sem akarják befogadni őket, 40 napja cirkálnak a Földközi-tenger háborgó vizein, s lassan sem élelmezésük, sem vizellátásuk nem biztosított – próbálta Graziano mesterkélt nyugalommal elmagyarázni Eszternek a hajó jelenlegi, szinte megoldhatatlannak látszó problémáit.

– De hát akkor mi lesz a hajó sorsa az illegális menekülőkkel és a civil személyzettel? – kérdezte Eszter megdöbbenve.

– Senki sem tudja. Most állítólag Spanyolország felé tartanak. A telefon nagy recsegéssel hirtelen megnémult.

Amikor Eszter kábult fejjel és félelemtől még mindig reszketve a müncheni „Heute" című lap szerkesztőségébe ért, ott még nagyobb zűrzavar és tanácstalanság fogadta, mint amely már érthető módon amúgy is kavargott fejében. Senki sem törődött vele, hiába kapkodta a fejét ide-oda, minden kollégája szinte magánkívül ordítozott, karjaival hadonászva magyarázott.

Schröder végül is az asztalra csapva, erélyes hangon kijelentette:

– Nagyon veszélyes a helyzet. Ha Merkel továbbra is kitart az ún. „európai megoldás"mellett, mely szemet huny az illegális menekültek újabb trükkjei felett, és eltűri, nem állítja meg az asylumkérelmezők európai „turizmusát", vagyis, hogy minden menekült saját maga választhatja ki azt az európai országot, ahol hajlandó kérelmét beadni és annak eldöntését kivárni, annak ellenére, hogy közben számos európai, „biztonságos" országon áthaladt és regisztráltatta magát, és ha szemet huny afelett is, hogy a Németországból már kitiltott migránsok minden nehézség nélkül újra betolakodjanak (akár már hatodszor is) a nyitott német határokon át, akkor az új német belügyminiszter, Seehofer sem vállalhatja a felelősséget a német alaptörvények lábbal való tiprásáért, és nem garantálhatja az ország belső biztonságát sem.

– De akkor mi lesz? Mi lenne a megoldás? – kiáltott fel Harper, öklét a halántékához szorítva.

– Igaz is – vetette közbe Meyer –, Merkel állítólag nagy sikerrel és fantasztikus eredményekkel tért vissza a brüsszeli Európai Tanács üléséről, állítólag 14 országgal kötött bilaterális egyezséget, hogy a német határnál a más európai országokban már regisztrált migránsokat visszaveszik, ha nálunk már regisztrálva lettek. De kiderült, hogy ezek csak „politikai" egyezségek voltak.

– Csak Görögország és Spanyolország, és talán még Franciaország hajlandó ilyen bilaterális egyezséget papíron is aláírni. Az egész csak egy látszatmanőver, és csak Merkel kancellárságának megmentésére szolgál. A megkötött látszatmegegyezéseknek semmi reális alapja nincsen. A V4-országok azonnal tiltakoztak is, hogy ilyen bilaterális egyezményt ők nem lennének hajlandók Merkellel megkötni – jelentette ki Harper megygyőző hangon.

– Na jó. Mi lesz, ha Seehofer belügyminiszter Merkel engedélye és beleegyezése nélkül nem engedi be a határokon ezeket az asylturisákat? – kérdezte gyanakodó arccal Özgentürk.

– Ebből a kormányválságból szinte lehetetlen a kiút. Vagy ha kilép a kormányból a CSU, akinek vezetője Seehofer, a jelenlegi belügyminiszter, akkor vége a GROKO-nak, a nagykoalíciónak, és új választásokat kell kiírni. Vagy Merkel elbocsátja Seehofert, aki a testvérpárt, a CSU vezetője, s akkor Merkelnek a „bizalmi kérdést" kell a parlament elé terjeszteni, s valószínüleg ő is megbukik. Egyszóval, nagyon komoly és veszélyes a helyzet. Jelenleg senki sem lát kiutat – zárta le a tanácskozást Schröder, majd hirtelen Eszterhez fordult:

– Egyébbként igen jó cikkeket küldött – jegyezte meg csak úgy mellékesen.

Esztert ez a dicséret sem tudta megvigasztalni. A hetekig tartó kormányválság a német parlamentben sem foglalkoztatta annyira, mint az egész német lakosságot. Gondolatai elkalandoztak, mióta megbizonyosodott arról, hogy leánya, Astrid valóban azon a nagyon is gyanús működésű Mission Lifeline hajón tartózkodik, mely feltehetőn az embercsempészekkel együttműködve afrikai menekülteket halászott ki a tengerből és szállított az olasz kikötőkbe, minden érvényes tengeri hajózási törvényt sutba vetve, vagyis nyíltan a törvényekbe ütközve „működött". Mégismegkönnyebült, hogy nem a dzsihadistáknál harcol Szíriában, még ha most, másfajta veszélybekerült is.

Anélkül, hogy komolyan vette volna a „Heute" című újság szerkesztőségében uralkodó zűrzavart, egyszerűen fogta magát, és szombaton az első adandó repülőjárattal Máltára repült, ahol a legújabb hírek szerint a Mission Lifeline hajó mégis kiköthetett, mivel az új jobboldali, migránsellenes római kormány és a máltai hajózási hivatal a hajó német kapitányát, bizonyos Claus Peter Rescht bíróság elé állította. Kiderült, hogy a hajója nem volt feljogosítva a nemzetközi tengeri utakon a menekültek „mentésére" és szállítására, mivel a német „mentőhajó" csak egy hollandiai jachtklubban volt hivatalosan bejelentve, és így mint „állam nélküli" van nyilvántartva. És egy hajó, mely nem nemzeti lobogó alatt közlekedik a tengeren, nem jogosult mentőszolgálatra, és egyáltalán nem hajókázhat a nemzetközi vizeken.

Mire Eszter Valletta kikötőjébe ért, és mire megtalálta a hírhedt hajót az egyik félreeső öbölben, úgy tűnt, teljesen üresen, gazdátlanul vesztegelt. Már alig lézengett egy-két gyanús képü ifjonc a hajó fedélzetén. Hosszas kérdezősködés után végül is annyi kiderült, hogy az afrikai migránsokat repülőgépen Franciaországba szállították – Málta egyet sem fogadott be.

– És a hajón szolgáló civilek? Azok hol vannak? – kérdezett meg Eszter egy ott téblábolő fiút.

– Egy része rendőri őrizetben van a máltai rendőrségen, más részük pedig, mint kísérő személyek, elrepültek Franciaországba az afrikai menekültekkel együtt.

Ez volt a hosszú hajú, szakadt farmernadrágos, bárgyú mosolyú ifjú válasza, s ő el is tűnt nyomban a hajó belsejében, kitérve a további kérdezősködés elől.

Eszter következő útja a valletai rendőrség épületébe vezetett. Ott órákig kellett várakoznia, amíg egyáltalán szóba álltak vele.

– Riporternő? – gyanakodtak azonnal a rendőrök, s elutasító mozdulatokkal terelték volna ki azonnal a gyanús nőszemélyt.

– Újságírónő vagyok Németországból – vallotta be Eszter –, de nem riportot akarok készíteni, hanem mint privát személy keresem a lányomat, aki a Lifeline hajón teljesített önkéntes mentőszolgálatot. Csupán csak emberi humanitástól vezérelve – tette hozzá színlelt kedvességgel.

– Humanitásból? – nevettek fel gúnyosan a szolgálatban levő fiatal, nagyon stramm, jóképű rendőrök. – Ismerjük már ezt a mesét. Az embercsempészek pénze már biztosan a lánya kontóján van valahol. Nézzen csak utána! – nevettek fel, és hidegen, elutasítóan néztek Eszterre.

Végül is a rendőrfőnök elé vezették, aki vastag dossziék és névlisták hosszas tanulmányozása után teljes bizonyossággal kijelentette, hogy Astrid az afrikai menekültekkel együtt elrepült Franciaországba, talán már az Orly reptéren ajnározza a fekete illegális, gazdasági menekülteket, akiket csak a jó élet és a megfizetett semmittevés csábított el Európába.

Dolgavégezetlenül és csalódottan barangolt a nagy történelmi múltú Valletta poros utcáin, azon töprengve, hogyan is tudna Astrid nyomára jutni. A hotelbe visszatérve még mindig azon töprengett, hogyan juthatna el Párizsba még ezen a szombati délutánon. De rájött, hiába is szegődne Astrid nyomába. A turistáktól zsongó, pezsgő francia fővarosban ugyan hol keresse, mikor sem címe, sem telefonszáma, arról nem is beszélve, hogy Párizs rengetegében, mint szénaboglyában a tűt, hiába keresné, hogyan tudná megtalálni. Kétségbeesett, mély töprengéséből hangos telefoncsengés verte fel. A portás jelentette, hogy látogatója érkezett, és a hotel halljában várakozik.

Örömmámorban rohant a lift felé, mert szentül meg volt győződve arról, hogy Astridot fogja végre karjaiba zárni.

Csalódottan állt meg az ajtó előtt, mert a nagy hallban csak egy férfit talált, aki háttal ült neki egy kényelmes karosszékben, és újságjában lapozgatott. Már éppen vissza akart fordulni, amikor a férfi a lépések zajára hátrapillantott.

– Graziano! – szaladt ki Eszter száján az örömteljes felismerés.

– Halló, Eszter! – üdvözölte széles mosollyal a nőt Graziano.

– Hát Te hogyan kerültél ide? – csodálkozott rá még mindig megdöbbent és örömtől kitágult szemmel.

– Nem mondom, hogy könnyű volt kinyomozni, hogy éppen hová, melyik tájára a világnak rohantál el Münchenből, üzenetet senkinek sem hátrahagyva, de szerencsére jó szimatom egészen idáig elvezetett – mondta, és a szeme gyermeki örömmel fénylett.

Eszter könnyes szemmel omlott a karjaiba.

– Te mindig tudod, hogy mikor vagyok a legnagyobb bajban, Te mindig segítségemre sietsz – szipogta könnyeit törölgetve.

Egymásba karolva sétáltak ki a hotelből a napfényben tündöklő Szent János Katedrális felé tartva, a sétány hűs lombjai alatt keresve menedéket a rekkenő hőség elől. Egy árnyas padon megpihenve mesélte el Eszter nagy csalódását, hogy a Lifeline hajón hiába kereste Astridot, sőt a menekültügyi irodában is csak hosszas tanakodás és az iratokban való hasztalan keresgéles után közölték vele, hogy Astrid elhagyta már Vallettát és a hírhedt hajót, állítólagPárizs irányába.

– Ez mindenesetre érdekes, mert amikor én kérdeztem utána a Tengerészeti Minisztériumban, ott azt a választ kaptam, hogy a Lifeline hajó egész legénységét a hajó kapitányával együtt vizsgálati fogságban tartják a nemzetközi hajózási törvények tudatos megszegése és az embercsempészekkel való, törvénybe ütköző együttműködés miatt – gyanakodott Graziano csodálkozva, gondterhelt arccal. – Tudod mit? Irány most azonnal a Tengerészeti Minisztérium. Csak így tudjuk tisztázni, hogy Astrid valóban hová tűnt! – ugrott fel Graziano hevesen a padról, s magával rántotta Esztert is.

– Taxi! – állt ki a széles út közepére, s addig nem tágított, a hangosan duduló autókat figyelembe sem véve, míg végül egy fehér taxiból kihajolt egy szélesen vigyorgó, fekete arcú férfi.

A nemzetközi vízügyi és tengeri ügyek illetékes osztályán azt a felvilágosítást kapták, hogy a Lifeline hajó minden, a mentőszolgálatban részt vevő tagját embercsempészet gyanúja miatt, hosszan tartó kihallgatásnak vetették alá.

– Tehát a leányom Astrid is közöttük van? – kérdezte izgalmát alig leplezve Eszter.

– Ha a hajón teljesített szolgálatot, akkor igen – volt a kurta, hideg, udvarias válasz.

– És meddig tartanak ezek a kihallgatások? – kérdezett rá Graziano szigorú arccal és összefont karral.

– Hát, kérem… elterthat két-három hétig is, az attól függ – mondta a hivatalnok, és bosszúsan és rosszkedvűen intett, hogy vége van a felvilágosításnak.

Eszter egyrészt megkönnyebbült, hogy lánya talán mégiscsak itt Vallettában van még, másrészt lecsüggesztett fejjel fontolgatta magában, meddig tartják még fogva. Erre senki sem tudott vagy akart választ adni. Szombati nap lévén azt latolgatta hogy neki legkésőbb már hétfőn hajnalban vissza kellene repülnie Münchenbe, ha nem akarja, hogy kirúgják az állásából. Évi szabadságát már régen kivette.

Töprengéséből Graziano riasztotta fel.

– Pihenj egy kicsit a szállodádban, én addig kinyomozom, mi a valódi helyzet Astrid körül – javasolta mesterkélt nyugalommal. – Aztán délután, ha lesz kedved hozzá, körülnézünk kissé Málta fővárosában. Mert érdemes, ha már itt rekedtünk, megismernünk kissé közelebbről is ennek a nagy történelmi múltat lehelő városnak évszázados utcáit, még a kereszteslovagok által emelt palotáit, templomait.

Délután Graziano már várta a szálloda előkelő és hűvös halljában, azzal a meglepő hírrel, hogy engedélyt csikart ki a máltai német nagykövettől, hogy másnap, vagyis vasárnap Eszter meglátogathassa fogva tartott leányát, Astridot.

Felvillanyozva és reménykedve indultak neki a tervezett városnézésnek. Graziano lelkesedve mesélte el hogy ez a csodálatos kis sziget a Földközi-tenger térségében jelentéktelen méretének ellenére is sokoldalú kulturális és történelmi hely. Elsősorban kereskedelmi központként, nagy befolyással rendelkezett már a középkortól kezdve. A környező népek számára olyan hatalommal és befolyással rendelkezett, mely semmilyen más, hasonló nagyságú szigetről nem volt ismeretes.

Máltán szinte valamennyi, a közelében élő nagyhatalmú birodalom népei már a kőkorszak ideje óta megfordultak: a főniciaiktól kezve a görögökig és rómaiakig, sőt Szent Pál apostol is járt itt. Később jöttek a szaracénok, normannok, arabok, franciák, spanyolok, törökök, angolok...

A sziget jelentősége a keresztes vitézek megtelepedése után világszerte megnőtt, ugyanis amikor Rhodos szigetéről elűzték a keresztes vitézeket, V. Károly császár nekik ajándékozta a három szigetet: Máltát, Gozót és Cominót, így a keresztes vitézek új központjukat Málta szigetére helyezték és megalapították a Szent János-rendet (Johannes Orden), és évszázadokon át uralkodtak a szigeteken. Ebből az időbő származnak a legnagyobb jelentőségű épímények és templomok. A keresztes lovagok szigetüket szinte bevehetetlen erődítménnyé építették ki a török veszedelem ellen. Bizonyos idő eltelte után már nem keresztes, hanem máltai vitézeknek nevezték magukat.

– Ez itt az egyik legnagyobb, legszebb templomuk – folytatta Graziano, amikor a Szent János-katedrális kapuja elé értek. Kívülről a templom inkább szerénynek tűnt, nem feltűnően pompásnak. Amikor beléptek az egyszerű és tisztán áttekinthető, egyhajós, hatalmas méretű templomba, feltűnt azonnal a késői reneszánsz stílusú belső díszítőelemek pompája, színes forgataga, mely Szent János életét 18 epizódban eleveníti fel.

– Az olasz festőművész, Mattia Preti munkája – súgta Eszternek Graziano. – Kevesen tudják, hogy a padlózat adja meg a templom valódi, egyedülálló különlegességét, ugyanis 400 sírkőlap alkotja mozaikszeűen, melyet az európai királyi családok címerei díszítenek.

Eszter felfedezte a Medici, Doria, Grimaldi család címereit.

Az oldalkápolnák is tele voltak pompásabbnál pompásabb híres festményekkel és az egykori szentek és püspükök szobraival, Eszter mégis, mindezen káprázatos értékek ellenére is csak a másnapi, Astriddal való lehetséges találkozóra tudott gondolni.

– Ha kicsit még tudsz gyalogolni, ha nem vagy még fáradt, a nagymesteri palotába is elnézhetünk, nincs olyan messze – javasolta Graziano.

– Ne haragudj, de azt hiszem, mára elég volt. Nemcsak elfárasztottak ezek a fantasztikus művészeti értékek, de őszintén szólva, nagyon éhes is lettem, és nagyon-nagyon szomjas. (Nem hiába mutatott a hőmérő 36 fokot.)

A legközelebbi étterem hűvös, árnyékos teraszán pihentek meg, és fogyasztották el ebédjüket.

Eszter aludni sem tudott, csak hánykolódott az ágyban, annyira várta már, hogy megvirradjon, hogy végre, olyan hosszú idő után, találkozhasson Astriddal. Már reggel nyolckor ott ült a szálloda halljában, s várt Grazianóra, pedig jól tudta, hogy csak tíz órára ígérte a találkozót. Hogy a várakozás izgalmát némiképpen csillapítsa, áthidalja, elővette a szombati újság egy ott heverő példányát.

„Lübeckben, egy távolsági buszon, meggyújtotta a hátizsákjában lévő gyúlékony anyagot egy 32 éves iráni férfi, majd megkéselte a riadt utasokat. Ököllel leütötte a busz sofőrjét… Több mint 10 utast sebesített meg, míg végre le tudták fogni, és eloltani a tüzet" – olvasta.

Idegesen lapozott tovább. „Düsseldorfban az éjszaka folyamán brutálisan szétverték egy ékszerüzlet kirakatát, s teljesen kirabolták az üzletet, nemcsak a nagy értékű órákat és gyémánt ékszereket, hanem az egész páncélszekrényt is kirángatták a falból, és a pincében elhelyezett egyéni titkos fiókokat is felfeszítve több milliós zsákmánnyal tűntek el az éjszaka homályában. A nyomozás során kiderült, hogy a több mint 5 éve Németországban asylumkérelmezőként élő libanoni maffiamódszerekkel dolgozó nagycsaládnál találták meg a zsákmányt. De a nyomozás során kiderült, hogy a berlini művészeti múzeumból hónapokkal ezelőtt elrabolt nagy súlyú aranyérem nyomát is a muzulmán nagycsaládnál találták meg. Ezen kívül kiderült, hogy ez a család a zsákmány nagy részét pénzmosás céljából országszerte összevásárolt lakásokba fektette be: összesen 480 lakást és több tucat híres márkájú autót foglalt le a rendőrség az állítólag kizárólag német szociális segélyből élősködő bűnszövetkezettől."

Eszter idegesen csapta össze az újságot. Tulajdonképpen nem lepték meg ezek a bűncselekmények, hiszen már szinte mindennaposak voltak Németországban a migránsok által elkövetett késelések, rablások, betörések és a kiterjedt drogkereskedelem.

– Halló, miért vágsz olyan haragos arcot? – köszönt rá Graziano. – Csak 5 percet késtem!

– Jó, hogy itt vagy, örülök, csak az újságban lévő hírek boszszantottak fel.

– Újságírónőnek nem tanácsos mások által kiadott újságokat böngészni! – nevetett fel jóízűen Graziano.

– No, akkor indulunk? – kérdezte Eszter izgatottan.

– Meg kell várnunk még a német nagykövetség egy munkatársát, aki velünk jön a biztonság kedvéért – nyugtatta meg Esztert.

– Hoztam neked egy friss croissant – nyújtotta feléje a papír-
zacskót. – Biztosan nem tudtál reggelizni az izgalomtól!

A német nagykövetség munkatársa nagy fekete autóból, egy
Cherokee Cruiserből szállt ki. A nagyon fiatal és szimpatikus fi-
atalember udvariasan kísérte Esztert és Grazianót autójába. A
Nemzetközi Tengerészeti Hivatal előtt, a széles lépcsőjű bejá-
rat előtt szálltak ki.

A bejárat előtt álló katonák hosszasan igazoltatták őket, mi-
előtt beléphettek a palotaszerű hivatal előterébe. Csupa már-
vány lépcsők, korlátok és díszes szobrok, rémisztő tengeri csatá-
kat ábrázoló, nagyméretű festmények alatt haladtak a régimódi,
rácsokkal védett lift felé. A harmadik emeleten hosszú folyosó-
kon át vezetett az útjuk a „kihallgatóterem" feliratú helyiségbe.
A nagyméretű, fafaragásos dupla ajtón belépve azonnal eléjük
sietett egy szigorú arcú, elegáns, fekete ruhás, nyakkendős hiva-
talnok, aki továbbkísérte őket egy, a terem sarkában meghúzó-
dó kis irodahelyiség felé. A hivatalnok előresietve tűnt el az ajtó
mögött, ahol beljelenteni látszott a látógatókat. Hosszas várako-
zás és ácsorgás után végül is beengedték őket az elegánsan, stíl-
bútorokkal berendezett irodahelyiségbe, ahol egy ősz hajú, so-
vány, beesett arcú, idős férfi fogadta őket. Először a kísérőjükkel,
a német nagykövetség munkatársával tárgyalt hosszan, majd le-
ültette Esztert és Garzianót egy széles ablak előtt álló asztal elé.

Rövid várakozás után az ablak túlsó felén lévő helyiségből
egy őr bevezette Astridot. Eszter hangos zokogásban tört ki,
amikor rég nem látott leánya szemben ült vele. Beszélni sem
tudott, csak könnyei folytak le patakokban orcáján.

Astrid közömbös arccal bámult rá, minden meghatódás nél-
kül. Arca sápadt volt, szeme szigorúan meredt a síró anyjára. Feje
sötét kendővel volt bekötve, mely elakarta nyakát és vállát is.

– Astrid, kislányom! – dadogta Eszter az előtte álló mikro-
fonba. – Csakhogy végre megtaláltalak! Annyira örülök, látod,
hogy a megkönnyebbüléstől és örömtől sírok. Alig várom, hogy
hazavihesselek innen. Jól vagy szívem? Nincsen semmi bajod
Jól bánnak veled? – kérdezte Eszter, és a szíve a torkában do-

bogott. Graziano, aki mellette ült az ablak előtt, megnyugtatóan tette rá kezét az asszony reszkető vállára.

– Mi a vád ellened? – tette most ő fel a sorsdöntő kérdest a merev arccal szemben ülő lánynak.

– Az a bűnöm, hogy segítettem ártatlan, menekülő embereket, asszonyokat, gyermekeket kimenteni a tengerből, hogy meg ne fulladjanak – szólalt meg először rekedtes hangon Astrid, majd tűzbe jött, s hangosan kiáltozta:

– Ezeket a szerencsétlen embereket kínozták, éheztették! Az embercsempészek kirabolták, ócska gumicsónakokban a tengerbe dobták, és sorukra hagyták őket.

– De ez nem lehet a te bűnöd! – kiáltott fel Eszter. – Ezért nem tarthatnak fogva, nem büntethetnek meg drága szívem. Ha befejezték a kihallgatást, akkor kiengednek, és hazajöhetsz egészen biztosan! – mondta, és hangjából reménykedés csengett ki.

– Látszik, hogy fogalmad sincs arról, milyen drámák zajlottak itt le a nyílt tengeren, a magasan felcsapó hullámok között életükért küszködő, sikoltozó szerencsétlen menekültekkel. A hajónk kapitánya egy hős! Saját költségén vezeti, irányítja a mentési akciókat. Mi több ezer ember életét mentettük meg. De most újabban Olaszország és Málta is lezárta kikötőit, és nem engedi be a menekülteket, nem engedik meg, hogy asylumkérelmeiket beadják, amihez a nemzetközi törvények alapján joguk van. Mi csak emberi kötelességünknek tettünk eleget, amikor kimentettük őket. Ezt diktálja az igaz vallás, a Korán, de az emberi humanitás alapvető erkölcsi kötelessége is.

– Sosem voltál templomba járó buzgó katolikus, annál inkább csodállak – szakította félbe Eszter.

– Semmi közöm az álszent kereszténységhez, áttértem már régen az igaz vallásra, az iszlámra. Allah az egyetlen Isten, és Mohamed a ő prófétája – jelentette ki Astrid. – És, csak hogy tudd, nem megyek haza, nem megyek vissza Hamburgba, itt maradok iszlám testvéreimnél, hiába jöttél el értem – mondta hidegen, és nem nézett anyjára. Intett az őt bekísérő őrnek, s felállt, mint aki befejezte a beszélgetést.

– De hát nem is miattam, hanem a kislányod, a kis Anna miatt gyere vissza. Nagyon beteg volt szegény. Őrá nem gondolsz? Mi lesz így vele? Nem hagyhatod cserben a saját gyermekedet, még ha annyi idegen gyermeket is mentesz ki a tengerből – ugrott fel Eszter a székéről, s karját izgatottan emelte magasra.

– Ezt nem teheted meg! Nem lehetsz ilyen közömbös és szívtelen!

– Allahra bízom őt! Ő apja után is muszlima, neki nem lesz bántódása! Az iszlám elfoglalja hamarosan az egész világot, mert az egész világ Allahé, és az igaz Isten meg fogja szabadítani Európát is a káfiroktól, a hitetlenektől. Az iszlám hős katonái már úton vannak. A migrációs hullám csak a kezdet. A dzsihád győzedelmesen vonul majd be a romlott erkölcsű és életű, gazdagságban, jólétben hempergő, elpuhult, bűnös Európába, a hitetlenek nyugati kultúráját elsöpörve. Világégés lesz. Allah ki fogja irtani a hitetleneket hetedíziglen, senki sem fog megmenekülni, ez egészen biztos, csak aki időben felismeri és beismeri, hogy Allah az egyetlen Isten, és Mohamed az ő prófétája". Astrid szeme szikrázott a gyűlölettől. Anyja hangosan felzokogott, amikor búcsú nélkül eltűnt a kivezető ajtó mögött, mint egy rossz szellem.

Eszternek nem volt ereje felállni, sem egy lépést megtenni, annyira reszketett minden ízében. Graziano vezette ki a helyiségből. A liftben a nagykövetség munkatársánál érdeklődött, milyen lehetőségei vannak Eszternek, hogy kimentse innen megtévedt lányát. Megbeszélték, hogy másnap bemennek a német nagykövethez.

De Eszter csak hangosan siránkozva, kétségbeesetten kiáltozta:

– És mi van, ha igaza lesz? Mi lesz velünk? Mi lesz Európával?

– Akkor Európa elveszett – jegyezte meg komor hangon Graziano.

VÉGE

A szerző

Lanyi Iren hánytatott sorsú ún. „háborús" gyermek.
Bácskában született, iskoláit Magyarországon
végezte. 1963-ban a Szegedi Orvostudományi
Egyetemen doktori oklevelet szerzett. Orvosi
hivatását Kiskunhalason és Nagyatádon kezdte, majd
Németországban, Münchenben folytatta. A Magyar
Írószövetség tagja.

Regényei: Igézet (1992), Rontás (1996), Lélekharang
(1999), A vörös „éden" fiai (2002), Félelem a kórházban
(2007), Stumme Glocken der Sehrsucht (München, 2011).

A kiadó

Aki feladja,
hogy jobbá váljon,
feladta,
hogy jobb legyen!

E mottó alapján a novum publishing kiadó célja az
új kéziratok felkutatása, megjelentetése, és szerzőik
hosszútávú segítése. Az 1997-ben alapított, többszörösen
kitüntetett kiadó az egyik legjelentősebb, újdonsült
szerzőkre specializálódott kiadónak számít többek között
Ausztriában, Németországban és Svájcban.

**Valamennyi új kézirat rövid időn belül egy
ingyenes, kötelezettségek nélküli kiadói
véleményezésen esik át.**

További információkat a kiadóról és a könyvekről az
alábbi oldalon talál:

www.novumpublishing.hu